에이리언 씨드

– 상 –

# 에이리언 씨드 – 상

초판 1쇄 인쇄일 2016년 4월 29일
초판 1쇄 발행일 2016년 5월 3일

**지은이** 정혁종
**펴낸이** 양옥매
**교정** 조준경

**펴낸곳** 도서출판 책과나무
**출판등록** 제2012-000376
**주소** 서울특별시 마포구 방울내로 79 이노빌딩 302호
**대표전화** 02.372.1537 **팩스** 02.372.1538
**이메일** booknamu2007@naver.com
**홈페이지** www.booknamu.com



ISBN 979-11-5776-184-5 (04810)
ISBN 979-11-5776-183-8 (세트)

이 도서의 국립중앙도서관 출판시도서목록(CIP)은 서지정보유통지원 시스템 홈페이지(http://seoji.nl.go.kr)와 국가자료공동목록시스템(http://www.nl.go.kr/kolisnet)에서 이용하실 수 있습니다.
(CIP제어번호 : CIP2016010743)

# Alien's Seed
# 에이리언 씨드

## The emergence of new Human and Earth's downfall
## 신 지구인의 출현과 지구의 몰락

정혁종 지음 · 주영휘 그림

상, 하

책과나무

▸ Aliens are not monsters. There are perhaps higher organism form of life than an earthman, that have evolved from millions of years or the hundreds of million of years ago.

▸ The subject we call God would be Alien.

▸ Aliens, which predict that the earth is to be destroyed due to an exhaustion of natural resources, environmental pollution, war, nuclear weapons and so forth, create a new human(earthman) with combining alien's DNA with earthman's DNA and take them to UFO, and earthmen sometimes conform to it or sometimes resist it.

▸ This book was written with extraordinary imagination transcending the contents of SF novels and SF movies so far, and described the relationship between alien and an earthman one day in the future.

▸ Alien은 괴물이 아니다. 그들은 어쩌면 지구인보다 수백만 년, 혹은 수억 년 전부터 진화해 온 고등생명체일 것이다.

▸ 우리가 신(神, God)으로 부르는 대상이 Alien일 것이다.

▸ 지구가 자원의 고갈과 환경오염, 전쟁, 핵무기 등으로 인하여 멸망할 것을 예측한 Ekta Alien들이 Ekta Alien의 DNA와 지구인의 DNA를 결합한 새로운 우주 인류(New Human)를 만들어 셔틀접시(UFO)로 데려가게 되는데, 지구인들이 순응하기도 하고 반발하기도 한다.

▸ 본서는 이제까지의 SF소설, SF영화의 내용을 초월한 기상천외한 상상력으로 집필되었으며, 미래 어느 날의 Alien과 지구인과의 관계를 묘사하였다.

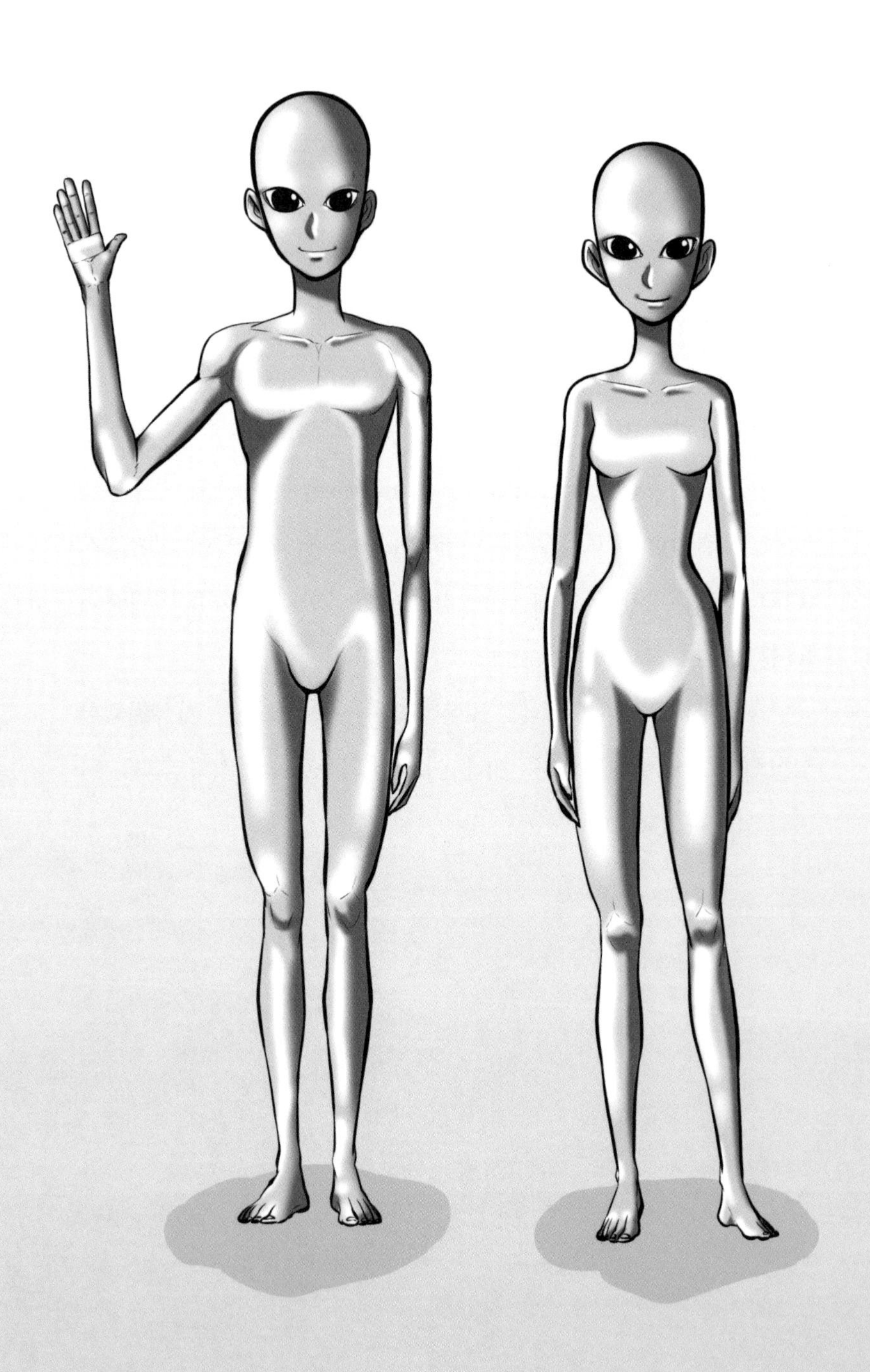

# 엑타 외계인(Ekta Alien)의 특성
# Characteristics of Ekta Alien

- Height is similar to the earthling. All male and female aliens' heights are around 165cm, but female aliens are slightly shorter.

- The head is a big inverted triangle with a big brain and no hair.

- Eyes became bigger and bigger due to lack of the intensity of radiation because the cornea became thicker to block harmful rays such as radioactivity and their eyes eventually look like sunglasses for humans. However, it doesn't mean they have extraordinary vision compared to the earthlings; their vision is approximately twice better than the earthlings.

- They have small ears and mouths.

- Their nose and lungs are small because they inhale a higher density oxygen than the earth.

• Their lungs are weak. They are prone to viruses such as cold because of their weak lungs, especially in the earth environment. For such reasons, the aliens cannot live on earth and are trying to create a new humankind by combining the DNA or the earthlings and aliens.

• They talk in very high tone in a partial ultrasonic area very slowly.

• Their skin is thick and tough as the elephant hide. Thick skin has evolved to counteract against the radioactivity. Their skin is originally silver, but it looks like dark grey because of the earth environment. In the ultraviolet rays, they look like fluorescent silver.

• They have a high intake of nourishing food artificially prepared. They are as big as eggs and in a jelly shape. They only eat once every 3 days in general. Therefore, their internal organs are atrophied making their stomach and waist thin.

• Their teeth are atrophied as well, so they only have 10 upper teeth and 10 lower teeth, a total of 20 teeth. Whereas the earthlings have 28 teeth, so their jaw is slim. They eat artificially prepared high intake of nourishing food, so their function to chew is very weak.

• They have 10 fingers and toes like the earthlings.

• Intercourse between the male and female is hard to find, so their genital organs are atrophied and hidden in their skin. Males have a vertical gap like females, and they have penis and testicles in their skin, so that area looks bulging. Females have their labium, vagina, and uterus attached to their vertical gaps. Hence, it is basically composed of humans.

• All children are artificially cultured in a test tube. So if a husband and wife, or 2 males, or 2 females want to raise children, they can just adopt. Therefore, there is no last name. They only have names in 3–5 characters; it is hard to tell apart females and males just with names. Instead, they have serial numbers.

• 키는 지구인과 비슷하다. 165㎝ 안팎으로 모든 남자 외계인과 여자 외계인의 키는 비슷하나, 여자 외계인이 남자 외계인보다 약간 작다.

• 머리는 뇌가 크기 때문에 역삼각형 모양의 큰머리이고 머리카락은 없다.

• 방사능을 비롯한 해로운 광선을 막기 위해서 각막이 점점 두꺼워지면서 인간의 선글라스처럼 되었는데, 그러다 보니 광량이 부족해져서 눈이 점점 커지게 되었다. 따라서 눈이 크다고 해서 지구인보다 월등히 잘 보는 것은 아니다. 대략 지구인 시력의 2배쯤 좋다.

• 귀가 작고 입도 작다.

• 지구보다 산소 농도가 높은 공기를 마시기 때문에 코와 폐가 작다.

• 폐가 약하다. 특히 지구 환경에서 폐가 약하여 감기 같은 바이러스에 매우 취약하다. 이런 이유로 외계인들이 지구에서 살지 못하고 지구인 유전자와 외계인 유전자가 결합한 새로운 인류를 만들어 내려고 하는 것이다.

• 매우 높은 음과 일부 초음파 영역에서 대화하고 말의 속도가 빠르다.

• 피부가 코끼리 가죽처럼 두껍고 질기다. 이처럼 피부가 두꺼운 것은 방사능에 대응하도록 진화되었기 때문이다. 원래는 은색(Sliver)이나, 지구의 환경 때문에 약간 어두운 그레이(회)색으로 보인다. 자외선에 형광 은빛이 감도는 색으로 보인다.

• 인공으로 조제된 고단위 영양식을 먹으며, 젤리 형태로 크기가 계란만 한데 보통 3일에 한 번씩만 먹는다. 그래서 내장이 퇴화하여 작아지면서 배와 허리가 홀쭉하다.

• 치아도 퇴화하여 지구인이 28개인 데 비해 외계인은 윗니 10개, 아랫니 10개로 총 20개이다. 그래서 턱이 홀쭉하다. 인공으로 조제된 고단위 영양식을 먹기 때문에 씹는 기능도 매우 약하다.

• 손가락, 발가락은 모두 지구인과 같이 각각 10개씩이다.

• 남녀 간 섹스가 거의 없는 탓에 생식기가 퇴화하여 모두 살 속에 감춰져 있다. 남자도 여자처럼 세로로 갈라진 살 틈 속에 작은 페니스와 고환이 함께 들어 있어서 여자보다는 다소 불룩한 모양이고, 여자는 그대로 세로로 갈라진 틈 속에 음순과 질, 자궁이 연결되어 있다. 즉, 기본적인 구성은 인간과 같다.

• 아이들은 모두 시험관 속에서 인공 배양시킨다. 이러다 보니 가족관계도 부부인 남녀, 또는 남자끼리, 여자끼리 살면서 아이를 키우고 싶으면 입양하면 된다. 이에 따라 성씨가 없어졌다. 3~5글자 정도의 이름이 있는데, 이름만으로 외계인 남녀의 구별이 어렵다. 대신 고유번호는 있다.

| 목차 |

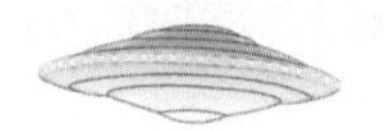

# · 1부 ·
# 에이리언 씨드, 지구 여자에게로

먼 미래의 어느 날 밤, 하늘에서 소리 없이 작은 흑구체(Small black blastopore body)가 떨어진다. 흑구체는 지면에 닿자마자 연꽃이 피어나듯 열리면서 마치 아주 작은 거머리 모양의 기이한 생물체가 튀어나온다.

기이한 생물체는 통통 튀기도 하고 자벌레처럼 기어가기도 하면서 지구인 여자의 페로몬 냄새를 맡고 여자에게로 간 다음, 여자의 몸속에 들어간다. 이것이 바로 에이리언 씨드(Alien's Seed)이다. Alien's Seed는 엑타 외계인(Ekta Alien)의 DNA와 지구인 DNA를 결합하여 새로운 지구인(New Human)을 만든다.

# · Part 1 ·
# Alien's Seed, Going to an Earth Woman

One night in the distant future, a small black blastopore body is falling silently from the sky. As soon as a small black blastopore body touches the ground, it is open and a strange creature like the shape of tiny leech jumps out.

A bizarre creature bobbles and crawls like an inchworm, and after going to a woman with having a women's pheromone smell, enters the body of a woman. This is what the alien's seed is. Alien's seed creates a new human(earthman) with combining Ekta alien's DNA with earthman's DNA.

# [1]. 한밤에 소리 없이 떨어지는 흑구체

A small black blastopore body falling silently in the middle of the night

## 1. 아마추어(Amateur) 천문학자는 무엇을 발견했나?
What did an amateur astronomer discover?

캐나다 수도인 토론토에서 120여 킬로 떨어진 어느 농장.

농부이자 아마추어 천체 탐색가인 필립(Philippe)은 이층집 옥상에 설치해 놓은 커다란 천체망원경을 들여다보고 있었다. 단순히 천체망원경만 설치해 놓은 것이 아니라, 돔형의 건물을 세우고 개폐식 지붕을 설치하여 제법 천문대 같은 외양을 갖추고 있었다.

처음에는 천체망원경만을 들고 오갔으나, 너무 추운 겨울에는 오랫동안 밖에서 천체망원경을 들여다보고 있을 수 없었기에, 거금을 들여서 그럴싸한 아마추어 천문대를 설치한 것이다.

"오우, 오늘 밤은 기가 막히게 하늘이 맑네. 유리처럼 투명한 하늘이야. 운 좋으면 별 하나 발견하겠는데?"

필립은 시간이 나고 밤하늘이 청명할 때면 때때로 천체망원경으로 밤하늘을 관찰하였다. 필립은 아직까지 발견되지 않은 별을 하나 발견하여 자기의 이름을 붙이는 것이 소원이자, 인생 목표나 마찬가지였다.

그런데 그게 쉽지만은 않은 모양인지, 나이 먹어 뒤늦게 시작한 밤하늘 탐색은 벌써 햇수로 십 년이 넘었고 그의 나이도 이제 사십이다 되었다.

다행히도 아내와 아이가 이러한 그를 잘 이해하고 있어서 가정사에 별다른 문제는 없었다. 아니, 화목한 가정이었다.

필립이 이리저리 밤하늘을 관찰하고 있을 때였다.

"어어, 저게 뭐지? 못 보던 행성인가? 아니, 혜성인 모양인데……. 어어, 완전히 공 모양이네?"

매우 놀란 필립은 망원경에서 눈을 떼지 못하고 있었다.

그때였다.

"때르르릉, 때르르릉~."

전화소리에 망원경에서 잠시 눈을 뗀 필립이 휴대폰을 받았다.

"으응, 별거 없어. 으음…… 오늘 하나 건질 모양이야. 못 보던 혜성이 보이는 것 같아."

"무슨 혜성? 별은 아니에요?"

"응, 별은 아냐. 흐릿한 게 까만 혜성 같아. 이상도 하다. 어째서 빛이 없지? 일단 전화 끊어, 이따가 얘기할게. 우선 사진 한 장 찍어 놓아야지."

필립은 전화를 끊고 다시 망원경과 세팅해 놓은 카메라를 조작하면서 아까 그 까만 구체를 찾았다. 그러나 그때는 이미 그 까만 구체가 사라지고 없었다. 아무리 주변을 찾아보아도 찾을 수 없었다.

"아이구야, 대어를 놓쳤네! 분명히 혜성이거나 아니면 큰 운석이었는데. 이런, 이런……."

필립은 크게 한탄을 하면서 '보자마자 사진을 찍어 두어야 했는데'

하는 아쉬움을 남기고 끝내 자리를 떠야 했다.

"여보, 무슨 별을 봤는데 그렇게 낙심하세요?"
"응, 아까 얘기했잖아. 별은 아니고 빛이 없고 그냥 까만 게 달빛에 반사되는 것 같더라고. 아무리 생각해도 혜성도 아닌 것 같고, 그렇다고 운석도 아닌 것 같고……. 거참 이상하다. 근데 사진 찍으려니까 순식간에 사라진 거 있지. 하하 참, UFO인가?"
저녁 식사를 하기 위해 탁자에 앉아서도 필립은 못내 아쉬워했다.
"아빠, 아빤 왜 그렇게 별을 좋아하세요?"
"하하하, 우리 실비(Sylvie)가 좀 컸나 보다. 아빠의 취미에 관심도 갖고. 하하하."
이제 막 10살이 된 딸 실비가 커다란 눈망울을 굴리면서 아빠에게 질문했다.
"실비야, 너 학교에서 물리학자 '뉴턴'이라고 들어 봤어?"
"예, 위인전에서도 읽었어요. 무슨 유명한 물리법칙을 발견했다고 하데요."
"맞아, 맞아. '뉴턴의 법칙'이라고, 세 가지 물리법칙을 발견해서 자기 이름을 붙인 거야. 뉴턴의 제1 법칙은 관성의 법칙, 제2 법칙은 가속도의 법칙, 제3 법칙은 작용 반작용의 법칙이란다."
"아이참! 여보, 그렇게 어려운 물리법칙을 설명하면 애가 알아듣나요?"
"그래요, 하나도 모르겠어요. 호호호."
"응, 그래. 그걸 설명하려는 것은 아니고 뉴턴이 그렇게 자연에 있는 법칙을 발견하고 자신의 이름을 붙인 거란다. 그래서 아빠가 만약에 남들이 모르는 행성이나 혜성 등을 세계에서 최초로 발견하면, 아빠 마음대로 이름을 붙일 수 있지. 아빠 이름을 붙일 수도 있어. 필립의 행성, 이렇게 말이다. 하하하!"

"아이고, 신이 났네요. 신이 났어."

"하하하. 아 그럼, 내가 그런 재미로 밤하늘을 쳐다보지. 하하하! 그나저나 여보, 스테이크에는 와인이 제격인데 와인이 빠졌네. 거기 와인 한 병 가져와요. 아니, 내가 가져오지."

"공주님, 스테이크 맛이 좋지?"

"예, 근데 질겨요."

아직 스테이크 자르는데 칼질이 서투른 실비가 대답하자, 얼른 엄마가 자른 고기 한 점을 포크에 찍어서 실비에게 주고는 접시째 들어다가 자르기 시작했다.

"호호호, 얘가 아직 칼질이 서투른 것을 깜박했네, 호호호."

마냥 즐거운 표정으로 식사하던 필립은 잠시 포크와 나이프를 접시 양옆에 대각선으로 걸쳐 놓고는 일어서서 와인 한 병을 가져와서 아내에게도 한 잔 따르고 자기 잔에도 한 잔 따랐다.

"파인애플은 없나?"

"없어요. 마트가 너무 멀어서 자주 갈 수가 있어야지요."

"그렇긴 하지, 농촌이 좋긴 한데 그게 단점이야. 도시의 문화생활을 제대로 못 하니, 그게 단점이지, 단점이야. 스테이크엔 파인애플과 와인이 딱인데 말이야. 뭐 없으면 할 수 없지. 괜찮아, 지금도 아주 맛있는걸."

"내일이나 모레쯤 한번 나가요, 여보."

"그럽시다. 아무튼, 오늘 저녁은 너무 아쉽네. 꼭 낚시 가서 대어를 낚았다가 코앞에서 놓친 기분이야. 아까 내가 본 게 진짜라면, 내 이름을 따악 하고 붙이는 건데. 진짜 아쉽다. 그게 뭘까?"

필립은 와인을 따라 마시면서 연신 아쉬운 표정을 지었다.

"우와! 정말 멋지다, 우리 아빠. 그래서 매일 밤마다 하늘을 관찰하고 있구나."

"하하하, 그렇단다. 매일 밤은 아니지. 구름이 많거나 비가 오면 하늘이 보이지 않으니까. 아마 오늘 잠깐 보았던 것은 아마 운이 좋으면 내일 밤에 또다시 나타날 거야."

"어머나, 그럼 우리 신랑별이 생기겠네. 호호호."

"혹시 알아? 우리 실비가 이담에 커서 유명한 천문학자가 될지."

"그럴 리가요. 얘는 TV에 가수들만 나오면 열광하는데, 가수가 되는 게 아닌지 모르겠어요."

"그렇기도 하지만, 아주 예전에 『코스모스』라는 책을 쓰고 TV에도 나왔다던 칼 세이건(Carl Sagan) 천문학자라고 들어 봤어?"

"아이고, 당신한테 들은 것만 해도 백 번은 넘겠네요. 데이트할 때부터 얘기하더니."

"카하하하. 그랬지, 그랬어. 거기 칼 세이건이 쓴 소설에 '컨택트(Contack)'라는 게 있는데, 이게 나중에 영화로까지 만들어졌거든."

"그래서요?"

"그 영화에 보면 아마추어 천문학자의 딸이 대를 이어서 하늘을 관찰하는 천문학자가 되는데, 단순히 하늘의 별을 관찰하는 것이 아니라 에이리언, 그러니까 외계인이 있다고 가정하고 전파를 통해서 서로 교신을 하려고 하는 거야."

"어머, 그래요? 그 얘긴 처음 듣네요."

"그렇게 해서 나중에 전파로 에이리언과 교신에 성공한다는 스토리지."

"그럼 외계인들도 상당히 지적 수준이 높겠네요?"

"물론이지, 거기에 명대사가 나와. 지금도 기억이 생생하네. '이 거대한 우주에 우리만 존재한다는 것은 공간의 낭비다'(The universe is a pretty big place. If it's just us, seems like an awful waste of space)."

"그 말뜻은 우주 어딘가에 외계인이 있다는 뜻 아닌가요?"

"맞아, 이 넓은 우주 어딘가에 우리보다 월등한 외계인이 있을 거야."

"그런데 영화에선 매번 침을 질질 흘리는 괴물로 나오네요."

"하하하, 할리우드 영화 제작자의 수준이 그렇다는 거지. 그저 흥미 위주로 침을 질질 흘리는 흉측한 괴물이 인간들과 싸우고 되는대로 파괴하고. 아무리 생각해도 수준 이하야."

"그러네요. 어쩌면 우리보다 월등한 고등생물체일지도 모르잖아요."

"맞아, 나도 그렇게 생각해. 그들이 UFO를 타고 지구까지 올 정도면, 지구보다 엄청나게 앞선 선진 문명, 과학 기술을 가지고 있을 거야. 그런데 지금도 '에이리언' 하면 '괴물'이라는 공식으로 영화를 만들다니, 지구인들 모두가 바보가 되는 느낌이야."

"호호호, 그러네요."

"맞아, 에이리언은 절대 괴물이 아니야. 분명 우리보다 훨씬 월등한 생물체일 거라고!"

필립과 아내, 그리고 딸은 담소를 나누면서 저녁 식사를 마친 후,

여느 때처럼 TV를 보다가 잠이 들었다.

필립이 본 것은 별도 아니고 행성도 아니고 운석도 아닌 거대한 흑구체(黑球體, Black Ball)였다.

그날 밤.

달보다 멀리 떨어져 있던 거대한 흑구체가 소리 없이 지구 궤도에 진입하여 또 다른 작은 달처럼 지구를 공전하고 있었다. 거대한 흑구체는 얼마간 선회하다가 갑자기 밤하늘에 불꽃놀이처럼 "퐈악!" 하고 터지더니, 작은 흑구체 1,200개가 나타나서 각기 이동을 시작하여 지구 전체를 감싸기 시작했다.

24시간 정도 지나자, 지구를 감싸고 돌던 1,200개의 흑구체가 각기 제자리를 잡았는지 더 이상 움직이질 않고 지구의 높은 상공에 떠 있기만 했다. 흑구체는 지구 상공을 바둑판처럼 일정하게 위치한 것이 아니라 어느 곳에서는 조밀하게 떠 있고, 또 어느 곳에는 단 한 개도 배치되지 않았다. 흑구체가 떠 있는 곳은 기온이 온난하고 환경이 좋아 인간들이 비교적 많이 살고 있는 곳이었다.

이윽고, 1,200개의 흑구체는 서서히 땅으로 내려오는가 싶더니 또 다시 분열을 시작하여 각기 1,200개의 아주 작은 흑구체로 나뉘어 총 144만 개나 되었다. 지름이 어른 손으로 한 뼘보다 약간 큰 정도의 아주 작은 흑구체는 맹렬한 속도로 밤하늘을 내려오기 시작하였다. 빛 반사가 거의 없어서 이것이 무엇인지 알아볼 수 없었고, 전 지구인이 90억이 넘는데도 불구하고 이러한 움직임을 관찰하는 사람은 단 한 명도 없었다.

흑구체는 도시 쪽으로 내려오면서 밝은 곳은 피하고, 가까운 산속이나 공원, 으슥한 뒷골목을 향해 내려왔다. 밤을 맞이한 전 세계의 모든 곳에서 동시에 진행되고 있었으나 아무도 눈치채지 못하였다.

흑구체에는 아주 작은 원뿔이 돋아 있었는데, 땅에 닿자마자 옥수수가 튀겨지듯 순식간에 열렸다. 그 모습은 마치 연꽃 봉우리가 열리면서 연꽃이 보이고 그 안에 있는 암술이 보이는 것 같았다. 하지만 암술은 아니었다.

그 속은 엷은 분홍빛이 감도는 젤리 같은 성분 속에 강낭콩보다 약간 작아 보이는 타원형 모양의 알들이 무수히 들어 있었다. 그 알들은 대략 이천 백여 개 정도였는데, 흑구체가 열리자마자 거의 동시에 부화하면서 아주 작은 거머리 같은 모양의 벌레가 나타나더니 곧바로 스프링 튕기듯이 튀어 나가면서 순식간에 주변으로 사라져 버렸다. 그리고 흑구체는 까만 안개처럼 변하며 흔적도 없이 사라졌다.

## 2. 권총 강도
### A holdup man, Holdup

"끼이익!"

샌프란시스코에 거주하는 마이클(Michael)은 집 앞에 다 와서 갑자기 눈앞에 나타난 작은 공 모양의 흑구체에 놀라 급브레이크를 밟았다. 가랑비가 내리는 탓에 차는 미끄러지면서 급제동을 했다.

흐릿한 헤드라이트 불빛 속에서 윈도우 와이퍼를 급히 움직이면서 창밖을 쳐다보았다.

"어어, 저게 뭐야? 새까만 쇳덩어리인가?"

마이클은 호기심에 놀라움을 금치 못하면서 문을 열고 나가 보려고 했으나, 그 구체는 쪼개지는 듯하더니 금세 사라지고 말았다.

"어어? 저기서 무슨 벌레들이 튕겨져 나와 사라지네?"

마이클은 갑자기 등골이 오싹해지는 것을 느꼈다. 하지만 마이클이 눈을 몇 번 껌벅이면서 앞을 바라보았을 때는 이미 거기엔 아무것도 없었다.

"어라? 이게 진짜 뭐야. 내가 뭘 잘못 보았나?"

마이클은 잠시 동안 어리둥절하게 있다가 차를 천천히 운전하여 방금 그 신기한 광경이 펼쳐졌던 곳으로 가서 멈추고는 내렸다. 그러나 아무리 살펴보아도 아스팔트길 위에는 아무런 흔적도 남아 있지 않았다.

"어라? 정말로 기괴한 일이네. 조금 전에 여기에 새까만 쇠로된 공 같은 것이 나타났고, 무슨 벌레 같은 것들이 폴짝폴짝 뛰어 달아났는데……."

마이클은 여전히 아리송한 표정을 지으면서 다시 차를 몰고 집에 도착하였다.

"여보, 오다가 괴상한 것을 봤어."

"뭔데?"

아내가 반문했다.

"으응, 바로 요 집 근처에서 무슨 까만 쇳덩어리 같은 것이 보이더

***A small black ball falling down silently at night***

니, 그게 열리면서 꼭 무슨 벌레 같은 것들이 마구 튀어 나가더라고. 그런데 내려가 보니, 글쎄 아무것도 없지 뭐야."

"어머나, 그게 무슨 꿈같은 얘기야. 요즘 당신이 너무 과로해서 헛것을 본 건지도 몰라."

"하아, 참. 그러려나? 아무리 그래도 내 두 눈으로 똑똑히 보았는데……. 과로도 하긴 했지. 오늘도 놀라서 죽을 뻔했다니까."

"어머나, 무슨 일인데 그래. 어서 말해 봐, 엄청나게 궁금하다."

"탕! 탕! 탕!"

저녁 7시경, 대형 쇼핑마트인 M 마트에 총성이 울려 퍼졌다.

"모두 엎드려, 엎드려!"

복면을 한 세 명의 괴청년들이 한 손에 총을 든 채, 사람들을 위협하면서 계산대로 향하고 있었다.

경비원인 마이클은 반사적으로 엎드리면서 주위를 살폈다. 쇼핑객들은 모두 비명을 지르면서 엎드리고, 어린아이들은 울음을 터트리면서 평화로웠던 마트는 일순간 아수라장이 되었다.

마이클은 고개를 들어 주위를 둘러봤지만, 경비원은 단 한 명도 보이질 않는다. 여기 M 마트에 경비원은 세 명밖에 되질 않는데, 매장이 2층까지 있어서 지금 어디에 있는지조차 알 수 없다.

엎드리면서 허리에 차고 있는 공기 권총에 손이 갔으나 섣불리 행동했다가는 파리 목숨일 것 같아 그만두고, 무전기를 꺼내어 경비원을 찾아보려 했지만, 그것도 그만두었다. 이미 복장이 경비원 복장인 데다 저놈들이 알면 그대로 총알받이가 될지도 모를 일이기 때문이었다.

"돈을 내놔라, 돈을 내놔!"

총기 강도들이 계산대에서 소리쳤다.

계산대는 총 5대인데 모두 40이 넘은 아줌마들이어서, 벌벌 떨면서 계산대 밑에 쪼그리고 앉아 있었다.

강도들은 이런 상황을 파악하고 계산대 안쪽으로 뛰어들어가 현금을 찾았지만, 현금은 그리 많지 않았다. 어찌 되었든 있는 대로 5대의 계산대에 있는 돈을 모두 가방에 쓸어 담고는 또 한 번 "탕! 탕! 탕!" 하고 공포를 쏘았다.

이에 또 한 번 모두 비명을 지르며 울음을 터트리는 바람에 마른하늘에 천둥소리가 나는 것 같았다.

이제까지 아무런 방어를 하지 못한 마이클은 순간 자괴감에 빠져들었다.

'내가 명색이 경비원인데, 저놈들을 제어하지 못하다니…….'

그때였다.

아수라장 속에 마이클의 귀에 희미하게 들리는 소리가 있었다. 아주 저 멀리서 경찰의 "삐용! 삐용!" 소리가 아주 희미하지만 또렷하게 들려왔다.

"야, 가자. 가자!"

강도들도 눈치를 챘는지 일행을 불러 모으며 소리쳤다.

"어억! 문이 안 열리네. 문이 닫혔어."

"이런 X새끼들이 문을 잠갔네. 야, 빨리 경비를 찾아!"

"그래, 경비 짓이야."

"아냐, 캐셔 짓이야. 캐셔에게 빨리 해제하라고 해!"

이러니 몇 명은 매장을 뛰면서 경비를 찾고 몇 명은 다시 계산대로 와서 캐셔를 찾았다.

하지만 눈치 빠른 캐셔는 이미 그 자리를 떠나서 손님들 중에 엎드려 숨을 죽이고 있었다. 누군지는 모르지만, 스위치를 눌러서 문을 잠그고, 경찰과 다이렉트로 연결된 비상벨 단추를 눌러서 지금 경찰이 오고 있는 중이다. 아마 5분도 채 안 걸릴 것이다.

이런 상황이니 강도들은 매장으로 경비를 찾으러, 캐셔를 찾으러 뛰어다니면서 허둥대었다. 그중 한 명은 굳게 닫혀서 열리지 않는 출입문으로 급히 달려가 총을 발사했다.

"탕! 탕! 탕!"

연거푸 세 발이나 발사했지만 두꺼운 방탄유리에는 살짝 금만 갔을 뿐, 더 이상 부서지지는 않았다.

그때였다.

엎드려 있던 마이클 옆으로 강도 한 녀석이 지나치길래, 마이클은 엉겁결에, 아니 직업적인 의무감인지 알 수 없는 용기가 생겨 거의 반사적으로 용수철이 튀듯 그놈의 오금(무릎 안쪽)을 세게 걷어차면서 넘어지는 그놈의 손에서 권총을 낚아채고 팔을 비틀면서 그놈을 무릎으로 짓눌렀다.

"어이쿠! 으아악!"

"쉿! 소리 지르면 죽는다."

정말로 너무나도 순식간에 일어난 일이라 아무도 눈치채질 못할 정도였다. 촬영된 비디오가 있으면 슬로우 모션으로라도 볼 수 있을 텐데, 순식간에 강도는 총을 뺏기고 팔을 등 뒤로 꺾인 채 엎드려서 벌벌 떠는 신세였다. 경비원인 마이클은 그놈의 머리에 권총을 들이대면서 위협하니, 액션 영화의 한 장면이나 다름없었다.

마이클은 그놈을 끌어내어 조용히 구석진 곳으로 이동했다.

이런 상황에 강도들은 우왕좌왕하면서 탈출구를 찾는데, 한 놈이 보이지 않자 그를 찾기 시작했다.

"야, 제미(Jemy)가 안 보여. 빨리 제미를 찾아. 비상문을 찾아!"

출입문에 모여 있던 강도들은 또다시 매장을 뛰어다니면서 제미를 찾았다.

이에 자신이 붙잡은 강도의 이름이 '제미'인 것을 안 마이클이 제미의 귓가에 대고 나지막이 그러나 힘 있는 목소리로 속삭였다.

"야, 제미, 너 찍소리만 내도 죽을 줄 알아. 알았어?"

"예."

마이클에게 짓눌린 채 여전히 팔을 등 뒤로 꺾인 제미는 고통에서인지 두려움에서인지 식은땀을 흘리며 죽어 가는 모깃소리로 대답했다.

그때쯤 벌써 경찰이 마트 앞에 당도해 있었다. 십여 명이 넘게 총을 들고 마트 앞에 포진을 하고는 확성기로 강도들에게 투항하라고 소리쳤다.

이에 당황한 강도들은 제각기 소리를 내면서

"야, 손님들을 인질로 잡아서 탈출하자!"

"그래야 소용없어. 밖에 이미 경찰들이 와 있다고! 도망칠 수 없어!"

"아이고, 또 감방이야?"

어느 놈이 마침내 울음소리를 내고야 말았다.

이렇게 두 놈이 우왕좌왕하고 있을 때였다. 느닷없이 어느 손님이 강도 한 명을 잡아서 넘어트리고, 이제까지 어느 구석에 있는 줄도 모르고 있었던 경비원이 나타나 나머지 한 놈을 발로 차면서 손으로 메치어서 제압을 했다. 결국 강도는 모두 붙잡히고 말았다.

그제야 마이클은 일어서서 큰소리로 외쳤다.

"강도를 모두 잡았습니다. 손님 여러분, 모두 안심하세요."

이런 말을 하는 동안 마이클은 이제껏 살아오면서 느끼지 못한 아주 강렬한 희열과 성취감과 만족감을 느꼈다.

마이클은 잡은 강도의 머리에 총을 겨누면서 일어나 서서히 출입문 쪽으로 다가갔다. 그러자 이제까지 손님들 속에 숨어 있던 계산원이 일어나 잠긴 문을 해제하고 문을 열었다. 그리고는 밖으로 나가 경찰들에게 소리쳤다.

"나쁜 놈들 다 잡았어요. 다 잡았어, 강도들을 전부 잡았어요. 어서 빨리 잡아가세요!"

그 말이 떨어지자마자 십여 명이 넘는 경찰이 순식간에 들이닥쳐, 세 명의 강도들에게 수갑을 채워서 모두 끌고 갔다.

이런 다음 뒷수습을 모두 마치고 손님들에게 양해의 방송을 한 후,

그날은 일찍 문을 닫고 집에 돌아왔던 것이다.

“어머나, 정말로 죽다 살아났네. 그래서 자기, 다친 데는 없어? 정말 자랑스럽다.”

“다친 데는 없어, 하하하. 그냥 넙죽이 엎드려 있다가 그놈을 발로 차서 넘어트리면서 총 뺏고 엎드리게 해서 제압을 했으니, 하하하. 지금 생각하니 통쾌하다.”

“와아, 정말 자랑스럽다. 우리 만날 때 코리아의 태권도를 배웠다고 자랑하더니만.”

“그랬지, 내가 공부는 조금 못해도 체력은 좋아. 코리아 태권도 4단이지, 격투기도 조금 배웠지, 마라톤 완주도 몇 번 했지, 수영도 잘하지. 게다가 스쿠버도 배웠지.”

“호호호, 그만, 그만. 자화자찬도 유분수지, 으이구!”

“하하하. 어찌 되었든 내 와이프 보호는 충분하다니까. 훌륭한 보디가드야. 하하하.”

## 3. 스쿠버로 만난 인연

**Relations met with scuba**

사실 그랬다. 마이클은 운동신경이 좋았고 몸도 좋았다. 지금 와이

프도 따지고 보면 스쿠버 때문에 만난 것이나 다름없었다.

마이클과 아내인 제시카(Jessica)는 전에 B 백화점에 같이 근무했었다. 둘 다 대학을 나와서 제시카는 백화점의 의류 판매장에 취업했고, 마이클은 그곳의 경비원으로 취업했다. 그렇게 사회생활의 첫발을 B 백화점에서 같이 시작했는데, 직원이 많아서 사실 누가 누군지도 잘 모르고 있었다.

그러다가 그해 여름에 직원들이 이십여 명씩 백화점 측에서 교대로 휴가를 보내 주는데, 그때 마이클과 제시카가 같이 가게 된 것이다.

모두 처음 가는 하와이라 가기 전부터 들떠 있었다. 매장 직원들끼리는 어느 정도 서로 안면이 있었으나 경비원들은 경비원들끼리만 서로 잘 알지, 딱히 매장의 직원들과는 사적으로 알 거나 친한 경우가 별로 없었다.

그런데 하필이면 이번 휴가에 경비원은 단 한 사람, 마이클뿐이었다.

'어라, 어쩌다 보니 경비원이 나 혼자네. 직원중에서 잘 아는 사람 별로 없는데…….'

입사한 지 일 년도 안 되었으니 당연한 결과였다.

하지만 마이클은 긍정적이고 쾌활하고 넉살 좋은 탓에 그리 큰 걱정을 하지 않았다. 설레는 마음에 비행기를 탄 마이클은 하와이에 도착해서 어떤 남자 직원과 한방을 쓰게 되었다.

그 직원은 구두 판매점 직원이었으며, 호리호리한 몸매에 성격이 아주 나긋나긋하고 잘 웃는 사람이어서 처음부터 대번에 친해져 같이 행동하게 되었다. 같이 행동이라고 해야 별거 없이 일정에 따라 같이 움직이고 식사에 같이 동행할 뿐이었다.

그럭저럭 하와이 이곳저곳을 구경도 하고 쇼핑도 하고 밤에 마술쇼도 보면서 지냈다.

그리고 3일째 되는 날 아침.

오늘 프로그램은 두 가지로 운영하는데 하나는 체험 스킨 스쿠버이고, 또 하나는 헬리콥터를 타는 것이었다. 마이클은 수영도 잘했을 뿐만 아니라 평소 TV에서 나오는 바닷속 신비한 경치에 매료되어 '이게 웬 떡이냐?' 하고 내심 반기면서 스쿠버를 신청하였다. 이십여 분 헬리콥터를 타는 것보다는 Under Water 구경이 훨씬 마음에 들었다.

스쿠버를 진행한다는 승합차를 타고 보니 딱 10명이었다. 몇몇은 마이클을 알아보고 간단히 인사를 하였으나 마이클은 그게 누군지 알 수 없었다. 그저 웃으며 겉치레 인사를 할 뿐이었다.

차는 40여 분이나 지나서야 어느 해안가에 도착하였다. 무슨 비치라고 설명했으나 잘 알아듣지를 못하였다. 스쿠버 숍 앞에서 정차하고 모두 내렸다. 곧바로 진행요원 강사가 하얀 칠판 앞에 서고 일행들을 그 앞에 의자에 앉히고는, 주의사항을 설명하기 시작하였다.

"자, 이게 'BCD(부력 조절기: 공기 조끼, 공기를 넣으면 사람이 떠오르고 공기를 빼면 물속으로 가라앉는다)'라고 합니다. 사용방법을 알려 드리자면, 이 호스를 위로 향하여 여기 빨간 스위치를 누르면 공기가 빠지면서 물속으로 가라앉고, 떠오르려면 이 옆 스위치를 누르면 등 뒤에 메고 있는 공기탱크에서 여기로 공기가 들어와서 몸이 뜨게 됩니다. 물고기에도 이와 비슷한 것이 있습니다. 부레라고, 헤엄 잘 치는 물고기들도 부레에 공기를 넣고 빼고 합니다."

이건 대단히 중요한 내용이어서 한꺼번에 일행들 모두에게 BCD를 입히게 하더니 옆에 있던 보조원들이 나서서 일일이 개별 지도를 하였다.

다음으로 레귤레이터(Regulator: 호흡기) 설명을 자세히 하고, 이것도 일행들 모두에게 입에 물려 가면서 설명이 이어졌다.

"또 사람이나 짐승들은 기본적으로 물에 뜨게 되어있습니다. 그래서 적당히 웨이트(Weight: 납추)를 허리에 차야 물에 가라앉지, 그렇지 않으면 물속으로 들어가질 않아요."

이것은 수영해 본 사람이라면 다 안다. 당연히 마이클은 그 내용을 잘 알고 있다. 맨몸으로 수영장 바닥으로 내려가 있으려면 저절로 뜨고 만다.

또 중요한 것을 설명하는데, '이퀄라이징'이라고 해서 바닷물 속으로 들어가면 압력이 높아져서 귓속이 아주 아프고 머리도 아프며 잘못하면 쇼크로 큰 사고가 날 수 있다고 한다. 이때 엄지와 집게손가락으로 코를 잡고 "흐흥~" 하고 세게 불면 귀가 뻥 뚫리면서 압력평형이 된다고 하였다. 이것도 수영을 많이 해 본 사람들이라면 다 아는 내용이었다.

그 외에도 물속에서는 말이 통하지 않으니 수신호를 해야 한다면서 몇 가지 수신호를 알려 주었다. 이것저것 설명이 길어지자, 다들 속으로 '이러다가 언제 바닷속으로 들어가나, 하루 종일 교육만 할 참인가?' 하고 지루해했다. 목숨이 걸려 있다고 하니 주의 깊게 듣긴 듣는데, 벌써 몇 명은 '여기 잘못 왔구나.' 하고 속으로 후회하기 시작한 모양이었다.

기본교육은 30분을 넘고 40분도 넘기고, 한 시간이 조금 넘어서까지 계속되었다.

"자, 출발합시다. 여러분들이 이제껏 한 번도 보지 못한 신비한 바닷속으로 안내합니다."

이렇게 해서 막 출발하려는데 마침내 두 여자가 포기를 선언하였다. 강사들이 몇 번이나 설득을 거듭하였으나, 결국 자신감이 없으면 안 된다면서 그들은 스쿠버 숍 앞에서 기다리게 하였다.

이렇게 하여 남자 셋, 여자 다섯 명 총 8명만이 스킨 스쿠버를 하게 되었다.

바닷가로 와서 곧바로 입수하는 것이 아니라 보트를 타고 나가야 한다고 했다. 그래서 보트를 타고 또 설명하면서 짝을 지어 주기 시작했는데, 여자들은 여자들끼리 두 명씩 짝을 짓고, 남자 셋 중에서 두 명은 서로 아는 사이인지 그들끼리 짝을 지었다.

우연인가, 행운인가. 마이클은 어떤 매장 여자 직원과 짝이 되었다. 그 여자 직원은 웃으며 마이클에게 말을 걸어왔다.

"하이! 반가워요. 짝이 되어서."

"하이! 안녕하세요? 저도 반갑습니다."

"근데 스쿠버는 해 보셨나요?"

"아뇨, 처음입니다. 수영은 어느 정도 합니다."

"어머나, 그래요? 나하고 똑같네요. 호호호, 우리 잘해 봅시다."

"하하하, 뭐 그리 어렵지 않을 겁니다. 주의사항만 잘 지키면, TV

에서 많이 봤잖아요. 걔들도 둘씩 짝지어서 다니더라고요."

"호호호, 맞아요. 근데 수영은 아주 잘하세요?"

"예, 시원찮은 물개 수준입니다."

"호호호, 시원찮은 물개요? 그럼 나는 느려터진 물개 수준쯤 됩니다. 호호호."

"하하하, 물개가 아니라 미모의 인어 같네요."

"호호호."

사실 그랬다. 그들은 일행 중에서 수영을 가장 잘할 뿐만 아니라 이미 핀(Fin:오리발)을 차고 수영도 여러 번 한 터여서 크게 부담이 되질 않았다.

드디어 십여 분간 보트를 타고 이동하여 바닷속으로의 입수가 시작되었다. 다들 약간 긴장된 표정으로 호흡기를 입에 물고 바닷속으로 풍덩 들어가서 물 위에 둥둥 떠 있었다. 강사는 두 명인데, 하나씩 일일이 점검을 하고 엄지손가락과 집게손가락으로 동그라미를 보이면서 또 확인을 했다.

모두 'OK' 뜻으로 동그라미 표시를 하니까

"오케이? 일단 BCD의 바람을 천천히 빼면서 두 손가락으로 코를 잡고 이퀄라이징을 해서 귀가 뻥하고 뚫리면 천천히 아래로 내려갑니다. 그래도 금방 내려가요. 일단 바닥에 내려가서 다시 설명합니다. 아참, 짝은 절대로 손을 놓아서는 안 됩니다. 한 손으로 꼭 붙잡고 다니세요."

일단 물속에서 대략 8~9미터 바닥까지 내려간다고 하였다. 거기까지는 다들 혼자서 내려가야 했다.

강사의 지시에 따라 모두 바닷물 속으로 내려가는데, 마이클은 별 어려움이 없었다. 처음에는 가슴이 약간 답답하였으나 금세 적응이 되고 몇 번 코를 잡고 이퀄라이징을 하니 별문제 없이 아래로 아래로 천천히 내려갔다.

제일 먼저 내려온 마이클은 미리 와 있던 강사의 지시에 따라 무릎을 꿇고 대기하면서 위를 쳐다보니, 여러 명이 내려오고 몇몇 여자들은 버둥대는지 강사들이 옆에서 보조하고 있었다.

두 번째로 어떤 사람이 내려오는데, 몸매를 보니 여자였다. 그 여자 역시 바닥에 내려와서 무릎을 꿇고 기다리는데, 먼저 마이클을 알아보고는 손을 흔들었다. 마이클은 마스크(Mask) 때문에 시야가 흐려서 누구인지 잘 몰라보고 무릎걸음으로 그쪽으로 가 보니 아까 인사를 나눈 짝이었다.

마이클은 그러지 않아도 손을 꼭 잡고 다녀야 한다기에 엉겁결에 아는 체를 하고는 손을 흔들면서 그녀에게로 다가갔다. 그리고는 먼저 손을 내밀어 잡자, 그 여자도 마이클의 손을 꼭 잡았다. 차가운 물 속에서 손끝으로 따뜻한 온정이 느껴졌다.

물속에서 어느 사이에 바닷물고기들이 서서히 나타나더니 둘 앞에 어른거리기 시작하였다. 노란색의 나비고기였다. 그 광경에 마이클과 그녀는 손가락으로 가리키면서 감탄을 하였다. 후에 알고 보니 '피쉬 피딩(Fish feeding)'이라 하여 스쿠버들이 여기에 올 때마다 소시지나 식빵 같은 먹이를 주니, 물고기들도 이걸 다 알고 사람들이 들어올 때면 몰려들었던 것이다.

위에서 버벅거리던 사람들도 곧 모두 바닥에 내려와서 자기 짝끼리 손을 잡고 무릎을 꿇고 앉았다. 그러니 이번에는 더 많은 나비고기를 비롯한 형형색색의 많은 물고기들이 나타나서 눈앞이 보이질 않을 정도였다. 다들 속으로 "우와!"를 연발하면서 손가락으로 물고기들을 가리키고 있었다.

이러는 사이에 강사 두 명은 일일이 한 명씩 점검했다. BCD, 공기탱크, 호흡기 등 한 사람씩 살펴보고는 그 앞에서 또 손가락으로 동그라미 신호를 보내니, 체험 다이빙을 하는 사람들도 한 명씩 모두 동그라미를 해 보였다.

그런 다음, 강사가 어느 사이에 준비했는지 A4용지만 한 하얀 보드에 "OK?"라고 써 보였고, 다들 손가락으로 동그라미를 만들어 보였다. 마이클은 여기에서 또 무슨 준비사항이 있나 하고 의아해했는데, 더 이상 별다른 것은 없는 모양인지, 미리 준비해 두었던 소시지를 각자 하나씩 나눠 주었다.

이미 껍질을 벗긴 소시지를 받아드니, 어느 틈엔가 사람 무서운 줄 모르는 물고기들이 떼로 몰려와서 마구 뜯어먹고 있었다. 모두 "우와~"를 연발하면서 물고기에게 먹이를 주었다.

그리고 강사 한 명은 이런 광경을 카메라에 찍고 있었다.

물고기들이 소시지를 다 먹은 다음에 이제 핀으로 헤엄을 치면서 저쪽으로 이동한다고 하는데, 여기에서 출발 순서를 정해 주었다. 그런데 어찌 된 일인지, 마이클과 그 여자에게는 맨 뒤에서 가라고 했다. 처음에는 서로 얼굴을 들여다보면서 다소 의아해했는데, 후에 알고 보니 마이클 일행이 가장 먼저 적응을 하고 있어서 맨 뒤에 오라고 한 것이었다. 마이클 일행 뒤에는 강사 한 명이 따라오고 있었다.

그런데 뒤에서 앞을 보니 영 핀을 차는 모습이 시원찮았다. 위아래로 흔들면서 천천히 핀을 차야 하는데, 자전거 타듯이 위아래로 무릎을 구부렸다 폈다 하니 앞으로 잘 나가질 못했다. 이런 상황이니, 맨 앞에 있던 강사가 또 옆으로 와서 이끌기도 하고 핀을 이런 식으로 차야 한다고 시범도 보였으나 그게 쉽게 되진 않았다.

어찌 되었던 그 덕분에 마이클과 짝은 손을 꼭 잡고 주변을 두리번거리면서 여유롭게 바닷속을 감상할 수 있었다. 갖가지 모양에 여러 가지 색의 산호들도 보이고, 눈망울이 아주 커다란 복어가 그들 근처까지 와서 말똥말똥 쳐다보는데 그 모습이 너무 귀여워서 어쩔 줄을 몰라 했다.

얼마 가지 않아서 앞에 있던 사람이 제대로 못 가는지 뭐가 잘못되었는지 맨 뒤에 오던 강사가 마이클에게 작은 흰 보드에 연필로 뭐라 써 보인다.

"내가 앞에 가야 하니, 뒤에서 우리 일행들을 잘 보아 주세요. 혹시 무슨 일이 있으면 앞으로 와서 알려 주세요."

아예 뒤쪽을 마이클에게 맡긴 셈이다. 마이클은 알겠다는 표시로 손가락으로 동그라미를 만들어 보였다. 그 강사가 앞으로 간다고 해도 불과 십오 미터 안팎으로 보이는 거리였다. 핀을 두세 번 세게 차면 그 쪽까지 갈 수 있는 거리에서 앞에 있던 일행을 이끌기 시작하였다.

마이클은 천천히 핀을 차면서 다양한 물고기들도 보고, 어느 바위에 납작 붙어 있는 여러 마리의 바다거북을 발견하고는 짝에게 손가락으로 가리키면서 저쪽을 보라고 하니, 그 여자는 너무나도 좋아하였다. 그러지 않아도 커다란 두 눈을 더욱 크게 뜨고 엄지손가락을 들어 보이면서 좋아했다.

그렇게 바닷속 황홀경에 빠져 지낸 시간이 한 이십여 분 되었을까, 강사 두 명이 위로 올라가라고 수신호를 보냈다. 마이클과 여자 짝은 속으로 의아해하면서 서로의 얼굴을 쳐다보았다.

'아니, 되돌아가는 게 아닌가? 그럼 이 위로 보트가 와 있나?'

마이클이 그런 생각을 하면서 위를 올려다보니, 정말로 보트가 위에 보였다. 마이클은 자신의 짝을 향해 재빨리 손가락으로 위를 가리키며 쳐다보라고 했다. 그녀도 얼른 위를 보고 그제야 고개를 끄덕이면서 엄지손가락을 세워 보이면서 최고라고 했다.

보트에 올라오자, 그녀의 칭찬이 이어졌다.

"어머, 정말 물개네요. 스쿠버 처음이라더니, 여기 강사들 못지않네요."

"거기도 마찬가지네요. 근데 이름이 뭐예요?"

"호호호, 그러고 보니 아직 이름도 모르네. 전 제시카(Jessica)예요, 그쪽은요?"

"하하, 전 마이클(Michael)이라고 합니다. 경비원이죠."

"경비원인 줄은 아는데, 인제 보니 물개 경비원이네요. 호호호."

"아이고, 칭찬이 너무 하십니다. 어느 매장에 있어요?"

"의류매장에 있어요. 스포츠 의류."

"아하, 그렇군요. 거기에 가면 늘 있나요?"

"그럼요, 비번일 때와 식사시간에는 없어요. 호호호."

"카하하하. 그렇죠, 나도 그래요. 하하하."

잠시 후.

다이빙 숍에 도착하자 강사들의 인사가 이어졌다. 오늘 함께 체험한 모든 분들에게 수고했다고 하면서, 유독 마이클 일행에게 칭찬을 많이 하였다.

"두 분 다 수영 솜씨가 보통이 아닙니다. 처음 하는 체험 다이빙인데도 아주 능숙해요. 라이센스 가지고 있는 사람들이나 다름없습니다."

"감사합니다."

"호호호, 감사합니다."

"혹시 스쿠버 배우실 의향 있으세요? 샌프란시스코에서 왔다고 했죠?"

"네."

"이따가 샌프란시스코에 있는 다이빙 숍 전화번호를 몇 개 알려 줄 테니, 배울 의향 있으면 거기에서 배워서 정식으로 라이센스를 취득하세요."

"예, 감사합니다."

이렇게 해서 느닷없이 가까워지기 시작한 둘은 휴가가 끝나고 백화점에 돌아와서도 시간이 날 때마다 데이트했다. 그리고 마침내 둘은 다이빙 숍에 등록을 하여 같이 스쿠버 교육을 받은 후, 가장 초보 단계인 오픈워터 스킨 스쿠버 자격증을 취득했다.

그날은 둘이 너무 기쁜 나머지 맥주도 마시고 취한 김에 처음으로 키스도 나누고 또 처음으로 한 침대에서 하룻밤을 보내게 되었다. 서로의 사랑을 확인한 둘은 어느새 결혼을 약속하는 사이로 발전했다.

## 4. 경비원이 아니라 재벌의 아들
### Not a guard, but a son of a rich family

결혼식 날,

제시카는 마이클이 궁색한 경비원인 줄 알고 있었기에 부모님들도 상당히 만류했었다. 작은 사업체를 운영하는 아버님의 외동딸이기에 더욱 그러했다.

그런데, 결혼식 날 하객 중에 리무진을 비롯한 고급 차를 타고 오시는 분들이 많아서 제시카의 집안 식구들은 다들 두 눈이 휘둥그레졌다. 지난번에 상견례 때 뵈었던 신랑의 부모님들도 오늘은 귀족 같은 대우를 받으면서 등장을 하여 어안이 벙벙해졌다.

"마이클, 나에게 지금까지 뭘 속였지?"

제시카가 피로연에 가면서 복도에서 마이클을 다그쳤다.

"뭘?"

"아버님께서 작은 가게를 운영하고, 집안이 궁색하다고 몇 번이나 말했잖아. 사실이야?"

"으응, 그게 좀 지금 말하긴 그래. 작은 가게나 다름없지, 뭐."

"뭐라고? 지금 하객들이나 자기 아버님, 어머님의 차림새가 예사롭지 않은데. 부모님 맞아?"

"맞다고, 지난번에 뵈었잖아."

"그래, 얼굴은 맞는데, 쪼그만 가게 운영한다는 게 맞느냐구, 정말 맞아?"

"그래, 근데 아주 쪼그만 가게는 아니야. 쪼금 큰 가게야."

"뭐라고? 아이참~ 이거 어디까지 믿어야 할지 모르겠네."

"나 잘못 없으니까 일단 피로연에 가서 하객들에게 인사부터 하자고. 이따가 얘기할게."

제시카는 틈만 나면 마이클에게 무슨 말인가 듣고 싶어 하면서 다그쳤지만, 넉살 좋은 마이클은 건성건성 대꾸만 하고 이따 밤에 꼭 얘기해 주겠다며 단단히 약속했다.

그들의 신혼여행지는 예전에 처음 만났던 하와이의 어느 비싸 보이는 고급 호텔이었다. YB 호텔, 명성이 자자한 호텔이었다.

"어머나, 호텔 예약했다더니, 여기야? 여긴 상당히 비싼 고급 호텔인데. 돈 없다고 맨날 징징댈 때는 언제고, 어디서 무슨 돈이 났어? 마트 경비원이 어디서 돈이 났냐고! 혹시 나쁜 짓 한 거 아냐?"

"하하하, 아니라고, 아니야! 이거 사실 아버지가 예약하신 거야. 나도 이 정도 고급 호텔인 줄은 몰랐어."

"아이고머니, 진짜 애간장이 다 녹네. 당신 아버님이 대체 누구야? CIA 국장이라도 돼? 아니면 FBI 요원이야?"

"하하하, 진짜 웃기는 소리 하네, 아니라고, 아냐. 그냥 쪼금 큰 가게를 운영하신다니까."

"뭐야? 또 그 소리야."

"그럼 사실대로 얘기할게. 쪼금 큰 가게가 G 쇼핑몰이야. 거기 회장님이셔."

"뭐어? G 쇼핑몰?"

제시카는 너무 놀라서 안색이 창백해지다시피 하면서 차마 말문을 잇지 못하였다. G 쇼핑몰은 규모가 자기가 다니는 B 백화점에 버금가기 때문이었다.

제시카는 마침내 소파에 쓰러지듯 앉고는 멍한 눈으로 마이클을 올려다보았다. 마이클은 그런 제시카를 달래기 위해 옆에 앉아서 껴안고는 아무 말 말라는 듯이 입을 맞추었다. 제시카는 큰 충격에 빠진 듯 어안이 벙벙하였다.

'그럼, 경비원으로 알았던 마이클이 재벌의 아들이란 말인가?'

속으로 그런 소리를 수없이 반문해 가면서 겨우 정신을 차려서 또 물어봐야 했다.

"마이클, 왜 그런 얘기를 처음부터 안 했어?"

"하하하, 나도 아버지에게 배운 솜씨지. 자기가 진정으로 나를 사랑하나, 진짜로 돈 없는 경비원을 사랑하여 결혼까지 할 수 있나, 한번 시험해 본 거야. 크게 마음 쓰지 마. 이제 다 끝났어."

"그럼 왜 쇼핑몰에서 일하지, 제일 힘든 경비원 노릇을 하냐고. 월급도 쥐꼬리인데, 툭하면 돈 없다고 궁색을 떨더니만. 그게 진짜야? 대학교 학자금도 다 못 갚았다고 징징대고는."

"맞아, 맞아. 울 아빠가 돈이 많지, 난 없어. 일단 자력으로 모든 것을 해결해야 한다고."

"나 원 참, 그럼 자긴 내쳐진 자식인 거야?"

"그건 아냐, 밑바닥부터 경영 수업을 쌓으면 쇼핑몰에 데려온다고 약속하셨어."

"아휴, 이제야 조금 이해가 가네. 아이고!"

"아 글쎄, 그렇다니까. 더 이상 마음에 두지 마. 나 당분간 경비원 노릇을 더해야 해. 아버지가 오케이 할 때까지.”

“그럼 다른 사람들도 이 사실을 알아? 이 사실을 아느냐구.”

“아마 내 주변 몇 명은 알겠지. 아마 이번 기회에 많이 알게 되었을 거야.”

사실 그랬다. 마이클의 아버지는 큰 재벌은 아니어도 재벌 소리를 들을 만큼의 재산을 가지고 있었으나 거의 자수성가하다시피 해서 두 명의 아들들에게도 혹독하게 경영 수업을 시키고 있었다. 세 살 더 먹은 마이클의 형도 어느 직장에서 말단 사원 노릇을 하고 있다고 했다.

## 5. 지구인 여자에게 접근하는 에이리언 씨드
## Alien's seeds seeping into an Earth Woman

“와우~ 진짜 자랑스럽다, 우리 신랑! 호호호.”

“나도 지금이니까 웃음이 나오지, 아까는 진짜 총에 맞는 줄 알았어.”

“왜? 강도들이 자기만 쏜대?”

“그건 아니지만, 우린 경비들은 유니폼을 입었잖아. 딱 봐도 눈에 띄지.”

“그러네. 아무튼, 자기 순발력은 알아줘야 해. 꼭 슬로우 화면으로 영화 보는 것 같아. 그런데 말로만 들으니 실감이 잘 안 난다. 한번 시범을 보여 봐, 여기서.”

"아이참, 뭘 또 복습을 하라고 그래? 그냥 저녁이나 먹자."

"한 번만 보여 줘, 맛있는 거 요리해 줄 테니. 안 하면 그냥 토스트다. 호호호."

"무슨 요리인데? 무슨 별식이라도 준비했어?"

"그럼, 그럼, 한국식 불고기라고 슈퍼에서 팔더라고."

"한국식 불고기? 그게 뭔데?"

"나도 몰라, 내 친구가 그러는데 엄청나게 맛있다고 해서 사 왔어. 그러니 빨리 시범, 아니 복습을 해 봐."

"하하, 나 원 참, 별것을 다 복습하라고 하네. 그럼 내가 잠시 영화배우 노릇을 해야 되겠네. 근데 혼자서 어떻게 해? 강도 역할이 있어야지."

"뭐어? 그런가? 호호호, 그럼 내가 강도 역할을 해야겠네? 권총을 든 미모의 여 강도! 호호호, 우습다. 재미있다. 호호호."

아내는 제풀에 웃으면서 마침내 바닥에 쓰러지며 깔깔깔 하고 웃었다.

"뭘, 그렇게 재미있어?"

"그냥, 웃기잖아. 우리 둘이서 강도와 경비 역할을 연극하려니까."

"하하하, 하긴 그래. 어서 빨리 권총을 들고 내 앞에 얼쩡거리란 말이야. 난 엎드려 있을 테니까."

"호호호, 권총이 있어야지."

"그냥 손가락 권총으로 해."

"호호호, 그럼 실감이 나나? 권총 비슷한 것을 찾아야지. 으음, 뭐가 있더라…… 맞다, 맞아! 권총 비슷한 것이 있다. 헤어드라이어를 가져와야지."

아내는 뭐가 그리 재미있는지 곧바로 헤어드라이어를 가져와서 치렁거리는 전깃줄을 머리 묶는 고무줄로 묶었다. 그러고 보니 제법 대형 권총 같다.

"하하하, 진짜 웃긴다. 그런 권총이라면 코끼리도 죽겠다."

"호호호, 진짜야? 이렇게 큰 권총도 있나? 호호호."

"자, 그럼 연기 시작한다. 거기에서 권총을 들고 슬금슬금 두리번거리면서 이 앞으로 오라고."

"응."

제시카는 터져 나오는 웃음을 억지로 참아 가면서 헤어드라이어를 들고 앞쪽으로 슬금슬금 걸어 나왔다. 마이클은 엎드려 있다가 몸을 돌리면서 제시카의 오금을 툭 차니, 제시카는 "엄마나!" 소리를 내면서 앞으로 넘어진다. 마이클은 아내가 넘어져 다치지 않게 한 손으로 아내의 가슴을 받쳐 가며 넘어지게 하면서 동시에 그 뒤에 올라타면서 헤어드라이어를 순식간에 빼앗았다.

"움직이면 쏜다."

"호호호, 아이구야, 진짜네. 오금을 슬쩍 찬 것 같은데 힘없이 고꾸라지네."

마이클은 이런 아내가 한없이 귀엽고 사랑스러워서 곧바로 바로 눕히고는 꼭 껴안으면서 키스를 했다.

"호호호, 강도에게도 이렇게 했어?"

"뭐어? 강도에게? 크하하하."

이렇게 둘이서 엎치락뒤치락하며 말하고 입을 맞추고 하다 보니 마이클의 배꼽 아래에 엄청난 힘이 들어가기 시작하였다.

“안 돼, 이따가. 일단 저녁부터 먹자.”

눈치를 챈 제시카가 만류하자, 마이클은 멋쩍게 일어났다.

“한국식 불고기가 뭐야? 어디서 들어 본 것도 같아.”

“들어는 봤을 거야. 한국 음식점도 있다는데, 한 번도 가 보지 않았지.”

“그래, 오늘 맛을 보고 다음에 찾아가 보자.”

“으응.”

“요리하는 데 시간이 많이 필요한가? 연기를 했더니 배고프다.”

“호호호, 5초짜리 연기하는데 배고프면 영화배우들 다 굶어 죽었겠다. 호호호.”

“카하하하.”

“요리하게 쉽대, 냉동 팩으로 되어 있는데, 프라이팬에 넣고 익히기만 하면 된다고 하더라고. 십 분도 채 안 걸릴 거야, 금방 돼.”

“오우, 정말 기대된다.”

잠시 후, 제시카는 구수한 고기 냄새가 나는 한국 불고기와 쌀밥, 야채 등을 식탁에 차려 내왔다.

“마이클, 이리 와봐.”

“어엉, 그래 맛있는 냄새가 나는데?”

“으응, 내 친구가 그러는데 한국 불고기가 맛있다고 해서 사 온 거야. 불고기는 빵이 아니라 쌀밥과 먹어야 한다더라고.”

“엉, 그거 좋지.”

“미국엔 왜 이런 음식이 없나 몰라.”

"그러게 말이야, 이렇게 기가 막히게 맛있는 고기 요리가 있다니, 가끔 사 먹자."

"응, 시간 날 때 한국 레스토랑에 한번 가 보자."

"응, 그래."

마이클과 제시카는 시시덕거리면서 맛있게 저녁을 먹고는 반주로 와인도 한두 잔씩 마셨다.

식사 후 마이클과 제시카는 여느 때와 마찬가지로 거실 소파에 앉아서 한가롭게 TV를 시청했다. 그런데 어찌 된 일인지, 마이클은 제시카를 안아 보고 싶은 욕망이 활화산처럼 타오르기 시작하였다. 낮에 스트레스를 심하게 받아서 심리적으로 보상을 받으려는 것일까? 아니면 와인 몇 잔에 적당히 취기가 올라서일까. 마이클이 자꾸 치근덕대자, 제시카는 이제 더는 거절할 수 없었다.

"낮에 강도들에게 시달렸다더니, 나에게 보상을 받으려나 봐? 호호호."

"어어? 그런가?"

"알았어, 샤워하고 갈 테니까 먼저 올라가."

"응."

마이클은 침실이 있는 2층으로 올라갔고, 잠시 후 사랑스러운 아내 제시카가 올라왔다. 코끝을 자극하는 은은한 향수 냄새에, 배꼽 아래에서부터 반응이 시작되었다.

마침내, 신혼부부이자 젊은 그들은 사랑의 폭풍을 일으켰다.

"아~ 너무 좋아. 사랑해, 마이클."

"응, 오늘은 지옥에서 출발해서 천국까지 갔다 왔다."
"호호호, 진짜 멋있는 시적인 표현이다."
"갈증 나지 않아? 우리 맥주 한잔 하자."
"좋지, 땀을 많이 흘렸나. 내가 가져올게."
"오우~ 땡큐."
곧바로 제시카는 맥주를 가져오고 마이클은 단숨에 두 잔이나 비웠고, 제시카도 한 잔이나 마셨다. 사랑의 여흥이 아직 잔잔하게 남아 있던 두 사람은 가볍게 키스를 하고는 침대에 누웠다.
"아~ 갑자기 잠이 쏟아지네."
"나도, 사랑에 취하고 맥주에 취했나 봐. 한숨 자야겠어."
마이클과 제시카는 이번에는 잠에 취했다.

한편,
마이클이 퇴근하여 집 앞에서 언뜻 보았다는 흑구체(Black Ball)는 대체 무엇인가? 그 구체는 쪼개지는 듯하면서 금세 사라지고 무슨 벌레 같은 것이 언뜻 보였다가 없어졌는데, 그것은 대체 무엇일까?
지름이 야구공 세 개 반만 한 흑구체는 소리 없이 낙하하여 지면에 닿자마자 연꽃잎이 열리듯 열렸다. 그 속은 아주 옅은 핑크색을 내는 젤리 성분 같은 것으로 되어 있었는데, 그 안에 강낭콩보다 약간 작은 수천 개의 알이 보였다. 순식간에 그 알은 부화하듯 껍질이 열렸고, 그 안에서는 아주 작은 거머리 같은 생명체가 튀어나왔다. 길이는 어린이 손가락 한 마디 반만 하고 굵기는 성냥개비 정도에 불과했다. 입에 해당하는 앞과 꼬리에 해당하는 뒷부분에 흡판이 달려 있었고, 이것들은 'U'자 모양으로 구부러졌다가 반듯하게 펴면서 그 반동으로 "통! 통! 통!" 튀듯이 앞으로 나아갔으며, 때로는 자벌레처럼 굽혔다 펴면서 어느 한 곳을 향하여 전진하였다. 이러는 사이에 흑구체와 강낭콩같이 생긴 껍질은 먼지처럼 사라져서 없어졌다.

이것이 대체 무엇이란 말인가?

이것은 바로 엑타 행성에서 온 엑타 외계인의 DNA(유전자)가 들어있는 "에이리언 씨드"이다.

에이리언 씨드는 지구인 여자를 찾아서 한 번에 한 뼘씩이나 통통 튀기듯 이동하였다.

즉, 지구인 여자의 페로몬 냄새를 쫓아서 본능적으로 이동하고 있었다.

엄청나게 많은 에이리언 씨드 중에는 낙오하는 것들도 있었고, 다른 씨드보다 앞서가는 것도 있었다. 낙오하거나 기력이 없는 것들은 그 자리에서 분해되더니 흔적도 없이 사라졌다.

이날 밤,

지구인들은 전혀 눈치채지 못했지만 전 세계에 엄청난 수의 흑구체가 떨어지고 흑구체 속에 있던 에이리언 씨드는 젊고 건강한 지구인 여자의 페로몬 냄새를 따라 이동하였다.

마이클 집 근처에 떨어진 흑구체에서도 수많은 에이리언 씨드가 나와서 집 둘레에 포진(布陣)하고 있었다. 에이리언 씨드는 눈은 없지만 감각으로 모기 정도의 인지 능력을 가지고 있었기 때문에 밝은 곳은 피하고 사람의 움직임도 알아챌 수 있었다. 즉, 에이리언 씨드는 지

구인 여자에게서 움직임이 없을 때 아주 살며시 접근하는 것이다.

마이클과 제시카가 잠들어 있는 2층 침실.

수많은 에이리언 씨드들이 이동 중에 낙오하여 흔적 없이 사라졌지만, 그래도 적어도 오륙십 마리의 에이리언 씨드는 2층 창문 근처에서 대기하고 있었다.

이윽고 제시카가 깊은 잠에 빠지자, 에이리언 씨드들은 소리 없이 맹렬한 속도로 제시카의 침대로 향했다. 이것은 마치 인간 남자의 정자가 여자의 질 속에서 맹렬하게 헤엄쳐 난자에게 다가가는 것 같은 모습이었다.

그중에 몇 마리가 먼저 제시카의 벌버(Vulva) 앞까지 오더니, 거머리 같은 모양의 입에서 아주 작은 실지렁이, 그러니까 길이는 손톱만 한데 그 작은 실지렁이 같은 생물체가 질(膣, Vagina) 속으로 들어갔다. 그러자마자 거기까지 왔던 다른 모든 에이리언 씨드는 금세 먼지처럼 분해되어 없어져 버렸다. 단 한 마리의 에이리언 씨드가 질 속에 들어가자마자 강력한 경계 페로몬을 발산하게 하였던 것이다.

질 속에 들어간 에이리언 씨드는 진동하듯이 헤엄쳐서 곧바로 수 초 만에 자궁의 가장 안전한 곳에 착상하였다. 이렇듯 엑타 외계인의 에이리언 씨드는 지구인처럼 수정과정이 없는 것이다.

엑타 외계인의 유전자(DNA)를 가지고 있다가 지구인 여자의 자궁에 착상하여 지구인의 유전자(DNA)와 결합하여 새로운 지구 인류, 즉 신지구인(New Human)을 만들기 시작한 것이다. 이렇게 제시카는 자신도 모르는 사이에 의도치 않게 엑타 외계인의 에이리언 씨드를 임신하게 되었다. 지구인 여자는 단순히 숙주 역할을 한 것이 아니라 엑타 외계인의 유전자와 인간의 유전자가 결합하여 새로운 우주인류를 만들고 있었다. 본서에서는 '새로운 우주인류' 또는 '신지구인(New Human)'이라 이름을 지어 글을 이끌어 나간다.

이리하여 제시카는 그날부터 임신하고, 10개월 후에 건강한 아들을 출산하게 되는데 아이 이름을 '제레미(Jeremy)'라고 지었다.

# [2]. 기이한 생명체가 여성에게로
A bizarre creature into a woman

## 1. 헬리콥터 투어와 스노클링
Helicopter tours and snorkeling

"투투투투!"

헬리콥터 소리가 요란하다.

호주 동북부 케언즈(Cairns)의 그레이트 베리어리프(Great Barrier Reef) 투어 헬리콥터장이다. 작은 헬리콥터는 10분간 공중을 선회하는데, 대기자가 많아서 멜버른에서 혼자 여행 온 잭(Jack)도 줄을 섰다. 두 명씩 서 있는데 바로 옆에는 목에 DSRL을 걸고 손에는 작은 캠코더를 들고 있는 호리호리한 중년 남자가 캠코더를 만지작거리며 서 있었다.

'몇 명씩 타나? 두 사람씩 줄을 세운 것을 보니 짝수로 4명이나 6명이 타는 모양이지?'

잭은 혼자서 그런 생각을 하면서 선글라스를 다시 고쳐 썼다.

"투투투투투~"

요란한 소리를 내면서 헬리콥터가 내려앉자 큰바람이 일며 머리카락이 바람결에 휘날렸다. 진행하는 남자 직원이 커다란 방음용 헤드셋을 쓰고는 큰소리와 손짓으로 사람들을 태우기 시작하였다.

그런데 얼핏 보니, 헬리콥터에 타는 여행객은 짝수가 아니라 홀수였다. 왜냐하면 조종사, 조종사 옆자리, 그리고 뒤에 두 자리씩 총 네 자리. 즉, 조종사를 제외하고 여행객은 5명이 타게 되어 있었던 것이다.

"어라, 홀수로 타네."

그러는 사이에 앞에 있던 남녀 커플을 조종사 뒷자리에 태우고, 잭의 옆에 있는 카메라를 목에 건 남자와 무슨 말을 나누더니 그 사람을 조종사 옆에 태웠다. 아마 앞에서 사진을 찍게 해달라고 부탁을 한 모양이었다.

그런 다음 잭을 먼저 맨 뒷자리에 타라고 하여 올라타는데, 바로 뒤에 서 있던 미모의 젊은 여자가 옆에 탔다. 잭과 그 여자는 가볍게 웃어 보이면서 눈인사를 나누었다.

곧바로 헬리콥터는 이륙을 하여 대산호초 위를 날기 시작하는데, 옥색 바다에 푸른 하늘이 파노라마로 펼쳐지는데 눈이 시원해지고 가슴이 탁 트였다. 잭은 어색하고 신기한 나머지 고개를 길게 빼고 이리저리 갸웃거리면서 혼자 감탄을 하는데, 갑자기 옆에 앉은 여자가 손가락으로 잭의 팔을 꾹꾹 찌르면서

"여길 봐요, 여길!"

하고 큰소리를 쳤다. 그래서 엉겁결에 그 여자 옆으로 나 있는 창밖을 내려다보니, 옥색의 바닷물이 깊고 얕은 정도에 따라 겹겹이 보이고 작은 산호섬들이 그림처럼 펼쳐져 있었다.

무의식중에 "와아, 뷰티풀, 베리 굿!"을 연발하는 잭을 바라보며, 그 여자도 웃으면서 엄지손가락을 치켜세웠다.

잠시 후, 이번에는 잭의 창가 쪽으로 멋진 광경이 펼쳐지는데, 이때 헬리콥터가 급선회하는 바람에 그 여자가 잭에게 기울어져 옆으로 반쯤 안기는 형국이 되었다. 잭의 오른쪽 팔과 그 여자의 왼쪽 팔이 맞닿자, 잭에게는 야릇한 감흥이 생겼다. 그러더니 어깨부터 팔꿈치가 아주 맞닿았다. 이번에는 그 여자가 잭에게 몸을 기울이고 창밖을 보면서 감탄을 했다.

"와우!, 정말 굉장하다."

헬리콥터에서 내린 잭이 보트로 옮겨 타면서 그녀에게 말을 꺼냈다.

"반갑습니다. 나는 잭(Jack)이라고 해요. 멜버른(Melbourne)에서 혼자 여행 왔습니다."

"어머나, 그래요? 저도 혼자 여행 왔는데요, 호호호. 저기 서쪽 끝 퍼스(Perth)에서 왔어요. 올리비아(Olivia)라고 합니다."

"하하하, 그렇군요. 잘되었네요. 혼자서 어디 어디 다니시나요?"

"호호호, 퍼스에서 비행기 타고 울룰루에서 3일 보내고 비행기로 여기 케언즈로 왔어요. 어젯밤에 도착했어요."

"아, 그래요? 저도 어젯밤에 멜버른에서 비행기 타고 와서, 여기가 첫 번째 여행지입니다. 아무튼, 만나서 반갑습니다."

"네에, 또 뭘 신청하셨어요?"

"사실은 열기구를 타려 했는데 이미 표가 매진되었다고 해서 바닷속 구경도 할 겸 이리로 와서 열기구 대신 헬리콥터 투어를 신청했지요."

"어맛, 나랑 똑같네! 나도 열기구 투어를 신청했다가 매진이라고 해서 차선책으로 이리로 왔는데. 여기 산호가 멋있다는데요, 그런가요?"

"하하하, 저도 처음이라 모릅니다. 멋있으니까 여행객들이 이렇게 많겠죠."

"호호호, 그렇네요. 혹시 스카이다이빙은 해 보셨나요?"

올리비아가 호기심 가득한 눈망울로 물었다.

"아뇨, 그건 좀 무서운 생각이 들고 너무 순식간에 떨어져서 제대로 구경도 못 할 것 같아서 아예 처음부터 알아보지도 않았습니다."

"호호호, 그것도 나랑 똑같네. 그럼 다음에 뭘 하려고요? 난 스노클링(Snorkeling) 하려고요."

"당연한 순서지요. 스쿠버 아니면 스노클링인데, 스쿠버는 라이센스가 없어서 그만두고 스노클링이나 하려고요. 인터넷에 보니까 바닷속 산호와 물고기들이 굉장하더라고요."

"그래요, 그런데 인터넷을 100% 믿으면 안 돼요. 거긴 뻥이 심하더라고요."

올리비아가 입술을 삐죽이며 말했다.

"하하하, 맞습니다. 뻥이 있긴 있죠. 그래도 산호와 물고기들이 있긴 있을 겁니다."

둘은 금방 마음이 통했는지 시시덕거리면서 스노클링을 하기 위해서 수영복으로 갈아입으러 갔다. 남자는 삼각 수영복으로, 여자는 꽃무늬가 있는 핑크색 비키니로 갈아입었다.

"호호호, 그러니까 꼭 물개 같네요."

"하하하, 그래요? 그럼 오늘만 물개 하죠. 난 보이(Boy) 물개, 거긴 걸(Girl) 물개, 아니죠, 비키니 물개. 하하하!"

"호호호, 그렇게 해요. 물개 친구 해요, 우리."

둘은 농담을 나누며 계단을 내려가서 바닷물 속으로 들어갔다. 잭은 수영을 썩 잘하진 못하지만, 스노클링은 여러 번 해 본 터였다.

잭에게는 좀 엉뚱한 면이 있었다. 수영장에서 수영 연습을 하다가 잠시 쉴 겸 올라와 의자에 앉았다. 그런데 기다란 의자 한편에 가지런히 놓여 있는 핀(Fin:오리발)과 스노클링 세트가 가지런히 놓여 있는 게 눈에 들어왔다.

"어어? 누구 것인가?"

주위를 둘러보아도 아무도 보이질 않고, 수영하는 사람들만이 이십여 명 있을 뿐이었다.

잭은 호기심에 오리발을 한번 신어 보았는데, 마침 자기 것인 양 딱 맞았다.

"이거 신고 수영하는 사람들을 더러 보았는데, 잠시 한번 나도 이거 신고 수영을 해 볼까? 주인이 오면, 금방 올라오면 되니까 괜찮겠지."

잭은 이런 생각을 하고는 물속에 풍덩 들어갔다. 처음에는 매우 어색했는데, 금방 적응이 되자 아주 쉽게 수영을 할 수 있었다.

"야, 이렇게 편한 것을, 뭐하러 손발 힘들게 내저으면 수영을 하나? 그냥 오리발을 신고 툭툭 차면 쑥쑥 앞으로 나가는 것을. 하하, 이 편한 걸 이제야 알다니. 손으로 휘저을 필요도 없잖아? 그냥 팔짱만 껴도 잘 나간다, 잘 나가."

그렇게 감탄을 하고 있는데, 물 밖에서 어느 청년이 두리번거리는 것이 눈에 띄어서 재빨리 올라왔다.

"아~ 죄송합니다. 여기 그냥 있길래 호기심에 잠시 신어 보았습니다."

"괜찮습니다. 혹시 핀 수영을 처음 하시나요?"

"아, 예. 처음입니다. 앞으로 아주 잘 나가던데요? 이걸 핀(Fin)이라고 하나요? 하하, 난 오리발인 줄 알았네요."

"하하, 그렇게 부르기도 합니다."

이렇게 하여 잭은 처음 보는 그 청년에게 마스크와 스노클 사용법에 대하여 기초 교육을 받게 되었다. 잭과 키가 엇비슷한 그 청년은 붙임성 좋게 설명을 해 주고는 자기 것으로 물속에서 실습까지 시켜 주었다.

운 좋게도 잭은 그 청년의 마스크와 스노클을 입에 물고 핀을 신고 물속으로 다시 들어갔다. 물속이 훤히 보이고 핀을 툭툭 차면 쑥쑥 앞으로 나가니, 잭은 속으로 쾌재를 불렀다.

'와우~ 이거야말로 물속 천국이로구나? 이런 장비를 하고 바다 산호 속을 돌아다니면, 진기한 물고기와 형형색색의 산호들을 실컷 구경할 수 있겠다. 와우!'

잭은 연신 감탄을 했다.

"야호! 이런 게 있었는데, 이제야 알았네."

잠시 후, 물위로 올라온 잭은 물었다.

"와우~ 굉장합니다. 이거 어디서 파나요?"

"이거요? 수영장 밖에 나가면 수영복 파는 데 있죠? 거기에서 다 팔아요."

# *Mysterious under-water*

"아항, 맞아요, 거기서 얼핏 본 것 같네요."

사실 그랬다. 그곳에서 핀과 마스크 스노클도 다 팔고 있었으나 이제껏 관심이 없었던 잭이 건성으로 지나치고 말았던 것이다. 잭은 그 청년에게 다시 한 번 고맙다고 하고선 당장 스노클, 마스크, 핀을 샀다.

그리고 다음부터는 일반 수영장이 아닌 깊이 5m 다이빙장에서 수영하면서 바닥까지도 여러 번 내려가 보았다. 숨이 좀 찼지만, 옆에 사람들이 알려 준 대로 이퀄라이징을 하니 그리 어렵지도 않았다. 한편에선 공기통을 메고 물속으로 들어가는 스쿠버 연습도 하고 있어서 언젠가는 스쿠버 연습도 해야겠다고 마음먹었다.

이렇게 하여 잭은 수영은 썩 잘하진 못했지만, 스노클링은 아주 잘하게 된 것이다.

물속에 들어가니, 저편에서 강사가 오라고 손짓을 했다.

강사는 나이가 꽤 많은 남자였는데, 그는 커다란 원형 튜브에 둘러친 끈을 한 손으로 잡으라고 하였다. 잭과 올리비아는 강사의 지시에 따라 한 손으로 끈을 잡고 물속에 머리를 넣고, 마스크를 통해 물속을 들여다보았다. 여러 종류의 다양한 산호가 보이고, 대번에 수십 마리의 물고기들이 몰려들었다.

얼마 후 스노클링을 하려는 사람이 다 모였는지, 강사가 핀을 천천히 차면서 저쪽으로 가자고 한다.

"컴온! 컴온!"

일행들은 강사의 지시에 따라 일제히 그쪽 방향으로 핀을 차면서 이동했다.

그렇게 얼마쯤을 갔는데, 엄청나게 큰 물고기가 다가와서 모두 놀라서 기겁했다.

"괜찮아요, 무섭지 않아요."

강사가 안심을 시키고는 소시지를 꺼내어 주니, 그 녀석은 기다렸다는 듯이 소시지를 한입에 덥석 물어서 먹고는 금방 입을 또 벌리면서 근처를 왔다 갔다 하더니 급기야는 커다란 튜브 안쪽으로 들어왔다.

"살살 만져도 괜찮아요."

강사의 말에 따라 일제히 한 손을 뻗어 물고기를 만져 보았다. 미끌거리면서 단단한 감촉이 느껴졌다. 모두 마스크를 쓴 채 "와우~" 하고 감탄을 하였다.

그 외에도 천천히 이곳저곳을 다니면서 바닷속을 구경 하는데, 어느 사이에 시간이 다되었는지 이제 그만 올라가라는 강사의 말에 모두 아쉬움을 남긴 채 배 위로 올라와야 했다.

"와아, 정말 굉장하다. 그 큰 물고기 이름이 뭔가요?"

올리비아가 잭에게 물었으나 잭도 알 턱이 없었다.

"이름이 뭔진 나도 몰라요. 입이 엄청나게 크니까 '빅마우스'이려나? 하하하."

"빅마우스라는 물고기 이름은 처음 듣는데요? 호호호."

"내가 알아봐야지."

잭은 저쪽 편 스노클링 장비를 관리하는 곳으로 가서 직원에게 물어보았다.

"저기 물속에 입 큰 물고기 이름이 뭔가요? 혹시 '빅 마우스'인가요?"

"아뇨, 월리요, 월리."

"물고기 이름이 월리인가요? 이상하네 사람 이름 같네."

"하하하, 물고기 별명이 월리이고 물고기 진짜 이름은 '그루퍼'라고 합니다. 그루퍼요."

"아, 그루퍼군요."

잭은 득의양양하게 돌아와서는 머리를 말리고 있는 올리비아에게로 갔다. 머리를 말리고 있는 그녀의 뒷모습을 보니, 키도 적당히 커 보였다. 잭의 키가 180㎝이니까, 대충 어림짐작으로 170㎝는 안 되어 보이고 165㎝는 넘어 보이는, 그 중간쯤 될 것으로 보였다. 몸매는 한마디로 아주 크지도 적지도 않고 약간 풍만한 듯한 볼륨감의 가슴과 둔부, 한 손으로 감길 듯 잘록한 허리로 콜라병 몸매, S라인의 몸매였다.

'오우, 이쁘다. 살아 있는 여신이 강림했네. 그냥 조각상이네.'

잭은 혼잣소리하면서 감탄을 했다. 잭이 감탄하는 것도 그럴 만했다. 올리비아는 어려서부터 무용과 체조를 했고, 한때는 리듬체조를 배우기도 하였으나 너무 힘들고 적성에 맞지 않는다고 하여 그만두었다. 대학에 들어가서는 호신술로 코리아의 태권도를 조금 배워서 1단 자격증까지 소지하고 있었다. 그리고 집에서도 아빠가 체력 관리를 위해 몇 가지 운동기구를 사 놓아서 홈 짐을 구비하여 멀리 헬스클럽에 나가지 않아도 운동은 얼마든지 할 수 있어서, 올리비아는 시간 날 때마다 운동하면서 몸매 관리를 했었다.

"그 물고기의 원래 이름은 그루퍼인데, 윌리라고 사람처럼 별명이 있다고 하네요."

"호호호, 진짜 사람 같네. 그럼 여기 있는 사람들 모두 윌리라고 하면 그 그루퍼인 줄 알겠네요."

"그럴 걸요? 윌리 그루퍼."

"근데 왜 한 마리밖에 없을까요?"

"어어, 그러네. 다른 녀석들도 있을 텐데, 아마 영역 다툼 때문에 그럴 것 같네요. 물고기나 짐승들은 제일 크고 힘센 대장이 있잖아요. 그놈이 주변의 다른 녀석들을 못 오게 하는 거 아닐까요? 또 물어보고 올까요?"

"호호호, 그럴듯한 이론이네요. 아마 맞을 것 같네요."

"하하하, 내가 디스커버리 방송을 가끔 봐서 아마 틀림없이 맞을 겁니다. 하하하."

"호호호, 자화자찬이네요. 호호호."

잭의 말은 맞았다. 큰 그루퍼가 주변에 다른 작은 녀석들은 못 오게 하고 있었다. 더구나 스노클링 때 얻어먹는 소시지를 다른 녀석들에게 나눠 줄 생각이 전혀 없어서 시시때때로 주변을 경계하고 있었다. 윌리도 산호의 틈바구니에 숨어 있다가 스노클링을 하는 사람들이 들어오고 강사가 있는 것을 알면 재빨리 올라와서 근처에서 얼쩡거리면서 소시지를 얻어먹고 있었던 것이다.

잭과 올리비아는 별다른 얘깃거리도 없었지만, 잭의 입담이 좋아서인지 아니면 올리비아의 아름다운 미모 덕분인지 금세 친해질 수 있었다. 잭과 올리비아가 스노클링 중에 본 물고기의 정식 명칭은 '블루 그루퍼(Blue Groper)'였다.

배를 타고 항구로 돌아오면서 피로에 지친 그들은 의자에 기대어 잠시 쪽잠을 잤다.

"아유, 잘 잤다."

먼저 눈을 뜬 올리비아가 잭을 쳐다봤다. 잭 역시 막 눈을 비비며 잠에서 깨어나는 참이었다.

"별로 힘든 일도 없었는데 피곤하네요. 나도 모르게 잠이 들었어요."

"그래요, 여행 자체가 힘듭니다. 아마 아까 스노클링 할 때 좀 힘이 들었나 봐요."

"전혀 힘든 줄 몰랐는데…… 그랬었나?"

"그럼 피로도 풀 겸 커피숍에 가서 커피 한 잔 어때요?"

그러지 않아도 잭이 먼저 제안을 할 참이었는데 이게 웬 횡재인가. 이런 미녀와 같이 커피를 마시다니. 잭은 마치 꿈결 속에서 헤매는 것만 같았다.

"좋지요, 커피 한 잔이면 아마 날아갈 것 같아요."

"호호호, 그럼 어디 한번 마셔 보죠. 아까는 바닷속을 구경했으니, 이번에는 하늘로 날아 올라가서 새들처럼 날아다니죠, 뭐. 호호호."

"하하하, 그래요. 하하하."

둘은 초면이었지만, 이상하게 대화가 술술 풀리는 것을 느꼈다. 마치 희곡 대본을 읽는 것 같아 둘은 속으로 의아하게 생각하고 있었다. 하지만 그 의아함은 긍정적인 호기심에 이어, 호감으로 발전하고 있다는 것을 그 둘은 아직 알아채지 못한 모양이었다.

마침 출구에서 나와 오른쪽으로 오십여 미터 가니 일 층에 커피숍이 보였다.

'캥거루 커피숍'

호주의 상징 동물인 커다란 캥거루 두 마리가 유리창에 그려져 있었다.

"호주라서 그런지 캥거루는 오다가다 굉장히 많이 만나네."

"그러게요. 캥거루 간판이 많아요. 실제로 야생 캥거루 본 적 있어요?"

"당연하지요. 호주 사람치고 야생 캥거루 못 본 사람도 있나요?"

올리비아의 질문에 잭이 대답했다.

"참, 그렇지요. 저도 야생 캥거루가 뛰어다니는 것은 보았는데 가까이서는 못 보았어요. 하지만 동물원에 가 보면 사람들이 만져도 가만히 있더라고요. 먹이도 파는데, 손바닥에 먹이를 놓으면 와서 핥아 먹어요. 간질간질. 아이고, 지금도 생각나네, 간질간질. 호호호."

올리비아가 재미있다는 듯이 웃으며 대답했다.

"아, 그래요? 난 그런 경험은 없는데. 재미있겠네요."

"네, 아주 재미있어요. 옆에서 같이 누워서 사진도 찍어요."

"어어~ 그래요? 나도 얼른 가 보고 싶네. 어느 동물원인가요?"

"퍼스에 있어요. 거기 가면 캥거루도 뒹굴뒹굴거리고 하루 종일 잠만 자는 코알라도 보고 만져 보고 사진도 찍을 수 있어요."

"예에? 퍼스에 가면 그런 동물원이 있다고요? 하루빨리 가 봐야겠네."

"그래요. 아무 때나 와도 괜찮아요. 여름에 와요."

"그런데 난 코알라를 자세히 보지는 못했는데, 코알라가 암수 구별이 어렵다는데 사실인가요?"

"네에? 코알라가 암수 구별이 어렵다니요? 당연히 수놈의 페니스와 볼(Ball: 고환)이 눈에 보일 거 아니에요?"

"안 보인답니다. 걔들은 겉으로 드러난 페니스가 없다고 하네요."

"호호호, 정말 엉뚱하네요. 어디서 그런 것을 알았어요?"

"하하하, 제가 좀 엉뚱해서 희한한 것들에 관심이 많아요. TV에서 보았습니다. 코알라하고 남미에 있는 나무늘보라는 동물은 암수 구별이 어렵다고 합니다."

"또 있어요? 그런 동물이 또 있어요?"

"그런 모양이에요. 나도 나무늘보는 보지 못했는데, 얘도 하루 종일 잠만 자다시피 한다고 하네요. 그러니까 다른 포유류나 인간들처럼 사랑 놀음(교접)에 관심 없이 살다 보니까 퇴화되어서 겉으로 보이지 않는다고 합니다."

"어머, 그래요?"

"혹시 모르죠. 인간들도 아주 먼 미래에 섹스리스로 살다 보면 외형적으로 보이지 않을 수도 있지요. 퇴화되어서."

"어멋, 망측해라. 그럼 남자 여자가 무슨 재미로 사나요? 나는 싫을 것 같은데……."

"당연하지요. 현재의 인간들에겐 상상할 수 없는 이야기입니다."

커피 주문도 잊은 채 계속되는 이야기에, 젊은 여자 직원이 다가왔다.

"어떤 걸로 주문하시겠어요?"
"오우 이런, 미안합니다. 깜박했네요. 어떤 거 마시겠어요?"
잭이 예의상 먼저 물었다.
"저는 진한 커피는 못 마셔요. 음, 우유가 듬뿍 들어간 카푸치노요."
"오우~ 그거 좋지요. 거품도 일품이고 고소한 맛이 최곱니다. 저도 카푸치노로 할게요."
"진한 커피 못 마시나요?"
"못 마시는 것은 아니지만, 블랙커피는 너무 써요. 여러 종류의 커피를 마시지만, 지금은 저도 카푸치노로 하겠습니다. 제가 사 오죠."
"호호호, 괜히 신세 지는 거 아닌지 모르겠네요."
"아닙니다. 아니에요. 미녀와 함께 있는데 당연히 제가 서빙을 해야지요."
"호호호, 과찬이세요."
잭은 주문하러 카운터로 갔고, 올리비아는 창가 옆쪽으로 가서 앉았다.
몇 분 지나지 않아 잭은 카푸치노 두 잔과 작은 빵 두 조각을 함께 쟁반에 가지고 왔다. 둘은 먼저 거품을 불고는 커피를 한 모금 마시며 음미했다.
"와아~ 진짜 맛이 좋네요."
잭은 입술에 묻은 거품을 혀끝으로 핥으며 미소 띤 얼굴로 말했다.
"그러네요. 지금 우리 몸이 커피를 요구하고 있었나 봐요."
"몸이 커피를 요구하는 수도 있나요?"
"아, 그럼요. 수업시간에 교수님께 들은 얘기예요. 배가 고프면 몸이 음식을 요구하고 갈증이 나면 물을 요구하듯이, 우리 몸이 지금 피곤한 상태에서 커피를 요구하고 있던 거죠. 그러니 커피 맛이 좋을 수밖에요."

"와아~ 그런 이론이 있었군요. 배가 고플 때는 아무 음식이나 맛있듯이 지금 우리 몸이 피곤하니까 피로 회복제로 커피를 요구하고 있었군요."

"네, 그렇게 해석할 수 있죠."

"와우~ 오늘 굉장한 이론을 발견했네."

정말로 처음 듣는 이론에 잭이 크게 감탄하자, 올리비아도 덩달아 기분이 좋아져 얼굴에 미소가 가득했고, 양 볼은 복숭앗빛으로 물들었다.

"아까 울룰루를 거쳐서 여기에 왔다고 했지요?"

"네."

"울룰루는 어때요? 난 가 보지 않아서. 엄청나게 큰 바위라고 하던데요?"

"맞아요, 무지하게 큰 엄청난 바위죠. 둘레만 십 킬로가 넘는다고 합니다."

"와, 굉장하군요. 지금도 바위 정상에 올라갈 수 있나요?"

"아니요. 예전에는 정상까지 올라갔었다는데 지금은 아무도 못 올라갑니다. 사람들이 올라다녔던 돌을 파서 만든 계단은 보았어요. 여행객들은 그 앞까지 가서 구경만 할 수 있답니다."

"그럼 재미가 없을 텐데요. 뭐 다른 프로그램은 없나요?"

"왜 없어요? 여러 가지가 있죠. 울룰루 바위를 걸어서 한 바퀴 돌아오는 것도 있고, 반쯤 갔다가 되돌아오는 것도 있고, 그 장소를 떠나서 일몰을 보는 프로그램도 있고 다양합니다."

"그렇군요. 그럼 무슨 프로그램에 참석했었나요?"

"한 바퀴 돌아오는 코스는 좀 힘들 것 같아서 반쯤 갔다가 돌아오는 코스를 선택했지요. 곳곳에 원주민들이 남겨 놓은 암벽화가 있어요. 에보리진(Aborigine: 호주 원주민)이 남겨 놓은 거예요. 한편에는 에보리진 박물관도 있어요. 그다음에는 차를 타고 이동해서 울룰루 뒤로 해가 넘어가는 일몰을 구경하러 갔어요. 사람들이 엄청나게 많이 오는데, 그중에는 일몰 사진을 찍는다고 삼각대 펴 놓고 카메라를 들여다보는 사람들도 많아요. 일생에 한 번은 가 봐야 할 명소입니다."

"맞아요. 호주의 자랑거리이죠. 저도 다음에 기회가 된다면 가 볼 예정입니다. 일단 계획은 호주의 동부 쪽을 보고 내륙 쪽으로 들어가서 울룰루도 보고, 서쪽 끝의 퍼스도 가 볼 생각입니다. 퍼스에도 기이한 자연경관이 많다더군요."

"호호호, 그래요. 퍼스에서 제일 유명한 곳이 '웨이브 록(Wave Rock)'이죠. 마치 거대한 파도가 바위로 굳어진 듯한 모습이에요."

"맞아요. TV와 사진에서 여러 번 보았습니다. 아무리 보아도 파도 모양이더군요. 어떻게 그런 모습의 바위가 있을까, 정말 신비스럽습니다."

"그래요. 그래서 거기에 가면 다들 파도 타는 모습으로 사진을 한 장씩 찍는답니다. 다음에 오게 되면 제가 안내할게요."

"아이고, 감사합니다. 진짜 꼭 가 봐야 할 곳입니다. 제가 자연경치를 좋아하는 편이라서 꼭 가 보려고 합니다."

"그렇게 하세요, 온다고 못 오게 말리는 사람 한 명도 없습니다. 일일투어 여행사에서는 아마 두 손을 들고 반길 겁니다. 호호호."

"그러고 보니 거기도 바위네요. 호주에 유명한 바위, 울룰루, 웨이브 락. 다른 나라 사람들이 알면 호주는 바위투성이인 줄 알겠어요."

"그러게요. 아 참 또 있어요. 퍼스에 유명한 바위가."

"예에? 무슨 바위가 또 유명한가요?"

"그게……."

올리비아가 말대답하면서 시계를 들여다보았다.

"어머나, 빨리 들어가야 해요. 짐 꾸려서 비행장으로 가야 합니다. 바위 얘기는 나중에."

"어어? 그래요. 그럼 어서 나가죠. 오늘 밤 비행기로 어디로 가나요?"

둘은 여행 배낭을 메고 나오면서도 대화의 끈을 놓지 않았다.

"오늘 밤에 시드니로 가요."

"예에? 시드니요? 나도 오늘 밤 시드니로 가는데. 몇 시 비행기인가요?"

"7시예요."

"아이고, 시간 차이가 좀 나네요. 난 8시 30분 비행기인데."

"그러네요. 잘만 하면 내일 시드니 투어에서도 만날 수 있겠네요."

"네, 그러길 간절히 바랍니다."

잭은 아쉬움이 남았지만 어찌할 수 없었다. 올리비아는 숙소가 근처라서 급한 걸음으로 발길을 옮겼고, 잭은 택시를 타고 십여 분 거리에 있는 호텔로 돌아와야 했다.

## 2. 시드니 일일투어
### Day Tour in Sydney

비행기를 타고 시드니에 도착한 잭은 이어서 택시를 타고 예약한 호텔로 들어섰다. 예약확인을 하고 룸을 배정받은 잭은 룸에 올라가기 전에 내일 진행할 일일투어를 신청해야 했다.

"어라, 아까 올리비아가 내일 시드니 일일투어를 한다고 했는데 여러 가지이네."

그랬다. 시드니에서는 다양한 일일투어가 진행되고 있었다. 시드니 시내 투어도 있고, 조금 멀리 가는 쿠란다 투어, 블루 마운틴 투어도 있었고, 울릉공에 간다는 투어도 있었는데 종류가 그 외에도 여러 가지였다.

잭은 여행안내 리플릿을 여러 개 꺼내 보면서 잠시 망설였다.

"하이구야, 뭘 골라야 올리비아를 만날 수 있을까?"

잭은 한참을 망설이다가 시드니 시내 투어를 신청했다. 누구든지 시드니에 오면, 오페라 하우스와 하버 브리지를 먼저 보고 싶어 할 것 같았기 때문이었다.

다음 날 아침 7시 30분경, 이십여 명 정도 타는 미니버스가 호텔 앞으로 도착했다.

버스에 올라탄 잭이 주위를 둘러보니, 모두 남녀 커플로 5쌍이 먼저 타고 있었다. 잭은 눈인사를 하고는 맨 앞쪽에 혼자 앉으면서 제발 올리비아가 이 버스를 타기만을 아주 간절히 바라고 있었다.

투어버스는 또 다른 호텔을 들르더니, 중년 부부를 태우고 출발했다. 시계를 보니, 이제는 모두 다 태우고 시내투어를 시작할 시간이었다.

'어제 올리비아 휴대폰 전화번호라도 알아 두는 건데, 어쩌다 보니 그냥 헤어졌네.'

잭은 못내 아쉬워하면서 자리를 맨 뒤로 옮겼다. 혼자서 쓸쓸히 다닐 생각을 하니, 갑자기 여행할 흥이 사라진 것이다. 애초에 혼자서 여행을 떠났을 때는 이런 감정이 전혀 없었다. 어제 올리비아를 우연히 만나서 헬리콥터 투어를 같이하고 스노클링을 같이하면서 손잡고 다녔던 것이며, 커다란 물고기 이름을 알아내서 알려 주었을 때 해맑게 웃으면서 좋아하던 올리비아의 표정이 눈앞에 어른거렸다.

잭은 그렇게 풀이 죽어서 창밖을 응시하고만 있었다. 투어버스가 또 정차했다. 중년 부부를 태운 호텔이 마지막 호텔인 줄로만 알았는데 어느 호텔인가에 또 여행객이 있었던 모양이었다. 그때 잭은 길에서 건너편 자리에 앉아 있었고, 건너편 길가를 응시하고 있었기 때문에 누가 타는지도 몰랐다.

"하이, 잭!"

잭은 정신이 번쩍 들었다. 고개를 돌려 올려다보니, 올리비아가 역시 해맑은 웃음을 지으면서 당연하다는 듯이 잭의 옆자리에 앉았다. 잭은 얼마나 반가운지 눈물이 나올 지경이었지만 애써 참아야 했다.

"와우! 또 만났네요."

"호호호, 진짜로 우연이네. 오늘 투어를 어떤 걸로 할까 한참 망설이다가 먼저 시내 투어를 하기로 결정했더니! 호호호, 진짜 운명적인 만남이네."

"그러게요. 이런 확률은 아마 복권 당첨되기보다도 어려울 겁니다. 하하하."

"어머나, 호호호. 우스갯소리를 잘하셔, 퍼니 맨이네, 호호호."

이렇게 해서 일일투어 버스에는 6쌍의 커플에 잭과 올리비아, 그리고 한 명의 여자 가이드를 합쳐 총 15명이 탑승했다. 여자 가이드가 이것저것 설명해주는데, 잭과 올리비아에게는 그런 소리가 잘 들리지 않았다.

잭과 올리비아는 시답잖은 대화로 시시덕대며 서로 사진을 찍어 주다가 얼떨결에 다정한 연인처럼 둘이 찍기도 하였다. 잭과 올리비아를 제외하고 모두 커플이어서, 차마 솔로 티를 낼 수 없는 분위기였다. 그들은 자연스레 오랫동안 사귀어 온 연인으로 보였고, 얼마나 다정한 연인으로 보였는지 중년 부부는 "결혼 날짜는 잡았수?"라고 물어서 올리비아는 당황하며 어쩔 줄을 몰랐다. 당황하기는 잭도 마찬가지였다. 사회 초년생이자 아직 자립도 제대로 하지 못한 터에 결혼은 아직 한 번도 생각해 본 적이 없었기 때문이다.

아무튼, 투어버스는 조개껍질 같다는 오페라 하우스, 하버 브리지를 거쳐서 지대가 높은 어디를 가서 바다 조망을 보고, 또 어떤 해변가를 가고, 마지막으로 아쿠아리움에 가서 온갖 열대어 등을 보고 하루 일정을 마치었다.

"여러분, 오늘 투어 일정은 여기까지입니다. 호텔로 돌아가실 분들은 버스에 타시고 그렇지 않으신 분들은 타지 말고 각자 가고 싶은 곳으로 가면 되겠습니다."

가이드의 설명에 잭과 올리비아는 서로 얼굴을 마주 보다가 이심전심이 통했는지 투어 버스에 오르지 않았다.

"오늘 일정도 이렇게 끝이 났네. 이제 어디라도 갈까? 아니면 근처 호프집에서 맥주라도 마실까?"

"글쎄, 술은 별로 좋아하지 않는데……. 아 참, 밤에 보트 타고 야경 구경하는 게 있던데!"

"맞아, 선셋 디너 크루즈! 그럼 우리 그쪽으로 가자."

둘은 이틀 만에 어느덧 다정한 연인이 되어 버려서 스스럼없이 말을 주고받았다.

시간이 늦어서 표가 있을지 모르겠다고 걱정을 하면서 택시를 타고 허겁지겁 부두를 찾아갔다. 그러나 그들의 예상대로 오늘 디너 크루즈 표는 모두 매진되어서 없었다.

"아, 정말 아쉽다. 이럴 줄 알았으면 호텔에서 예약하고 오는 건데……"

"그러게. 어떻게 할까? 내일 표를 예매할까, 아니면 그냥 갈까. 근데 그냥 이대로 숙소에 들어가기에는 아직 시간이 너무 많아."

잭은 올리비아와 헤어지는 것이 못내 아쉬웠는지 어떻게든 그녀와 함께 있으려 했지만, 크게 내색은 못 하고 적당히 둘러대면서 말을 해야 했다.

"아 진짜, 어떻게 시간을 보내지. 나도 이대로 숙소에 들어가긴 싫은데……."

"이렇게 하면 어떨까?"

“어떻게?”

“저녁 식사 시간도 되었으니 간단히 패스트푸드 사서 아까 거기, 오페라 하우스 근처 공원으로 가자. 거기가 시원한 게 마음에 들더라고. 그리고 오페라 하우스와 하버 브리지 야경이 최고래. 야경 사진도 찍을 겸 그리로 가자.”

“오우, 그래그래. 그거 좋겠다!”

둘은 더 이상 말할 것도 없이 근처 패스트푸드점에서 햄버거 두 개와 감자칩을 사고, 캔맥주도 두 개를 사서 택시를 타고 그쪽으로 갔다. 그런데 저쪽 맞은편에서 반짝이는 불빛과 함께 요란한 음악 소리가 들려왔다.

“어라, 저쪽에 야외 공연장이 있네, 그리로 갈까?”

“아니, 너무 시끄러워. 이쪽으로 가면 네 말대로 야경도 좋고 사람들도 별로 없어서 분위기가 더 좋을 것 같아.”

“그래, 그러자.”

오페라 하우스 근처로 가자, 아직도 많은 사람이 산책하고 있었다. 그리고 사람들에게 간식을 얻어먹는 많은 갈매기들이 사람들의 눈치를 보면서 뒤를 졸졸 따라다니고 있었다. 잭이 감자 칩을 한주먹 꺼내어 던져 주자, 순식간에 삼사십 마리는 되어 보이는 갈매기들이 몰려들어 빼앗다시피 감자 칩을 쪼아 먹었다.

“호호호, 얘들 배가 고팠나 보다.”

“그러게. 물속에서 물고기 잡아먹을 생각하지 않고, 여기에 있다가 사람들이 던져 주는 것만 먹고 사는가 봐.”

“그래, 게으른 갈매기들이네. 호호호.”

올리비아는 뭐가 그리 좋은지 연신 웃어 가면서 감자 칩을 던져 주었다.

"아이고, 우리가 먹을 거 반은 주었네. 이제 그만 주자."

갈매기를 뒤로하고 잭과 올리비아는 벤치를 찾았다. 그런데 앞쪽 전망이 좋은 곳에는 이미 모두 사람들이 앉아 있었다.

"어라, 여기 오면 한적할 줄 알았는데 여기도 만석이네. 여기도 예약해야 했었나?"

"호호호, 그러게. 이거 날바닥에 앉을 수도 없고……."

"하하하. 정말 난감하네. 할 수 없지, 저쪽 안쪽 큰 나무 아래로 가 보자. 아까 낮에 보니까 그쪽에도 사람들이 많이 있더라고."

"으응, 그래. 할 수 없지, 멀찍이서 바라보는 수밖에."

"그러자. 그런데 잠깐! 여기가 야경 포인트가 좋다. 여기서 사진 몇 장 찍고 가자."

"그래, 그런데 사진 찍는 취미 있어? 카메라가 예사롭지 않은데?"

잭이 카메라를 내려놓고 또 다른 렌즈로 바꾸어 끼우는 것을 보고 올리비아가 물었다.

"으응, 사진 취미 쪼금 있지. 이런 카메라를 'DSRL'이라고 해. 여기 렌즈를 교체할 수 있어. 네가 가지고 있는 것은 렌즈를 못 바꾸잖아, 붙박이 렌즈라고 해서 바디와 붙어 있고 말이야. 이건 렌즈를 바꾸면서 광각, 표준, 망원렌즈로 바꿀 수 있어."

"어쩐지, 근데 좀 비싸 보인다."

"하하하, 그래, 약간 비싸."

그런 얘기를 주거나 받거니 하면서 잭은 광각 렌즈로 바꾼 카메라를 삼각대에 올려놓고 오페라하우스와 하버 브리지를 여러 장 찍는 모양이었다.

"자, 다 찍었다. 이제 우리 단체 사진을 찍자."

"어머나, 호호호, 둘이 무슨 단체야? 그냥 둘이지."

"그럼 그러자, 하하하. 단체 사진이 아니라 둘 사진 찍자."

이미 낮에 연인처럼 여러 장의 사진을 찍은 터라 별 부담이 없었다. 잭은 올리비아를 세워 놓고 몇 가지를 조작하더니 얼른 뛰어와서 포즈를 취했다.

"스마일, 치즈."

"치즈."

이어서 플래시가 번쩍하면서 사진이 찍혔다.

"어맛, 플래시가 번쩍이네? 아깐 그냥 찍었잖아."

"하하하, 진짜 사진은 전혀 맹탕이로구나. 아깐 저기 야경을 찍느라고 그랬고, 지금은 사람을 찍어야 하니까 플래시를 터트린 거라고."

"으응, 그런 건가?"

"설명하자면 길어. 배고프다! 어서 저쪽으로 가서 햄버거를 먹자."

"으응, 그래."

잭과 올리비아는 뒤쪽의 널따란 잔디밭을 건너서 커다란 나무 밑의 벤치에 앉았다. 가로등도 비치지 않아 더욱더 운치 있게 느껴지는 곳이었다.

잭은 먼저 캔맥주를 따서 올리비아에 건네고, 햄버거의 포장지를 벗기어 한입 베어 물었다. 올리비아 역시 햄버거를 먹기 시작하였다.

올리비아는 물 대신 마시는 맥주가 씁쌀한 맛이 아니라 달콤하게 느껴져서 의아했다. 그동안 맥주를 마셔 왔지만, 정말로 그날은 맥주 맛이 꼭 꿀처럼 달콤하게 느껴졌다.

햄버거를 다 먹고 둘은 영화 얘기며, 음악, 대학 생활 등 이런저런 얘기를 나누면서 서로를 어느 정도 알게 되었다.

올리비아는 호주의 서쪽에 있는 퍼스에서 낳고 자랐으며 이번에 혼자서 울룰루를 거쳐 케언즈에 갔다가 시드니까지 여행을 왔다고 했다. '생화학과'라는 다소 생소한 분야를 전공했는데, 취업도 안 되고 하여 이번에 혼자서 여행을 떠난 것이었다.

잭은 멜버른 사람으로 경영학과 출신인데, 졸업 후 어느 직장에 다니다가 상사들이 하도 귀찮게 이래라저래라 하여 홧김에 뛰쳐나와서 가게를 얻어 혼자서 컴퓨터와 휴대폰 매장을 운영하고 있다고 하였다. 자기의 전공과는 전혀 무관한데 다행히도 컴퓨터에는 대단히 관심이 많아서 거의 혼자 독학으로 기술을 터득하게 되었고, 휴대폰 매장은 간단한 교육만 받으면 할 수 있다고 하였다.

잭은 누구 밑에서 구속받는 것을 아주 싫어하는 사람이었다. 무엇을 하던 자기 마음대로 할 수 있는 직업을 갖고 싶다고 하면서, 앞으로 능력이 있으면 미니호텔과 여행사를 운영하고 싶다고 했다.

올리비아는 만난 지 이틀밖에 되질 않았지만, 잭은 매우 자존심이 강할 뿐만 아니라 성실한 사람이라는 것을 알 수 있었다. 그래서 속으로 '우리 아빠가 퍼스에서 냉동식품을 크게 운영하는 사장인데 거기에 가서 같이 일하면 좋을 것이다.'라고 생각도 했으나, 잭에게는 자기 집안 얘기를 하지 않았다.

## 3. 자석처럼 이끌리는 청춘 남녀
### Young boys and girls driven like a magnet

둘은 마치 자석의 N극과 S극이 이끌리듯 점점 가까워지더니, 마침내 서로 포옹하고 키스를 하기 시작하였다. 한참 동안 키스를 하는 동안 둘은 서로의 몸과 맞닿으면서 얇은 옷 속에 숨겨진 서로의 몸을 느끼게 되었다. 정말이지 황홀경의 키스였다.

그런데 어찌 된 일인지 잭보다 올리비아가 더욱더 적극적으로 리드하는 형국이어서, 잭은 은근히 속으로 놀랐다.

올리비아가 먼저 잭의 셔츠 속에 손을 넣어 몸을 만지기 시작했다. 주체하지 못하게 일어나는 감흥에 어쩔 줄을 몰라 하면서 신음소리가 저절로 나왔다.

'어라? 올리비아가 캔맥주 하나에 취했나?'

잭 역시 싫지는 않았다. 아니, 싫기는커녕 온몸에 희열을 느끼면서 그녀를 더욱더 꼭 껴안았다. 그때쯤 잭의 바지가 부풀어 터질 듯하여 애써 엉덩이를 뒤로 뺀 채 딥키스를 하고는 용기를 내어 올리비아의 티셔츠 속으로 손을 집어넣었다. 그러자 올리비아는 더욱더 적극적으로 손수 브래지어 끈을 풀고 잭의 손을 자신의 가슴에 올렸다.

잭은 일순간 너무나 당황하였지만, 올리비아가 그렇게 적극적으로 나오는데 마다할 일이 없었다. 말랑말랑하고 뭉클한 감촉이 왼손에 전해져 와서 이내 정신이 아찔하면서 혼미해지기 시작하였다. 올리비아를 바닥에 눕히고 싶은 욕망이 간절하였으나 거기까지는 아직 안 된다며 최대한 자제를 하면서 이성을 잃지 않으려 노력했다.

이날, 올리비아의 행동은 어쩌면 예견되었는지도 모른다. 왜냐하면, 가임기간에 들어서서 페로몬이 가장 강하게 발산될 뿐만 아니라 이런 이유로 이성에 대해서도 최고도로 호감을 느끼는 날이었기 때문이다.

### 4. 기이한 생명체가 여성의 몸속으로
### A bizarre creature into the body of a woman

이때였다.

근처에 소리 없이 낙하한 흑구체에서 수백 마리의 에이리언 씨드가 어둠 사이로 나타나 일제히 올리비아에게로 다가왔다. 마치 경쟁이라도 하듯 수십 마리의 에이리언 씨드가 짧은 치마를 입고 있는 올리비아의 다리를 타고 올라가 팬티 속으로 잠입했다. 그중에 맨 처음 도착한 아주 작은 거머리 같은 형태의 에이리언 씨드의 입에서 아주 더 작은 실지렁이 같은 형태의 생명체(인간의 정자와 유사하게 생김)가 나오자마자, 질 속으로 파고들어 불과 수초 만에 자궁의 가장 안전한 곳에 도착하여 자궁벽에 붙었다. 즉, 착상을 한 것이다. 그 순간 경계 페로몬이 발산되면서 동시에 달려들었던 수많은 에이리언 씨드는 그 자리에서 먼지처럼 분산되어 사멸하고 말았다.

이러한 상황을 올리비아도 몰랐고, 알 수도 없었다. 잭은 더더욱 몰랐다. 둘은 서로의 몸을 어루만지며 키스에만 열중할 뿐이었다.

"올리비아, 더 이상 못 참겠어."

"뭘?"

뻔히 알고 있었지만, 올리비아는 반문했다.

"자리를 옮기자. 여기가 터질 것 같아. 진짜 터져 죽을 것 같단 말이야."

잭이 더 이상 숨길 것도 없다는 듯이 불룩 튀어나온 바지를 가리켰다.

"호호호, 여기가 터질 것 같아?"

올리비아는 재미있다는 듯이 웃어 가면서 잭의 바지를 한 손으로 더듬었다. 마치 단단한 방망이 같은 것이 만져졌다.

"아악, 하지 마! 진짜야, 터질 것 같아."

"좋아, 나중에 보채기 없기다? 오늘뿐이야."

그곳에서 잭의 숙소는 다소 멀었는데, 올리비아가 묵고 있는 호텔은 걸어서 30여 분이면 된다고 하여 잭과 올리비아는 손을 잡고 야릇한 기분으로 노래를 흥얼거리면서 올리비아가 묵고 있는 Y 호텔로 갔다. 삼거리 길모퉁이에 있는 호텔의 9층 복도 맨 끝 방이었다.

둘은 들어가자마자 또 서로의 몸을 더듬으면서 정열적으로 키스를 퍼부었다. 올리비아는 잠시 입을 떼고는 흥분을 가라앉히며 애교 있는 웃음을 지어 보였다.

"잠깐 샤워하고 나올게."

올리비아는 곧바로 샤워하러 들어갔고, 침대에 걸터앉은 잭은 정말로 어안이 벙벙하였다.

'이게 도대체 꿈인가, 생시인가? 혹시 이러다가 돈을 요구하는 건

Alien's Seed
going to a woman

아닐까? 그런 여자로는 보이지 않았는데……. 집이 퍼스라고 하고, 혼자서 여행 왔다고 하던데, 내가 여우에게 홀렸나.'

잭은 정말로 갈피를 잡을 수 없는 상념에 빠졌다. 하지만 그의 몸은 이미 올리비아를 간절히 원하고 있었다.

잠시 후 올리비아가 수건을 걸친 채 나왔다. 그녀의 샴푸 냄새에 취한 잭이, 달려가듯 샤워를 하고 나왔고, 둘은 더 이상의 말이 필요 없이 침대에서 한몸이 되었다.

한바탕 격정이 뜨겁게 몰아친 후, 불을 켠 잭은 다시 한 번 너무나도 깜짝 놀랐다. 혹시 조금 헤픈 여자가 아닐까 생각했는데, 침대 시트엔 선홍색의 혈흔이 있었기 때문이었다. 잭은 경악해서 소리쳤다.

"너! 너! 버진(Virgin)이야?"

"으응, 왜 안 돼? 나 지금 첫 경험이야."

"아니, 아니, 아니야. 난 네가 버진일 줄 몰랐어. 오 마이 갓, 세상에 이런 일이……. 아아, 미안하다 미안해."

"뭘 그래? 괜찮아, 남자들은 버진을 좋아하다면서."

"으응, 그래. 아, 아니, 몰라. 미안하지만, 사실 난 네가 막 나가는 여자인 줄 알았어. 우리 어제 처음 만났잖아. 어떻게 해, 우리 계속 만나는 거야?"

"호호호, 너 갑자기 왜 그렇게 떠니? 떨긴 왜 떨어? 정 책임지고 싶으면 결혼하면 되잖아."

"뭐라고? 이틀 만에 만나서 결혼을? 아이구야, 이거 도대체 뭐가 뭔지 모르겠다."

"이틀밖에 되지 않았지만 난 네가 좋아. 네가 좋아서 허락한 거야."

“나도 네가 좋지만, 난 아직 가난해. 아직 가정을 꾸릴 만한 처지가 못 된다고! 지금 숍도 겨우 현상 유지하기에 급급하다구, 앞으로 이를 어쩌나.”

“잭, 너무 부담 갖지 마. 지금 이 순간을 즐기면 되잖아? 내가 너를 좋아하고 너도 나 좋다고 했지? 그거면 됐어. 충분해.”

사실 올리비아는 가난하다는 잭의 품성이 마음에 들었다. 언젠가는 자립하여 작은 호텔과 여행사를 운영할 만한 사람이라는 것을 믿고 있었다. 그러면서 잭에게는 말하지 않았지만, 만약 결혼하게 된다면 돈이 많은 아빠에게 부탁하여 미니호텔을 사달라고 하면 허락할 것이라고 나름대로 생각하고 있었다. 어쩌면 퍼스로 가서 냉동식품 회사를 같이 운영할 수도 있을 것이라고, 자기 멋대로 해석하고 있었다. 그만큼 잭의 오너다운 기개를 높이 평가하였다.

“올리비아, 우리 너무 빨리 진도 나가는 것 아니야?”

“글쎄, 그렇게 보일 수도 있겠지.”

이러는 사이에 잭은 더욱더 올리비아가 사랑스러워져서 정말로 이 여자와 결혼하면 어떻게든 행복하게 해 줄 것이라고 마음속으로 다짐하였다.

“아~ 사랑해, 올리비아.”

“그래, 나도 사랑해.”

그러는 순간에 잭의 배꼽 아래에 힘이 들어가기 시작하여 용수철처럼 튀어 오르더니 걷잡을 수 없이 팽창하고 있었다. 그것은 마치 당장 발사될 로켓과 같은 위용이었다.

카운트는 이미 시작되었다. ‘10, 9, 8, 7…….’

“어마낫, 너! 너!”

올리비아는 눈길을 돌리다가 잭의 몸을 보고는 가늘게 비명을 질렀다.

또다시 잭과 올리비아는 한몸이 되었다. 이제껏 잠자고 있었던 온몸의 감각기관이 살아나더니, 활화산처럼 타오르기 시작하여 침대 시트에 불이 붙을 지경이었다.

그날부터 잭과 올리비아는 부부처럼 되어 버려서 호텔을 같이 쓰면서 이틀간이나 더 여행을 했다. 그리고 올리비아는 퍼스로, 잭은 멜버른으로 돌아갔다.

## 5. 쫓겨나온 올리비아
Olivia thrown out

그로부터 3개월 후쯤, 퍼스의 어느 저택.

거실에는 올리비아가 훌쩍이고 있었고, 화가 단단히 난 올리비아의 아빠와 엄마, 다섯 살 더 먹은 오빠와 올케가 앉아 있었다. 오빠는 이년 전에 결혼하였으나 아직 아이가 없었다. 그리고 그 맞은편으로 아빠의 P 냉동 식품회사에 근무하는 숙부님과 숙모님이 앉아 계셨다.

“아무리 너를 이해하려고 해도 이해할 수 없다. 어떻게 여행 가서 며칠 사귄 놈팡이에게 혼이 빠져서 애까지 가졌단 말이냐. 보름달에 늑대인간이 인간들의 영혼을 뺏는다더니, 네가 딱 그 짝이다.”

올리비아의 아빠가 화가 단단히 난 표정으로 입을 열며 단호하게 말했다. 좌중은 그야말로 폭풍 전야처럼 고요하기만 했다.

"아빠 말이 맞다. 그 청년이 어떻게 너를 꾀었는지는 모르지만, 이게 말이나 되냐? 네가 그때 여행 갔다 와서도 아무 말도 하지 않고 있다가 석 달이나 지나서, 임신했으니 결혼해야 한다고 하니. 하늘 아래 사람이라면 누가 네 말을 믿겠냐? 하여간 그놈의 수완이 대단하다. 한 번에 꼬드겨서 덜컹 임신을 시키다니. 정말 옆에 있다면 나라도 총을 쏘고 싶구나."

"아니에요, 엄마. 나도 임신까지 될 줄은 몰랐어요. 흐흐흑, 제가 잘못했어요. 하지만 저는 그 사람에게 가야 합니다."

"그래, 그놈이랑 단 하룻밤 잤는데 임신이 된 거냐? 참으로 용하다 용해."

"아니에요. 삼 일 동안 같이 있었어요."

"뭐라고? 네가 미쳐도 단방에 미쳤구나. 아이고, 이를 어쩌나."

"정말 한순간에 혼을 빼앗겼네. 늑대인간이야, 늑대인간."

올리비아의 엄마와 아빠가 더욱더 노발대발 소리를 치면서 역정을 냈다. 오빠 내외와 숙부, 숙모님은 무슨 말을 해야 할지 누구 편에 서야 할지 몰라 눈치를 보면서 안절부절못했다.

"더 이상 얘기해 봤자, 아무 해결책이 없어. 우선 먼저 애부터 떼어야지."

"안 됩니다. 안 돼요, 아빠!"

올리비아가 눈물을 쏟아내면서 애원을 했다.

"아이고, 이를 어쩌나."

"형님, 암만해도 무슨 각별한 사연이 있는 것 같습니다. 조금 더 자세히 내막을 알아보시죠."

이제까지 입을 닫고 있었던 숙부가 말을 꺼냈다.

"아빠, 정말 피치 못할 사정이 있었나 본데요."

"무슨 사연? 낙태를 시켜야지. 병원에 가서 남자가 누군지 모르는 겁탈이라고 하고 보호자가 서명하면 된다는 얘기를 들었다. 오래 지체할 것 없이 내일 아침에 시내 병원에 가자. 내가 데리고 갈 테니 그리들 알아."

드디어 올리비아의 아빠가 일방적으로 결정을 내렸다.

"아이고, 아주버니, 좀 더 신중하게 생각하셔야죠. 얘 말을 더 자세히 들어 보고 자초지종을 알아야죠. 아무리 그동안 연락을 하지 않았다 해도 올리비아가 저토록 애원하는데, 차라리 둘이 살게 하는 게 좋을 것 같습니다. 그리고 낙태도 아무리 겁탈이라고 해도, 본인이 싫다면 절대 안 됩니다. 자칫하다간 경찰들까지 들이닥쳐서 일이 더 곤란해질 수 있어요. 어디서 누구에게 겁탈당했냐고 수사를 시작하면 어떻게 하실 건가요?"

"뭐어? 그게 또 그렇게 된다고?"

"아빠, 제발 저를 용서해 주세요. 그 청년 이름은 잭인데, 성실하고 키도 크고 얼굴도 잘생겼어요."

"이런 이런, 이러니 한방 KO 펀치에 넘어갔지. 그만해라."

"가만있어 봐요. 그 청년이 어떤지 아직 한 번도 얘기하지 않았으니, 일단 들어라도 봅시다."

올리비아의 엄마가 아주 조금 마음을 돌렸는지 어쨌는지 아빠를 제지하였다.

"그래, 한번 말이나 해 봐라. 아닌 밤중에 홍두깨 격으로 여행 갔다가 느닷없이 임신했다고 하지 말고, 차근차근 자초지종을 말해 보아라. 진작 말했어야지. 나 원 참."

올리비아가 두 손으로 눈물을 훔쳐 가면서 그동안 일을 얘기하기 시작했다.

"엄마, 아빠 죄송해요, 저도 이렇게까지 될 줄은 몰랐어요. 임신 사실을 안 것도 2주 전이에요."

"네가 그 청년이 아무리 좋다고 하지만, 그동안 연락도 하지 않고 그냥 헤어진 모양인데 어떻게 지금 와서 같이 살겠다고 우기냐? 참으로 해괴하다. 네 마음을 알 수가 없다."

"사실 말을 안 했지, 잭을 좋아해요. 그래서 언젠가는 고백을 할 셈이었습니다. 잭이 저에게 접근한 것이 아니라 제가 잭에게 먼저 접근했어요. 흐흐흑."

"뭐라고? 그 청년이 너를 꼬드긴 것이 아니야?"

"예, 우연히 만났지만 제가 잭에게 먼저 접근해서 몸을 허락했어요. 흐흐흑."

"아이고, 대명천지에 이런 일이, 아이고……."

상황이 이러니 모두 놀라서 연신 한탄만을 할 뿐이었고, 올리비아의 아빠는 기가 찼는지 어느 사이에 양주를 들고 와서는 입에다 들이켰다.

"커어억!"

"그만 드세요, 이러다 진짜 큰일 생기겠네."

올리비아의 엄마가 양주병을 빼앗아 거실의 소파 뒤쪽에 놓아두었다.

"이게 무슨 삼류 영화도 아니고. 어쨌든, 그렇다고 치고, 그 잭이란 청년의 직업은 무엇이냐?"

"전에는 어떤 직장에서 일하다가 적성에 맞지 않는다고 하여 혼자서 컴퓨터와 휴대폰을 파는 숍을 운영한다고 들었어요."

"저런, 혼자 입에 풀칠하기도 어렵겠군. 아무래도 절대로 안 된다, 안 돼! 낙태도 안 되고 결혼도 안 되고, 그냥 너 혼자서 나가 살아!"

올리비아의 아빠는 좀처럼 수그러들지 않았다.

"그렇지만 사람이 야망이 있고, 성실하고 착합니다. 지금이야 그래도 미래가 밝아 보여서 마음에 들었어요. 결혼을 허락지 않으면, 저 혼자라도 잭에게 가겠어요."

"뭐라고? 이런 미친년이. 그래 당장 나가라, 이 미친년아! 네가 남자에 환장을 했구나. 이런 몹쓸 년, 내가 너를 이렇게 가르치지 않았다. 이런 배은망덕한 년, 당장 나가!"

술에 취한 올리비아의 아빠가 욕설을 하면서 대폭발을 했다.

"아이고, 제발 진정해요. 얘가 갈 데가 어디 있다고 나가라고 해요? 이 밤에 어디로 나가요. 당신이나 제발 정신 차려요."

집안 분위기가 점점 험해지고 있었지만, 올리비아 아빠의 대노를 진정시킬 수 있는 사람은 아무도 없었다. 올리비아의 아빠는 또다시 양주병을 찾아서 병을 따기가 무섭게 입에 들이부었다. 이번에는 오빠가 나서서 병을 빼앗고 숙부님이 나서서 제지했다.

"엄마, 아빠 죄송해요. 제가 나갈게요."

"그래, 어서 나가라. 빨리 나가!"

"여보 제발 정신 차려요. 지금 이 시간에 어딜 나가란 말이에요? 제발 진정하고 들어가서 주무세요."

"내가 잠이 와? 세상에 애지중지 키워 놓았더니 저년이 저렇게 되어 버렸네. 몸 파는 갈보년이 아니고서야 어찌 이런 일이 벌어질 수가 있나."

급기야 아빠는 입에 담아서는 안 될 욕설을 뱉고야 말았다.

"아빠, 아빠, 진심이세요? 그동안 키워 주셔서 고맙습니다. 그 은혜는 잊지 않겠어요. 당장 나갑니다."

이제까지 주눅이 들어 흐느끼기만 했던 올리비아가 벌떡 일어서서 매서운 눈으로 아빠를 노려보면서 2층 방으로 뛰어 올라갔다.

"아이참, 형님, 아무리 그래도 그런 말씀은 삼가셔야지요."

'아유, 집안에 큰 분란이 일어났네. 아이참, 이를 어쩌나.'

숙모님이 혼잣소리하면서 올리비아를 따라 2층으로 올라갔다.

올리비아는 제 방에 올라오자마자 주섬주섬 옷가지며 여권, 그 외 간단한 생활용품을 여행용 배낭과 커다란 캐리어에 되는 대로 쏟아 붓고는 아래로 내려왔다. 뒤에서 숙모님이 뭐라고 했지만, 올리비아에게는 아무 말도 들리지 않았다,

"엄마, 아빠, 그동안 키워 주셔서 고맙고요. 은혜는 잊지 않고 꼭 갚겠습니다. 이제 저도 어른이에요. 제 갈 길은 제가 정하겠습니다."

올리비아는 그 말을 남긴 채 덜컹 현관문을 열고 밖으로 나가 버렸다.

"어어어, 저년 보게. 저년이 이제 막 대항을 하네."

"아이고야, 얘, 올리비아야. 가더라도 내일 떠나라. 지금 어디를 간다고 그러냐? 아이고."

올리비아의 엄마가 울음소리를 내자, 가족들이 웅성거리면서 올리비아를 붙잡으라고 이구동성으로 소리쳤다.

"너 이 밤에 어딜 가려고 그러니? 어서 못 이기는 척 들어가자."

제일 먼저 오빠가 나서서 앞을 가로막았다.

"나가야 해. 오빠 봤잖아, 나를 몸 파는 여자 취급하는 아빠랑 더 이상 살 수 없어. 난 그런 여자 아니야. 지금 당장 나가지 않으면 죽어 버릴 거야, 아니 죽어야 해!"

"얘야, 진정하고 들어가자, 들어가, 네 아빠가 술에 취해서 그러니 일단 들어가자. 가더라도 내일 아침에 떠나거라."

엄마와 숙부, 숙모, 올케가 모두 나와서 만류했고, 거실에선 여전히 아빠가 고래고래 소리를 치고 있었다.

"나가라, 나가! 어서 나가 죽어라, 이런 못된 년."

올리비아는 지난번에 여행 갔을 때 사용했던 배낭을 메고 캐리어를 끌고 현관문을 박차고 나가서 작은 정원을 지나 대문을 열고 밖으로 나왔다.

바로 앞에 올리비아의 빨간 승용차가 눈에 띄었다.

"올리비아, 너 지금 어디로 갈 거야? 이 밤중에 어디로 가?"

올리비아는 대꾸도 하지 않고 캐리어를 싣고 배낭을 넣고는 차에 올라 시동을 막 걸었다.

"어디로 가냐구, 어디로?"

오빠가 다급히 차 창문으로 머리를 들이밀며 물었다.

"공항으로 갈 거야."

"공항? 지금 이 시간에 어딜 가? 밤 비행기 편도 다 끝났어. 어서 들어와, 내일 아침에 가라."

"집에는 이제 못 들어가. 그냥 갈 거야."

"이거 말이 안 통하네. 그럼 차는 어떡할 거야?"

생각지도 않았던 것을 오빠가 물었다. 공항에 차를 두면 누군가 가져가야 할 텐데…….

"으음, 오빠가 좀 따라와 줘, 아니, 내 차 가져가. 여기 좀 타."

"뭐어? 그래도 말 안 듣네. 지금 공항 가 봐야 아무런 비행기가 없다니까? 어디로 가려고 그래."

"아무 데나 그냥 갈 거야. 오빠가 따라와서 차키를 받아가든지, 아니면 옆에 타. 공항까지 가서 이 차 끌고 가."

"나 원 참, 나도 미치겠네. 네가 정 그렇다면 아예 내 차를 타라. 내가 데려다줄 테니까. 공항에서 하룻밤 새고 내일 아무 데로나 떠나라."

듣고 보니 그럴듯했다. 집을 나온 이상 더 이상 집으로는 들어가지 않을 참인데, 밤이라 비행기 편이 없다면, 공항에서 밤을 지새우려는데 오빠가 좋은 제안을 한 것이다.

"으음, 그럴까?"

무슨 뾰족한 대안이 없던 올리비아는 다시 내려서 짐을 꺼내 오빠 차에 실었다. 그때까지도 아빠를 제외한 모든 식구가 만류하고 있었지만, 어떤 말이든 귀에 들어오지 않았다. 결국, 올리비아는 오빠를 재촉하여 집을 떠났다.

아까 가지만 해도 눈물범벅이었던 올리비아는 전쟁터에 나서는 병

사처럼 비장한 마음을 먹어서인지 얼굴이 매서워졌다. 커다란 두 눈은 그대로였지만, 올빼미처럼 번득이고 있었다. 오빠가 뭐라고 계속 설득하고 있었지만, 입을 꾹 다문 채로 이젠 더 이상 대꾸도 하지 않았다.

"자, 다 왔다. 공항이다. 여기서 오늘 밤을 보내고 내일 떠나."

"으응, 고마워 오빠. 나 나쁜 여자 아닌 거 알지?"

"그래, 너 원래 어려서부터 콧대 높고 도도하다는 소릴 들었는데, 잭이라는 청년 내가 만나 보고 싶다."

"그래, 나쁜 사람 아니야. 지금 돈이 좀 없어서 그렇지, 앞길은 있는 사람이야. 언제가 때가 되면 만나게 될 거야."

"아이고, 진짜 나야말로 귀신에 홀린 듯하다. 그런데 돈은 있어?"

"돈? 비행기 탈 만큼은 조금 있어. 아! 신용카드가 있으니, 괜찮아."

"아이고, 이거 진짜 큰일이네. 너 졸업 후 이때껏 백수라 계속 아빠가 돈 대 주는 건데, 그 신용카드도 아빠가 결제하지 않으면 휴짓조각이나 다름없어. 아~, 이걸 어쩌나."

"뭐어? 참, 그랬었지."

올리비아는 순간 누구에게 따귀를 얻어맞은 것처럼 정신이 번쩍 들었다. 이제껏 쓰는 신용카드는 아빠의 계좌에서 자동 결제되었기 때문에 전혀 신경 쓰지 않고 살아왔던 것을 새삼 깨닫게 되었다.

"진짜 큰일이네. 아빠가 정말 결제 안 할까?"

"지금 이 지경인데 결제하시겠냐? 내일 당장 은행으로 전화해서 카드 정지시킬지도 모르니까 어서 집에 가자. 일단 잘못했다고 하고 그 다음을 생각해 보는 거야."

"안 돼, 그건 안 돼. 정 하는 수 없으면 멜버른까지 가서 잭에게 찾아갈 거야. 나를 내치지 않을 거야. 여기 받아 놓은 명함도 배낭에 그대로 있어. 걱정 마, 하늘이 무너져도 솟아날 구멍이 있다는 데 무슨 대책이 있을 거야. 그동안 백수로 지낸 내 자신이 원망스러워. 흐흐흑."

이제는 그친 줄 알았던 올리비아의 눈물주머니가 또다시 터져 버렸다.

오빠는 호주머니를 뒤졌으나 큰돈은 없고 잔돈푼만 나왔다. 정말로 이러지도 못하고 저러지도 못하는 진퇴양난에 빠져 버렸다.

"올리비아, 아무래도 섣부른 판단인 것만큼은 사실이다. 진작부터 차근차근 얘기하고 부모님을 설득하지 그랬어. 지금 부모님도 마른하늘에 날벼락 떨어진 격이잖아."

"나도 몰라. 차일피일 미루다가 2주 전에야 임신 사실을 알게 되어 말씀드린 것뿐이야. 나도 모르겠어. 내가 왜 이런 행동을 하게 되었는지……. 흐흐흑."

"그만 울어, 네 말대로 무슨 대책이 있겠지."

두 남매는 당장 뾰족한 대책을 찾지 못하고, 대합실에 들어가지도 못한 채 서서 고민을 해야 했다.

잠시 정적이 흐른 후, 오빠가 지갑을 꺼내 들었다.

"울지 마, 올리비아. 우리 남매까지 불화가 있어서야 되겠니? 여기 내 신용카드 받아."

"뭐어? 오빠 신용카드를?"

"그래, 즉흥적으로 아무리 생각해 봐도 이 방법밖에 없다. 나도 아버지 밑에서 월급 받아 가면서 큰 여유 없다만, 앞으로 어떻게든 수습하기로 하고 일단 내 신용카드 받아. 아마 지금 이천몇백 달러쯤 있을 거야. 우선 이거 쓰고, 매달 조금씩 넣어 줄 테니까 해결될 때까지, 아니지 엄마 아빠가 이해하시고 네가 정식으로 결혼해서 독립할 때까지 내가 뒤에서 조금이라도 봐 주마."

"오빠, 고마워."

올리비아는 눈물범벅이 된 채로 오빠를 끌어안았다.

"그래, 진정하고 들어가서 쉬어라. 나까지 집에 늦게 들어가면 아빠가 또 뭐라고 역정을 내실지 모르니, 난 이만 들어가야 한다."

"그래, 오빠. 고마워, 이 은혜 잊지 않을게."

"그래, 그래. 어서 들어가고, 무슨 일 있으면 전화해. 아니, 내일 어디로 가든 도착하면 전화해라. 그래, 대체 어디로 가려고 그래."

"그냥 아무 데나, 아무 데나 갈 거야. 시드니? 아니, 케언즈? 아니야. 어쩌면 잭에게 갈지도 몰라, 멜버른. 내일 아침 비행편 되는 대로 일단 떠나서 머리를 식힐 거야. 좀 진정을 해야겠어."

"그래, 너 좋을 대로 해. 난 이만 간다."

"으응, 고마워, 오빠."

이렇게 남매는 눈물의 이별을 하고, 오빠는 승용차에 오르고 올리비아는 공항 대합실로 들어갔다.

"그래, 맞아. 내가 진작 독립했어야 하는데……. 이게 뭐가 잘못되어도 한참 잘못되었구나. 수업시간에 들은 대로 새의 새끼들이 자라면 둥지에서 떠나듯 이소(離巢: 새의 새끼가 자라 둥지에서 떠나는 일)를 벌써 해야 했는데, 이제까지 캥거루 새끼처럼 어미 주머니 속에서 살았구나. 내 잘못이야.”

올리비아는 혼잣말을 중얼거리며 캐리어를 끌고 대합실 구석진 곳으로 찾아 갔다.

## 6. 잭을 찾아온 올리비아
Olivia came to Jack

다음 날,

올리비아는 시드니도 아니고 케언즈도 아닌, 멜버른행 첫 비행기 표를 샀다.

잭이 명함을 주었지만, 그동안 한 번도 전화해 보지도 않고 그냥 무턱대고 찾아가는 것이었다.

‘내가 조금 무심했나? 잭은 나를 헤픈 여자로 보는 것 같았는데……. 아이, 이를 어쩌지? 나를 보자마자 내치면 어떻게 하나.’

가는 내내 올리비아는 근심 걱정에 온갖 망상에 젖어들었다.

어찌어찌하여 시간은 흘러서 멜버른에 도착한 올리비아는 택시를 타고선 명함의 주소, 그러니까 잭이 컴퓨터와 휴대폰을 판다는 매장을 찾아 나섰다.

‘그사이에 어디로 숍을 옮기지는 않았겠지. 만일 옮겼다 해도 전화번호는 그대로일 거야. 나를 보면 아마 깜짝 놀랄까, 아니면 반가워할까? 절대로 모른 체하진 않을 거야.’

잭의 숍이 있다는 곳은 번화가의 1층이었다. 상호도 “Jack's PC & Phone”. 간단명료했다.

택시에서 내리면서 안을 들여다보니 잭은 손님도 없이 혼자서 통화 중이었다.

“하이! 잭!”

올리비아가 문을 열면서 인사를 했더니, 잭은 두 눈이 휘둥그레지면서 얼어붙는 듯 온몸이 굳어져 버렸다.

“어어어어? 올리비아?”

“으응, 나야, 올리비아. 놀랐지?”

“어엉? 잠깐만 전화 좀 끊고.”

그러고선 전화 수화기를 놓자마자 올리비아에게로 펄쩍 뛰다시피 와서는 올리비아를 품안에 힘껏 안았다. 올리비아 역시 기다렸다는 듯이 잭을 힘껏 끌어안았다.

그런데 그 순간, 올리비아의 두 눈에서 눈물이 그렁그렁 맺히기 시작하더니, 애써 울음을 참는 듯 코를 훌쩍였다.

“어어? 무슨 일이야? 올리비아, 지금 여행 왔어?”

“으응, 여행 왔어. 지나가다 네가 여기 있다고 하길래 들러 본 거야.”

“그래, 왜 그동안 전화 한번을 안 했어? 나에게는 전화번호도 알려주지도 않고 말이야. 난 그때 그대로 끝나는 줄 알았지.”

“그렇게 되었어. 어쩌다 보니 전화도 못 했네. 사실은 말이야, 그때도 말했지만 내가 백수라 어떻게든 직장을 구해 보려고 동분서주하느라 조금 바빴지. 정신적인 여유가 없었어.”

올리비아는 그저 생각나는 대로 둘러댔다.

“그렇지, 그래, 나도 그런 적 있었어. 주위에 아무것도 안 보이고 생각도 안 나더라고. 이런 작은 가게라도 운영하니까 제정신으로 돌아온 기분이야, 하하하.”

성격 좋고 쾌활한 잭 덕분에 올리비아도 마음이 금방 풀어졌다.

“이번에 어딜 가려고? 여기 멜버른은 내가 잘 알지만, 마땅히 갈 만한 곳은 없는데……. 있기야 있지, 몇 군데. 그런데 진짜 어디 가려고?”

“그냥 내키는 대로 발 닿는 대로, 머리도 식힐 겸 다닐 거야.”

“그럼 오늘 오후는 어디에 가려구?”

“으응, 오늘 오후? 그냥 좀 쉴까.”

“어디 호텔 예약했어?”

“아니, 그냥 되는 대로 일단 여기로 와 본 거야.”

“어어, 그랬구나, 그럼 이 옆으로 돌아가면 커피숍이 있어. 일단 거기서 기다려. 여기 오후 6시까지는 문 열어야 해. 이따가 컴퓨터 수리 맡긴 사람이 오기로 했거든.”

“그럴까? 그럼 짐은 여기다 두고 간다.”

“그래, 거기서 커피 마시면서 기다려.”

그렇게 해서 올리비아는 잭의 숍에서 나와 옆에 있다는 커피숍에 들어갔다. 그리고는 카푸치노를 마시면서 시간을 보내야 했다. 그렇게 카푸치노를 마시며 앉아 있던 올리비아는 한 시간도 채 안 되어 답답하게만 느껴져서, 밖으로 나와 서성이다가 다시 잭에게로 갔다.

“어엉? 왜 나왔어?”

“그냥, 답답해서 나왔어. 심심하기도 하고.”

"그래? 그럼 저기 의자에 앉아 있어."

"으응. 그럴게."

잭은 컴퓨터를 수리하는지 자판을 두드리는 소리가 요란하였다. 올리비아는 딱히 할 일도 없어서 물끄러미 창밖으로 지나가는 사람들을 응시하고만 있었다.

잠시 후,

이십 대 초반의 젊은 남녀가 가게 안으로 들어오자, 올리비아가 벌떡 일어나더니 방긋이 웃는 낯으로 인사를 하면서 그들을 맞이하였다.

"어서 오세요. 뭘 고르시나요? 새로 나온 스마트폰 찾으시나요?"

잭은 어안이 벙벙하여 입도 못 열었다. 올리비아의 돌발 행동에 얼이 빠진 듯했다.

젊은 남녀가 들어오자마자 휴대폰을 바라보면서 그리로 향하기에, 올리비아는 얼핏 넘겨짚고는 그렇게 인사를 하면서 물었던 것이었다. 휴대폰에 대하여 잘 모르는 올리비아는 일단 손님들에게 겉치레 인사를 하면서 잭을 불렀다.

"잭, 여기 신제품 중 어떤 게 좋아?"

"아, 예. 여기 여러 나라 제품이 다 있어요. 코리아에서 나온 삼성(Samsung)이나 LG가 잘 나갑니다. 스마트 폰으로는 이미 명성이 자자하죠."

"맞아요, 우리 것도 둘 다 코리아 제품이에요. 호호호."

잭이 설명하는 동안 올리비아는 간간이 웃으며 그들과 대화를 이어

나갔다. 그들도 싫지 않은 듯, 아니 오히려 매우 흡족한 표정을 지으면서 두 대를 그 자리에서 신제품으로 바꾸었다.

“사장님, 예쁜 부인에게 홀려서 사 갑니다. 하하하.”

“예에? 하하하, 감사합니다.”

잭과 올리비아는 속으로 흠칫하고 놀랐지만 웃으면서 대답했다.

“친구들에게도 소개할게요.”

“오우, 감사합니다. 감사합니다.”

잭은 진심으로 감사의 인사를 하며 문밖까지 나와서 손님을 배웅했다.

“올리비아, 장사 수완이 대단하던데, 전에 어디서 뭘 팔아 봤어?”

“아니, 처음이야, 내가 뭐 한 게 있나? 그냥 인사만 하고 말대답만 했지, 네가 팔았잖아. 내가 뭘 알아야지.”

“하하하, 결과는 내가 팔았지만 네가 다 진행했잖아. 그들이 사도록 말이야. 여하튼 고마워, 네가 진짜로 내 아내가 되었으면 좋겠다.”

“글쎄, 아직 거기까진 생각해 보지 않았어. 스마트폰 두 대나 팔았는데, 그렇게 좋니? 이윤이 많이 남아?”

“큰 이윤은 아니지만, ‘티끌 모아 태산’이라는 동양 속담도 있잖아. 하다 보면 다 되게 되어 있어.”

“좋아, 넌 그런 긍정적인 마인드가 좋더라. 호호호.”

“하긴, 다 내 생각대로 될 거야. 혹시 『시크릿』이라는 책을 알아? 읽어 봤어?”

“아니, 비밀? 처음 듣는데?”

“하하하, 예전에 세계적으로 베스트셀러였는데 아직 모르는구먼.”

잭이 말하는 『시크릿(The secret)』이란 책은 ‘부와 성공의 비밀’에 대해 설명한 자기 계발서이다.

“호호호, 그 책에 돈 버는 방법이 나와 있나? 궁금하다.”

“하하하, 직접 돈을 버는 방법은 나와 있지 않지만, 거기에 ‘끌어당김의 법칙(The Law of Attraction)’이란 게 나와. 커다란 자석에 쇠붙이가 달라붙듯이 마음을 그렇게 가지면 언젠가는 이루어진다는 거야. 돈을 많이 번다는 상상하면서 돈을 많이 벌게 된다든지, 어떤 목표를 정하고 끊임없이 상상하면서 이미지를 만들면 그 목표가 달성된다는 거야. 사실 나도 올리비아가 나에게 온다는 생각을 하루도 빠짐없이 했더니 진짜로 텔레파시가 통했나, 아니면 우주의 어떤 기운이 올리비아를 나에게 오게 했느냐는 모르지만 이렇게 지금 내 앞에 와 있잖아. 하하하, 진짜야.”

“어머, 그런 게 있어? 그럼 나는 나도 모르게 잭에게 이끌려 왔나 보네.”

“그렇다니까 그래! 하하하.”

잭은 뭐가 그리 좋은지 입이 귀에 걸렸다. 그리고 이내 올리비아가 사랑스러워 못 견디겠다는 듯한 표정을 지어 보였다.

“그러니까 커다란 자석이 있다고 생각을 해 봐. 그 자석은 자력이 아주 세어서 주변의 모든 쇠붙이를 마구 끌어당겨서 붙일 거야. 끌어당김의 법칙도 이와 유사해. 사람이 커다란 자석으로 돈을 끌어당기고 사람을 끌어당기면, 언젠가는 그렇게 된다는 거지. 돈이 끌려오고, 사람이 끌려온다는 거야. 하하하, 이렇게 설명하자니 쪼금은 황당무계하다."

"그럼 지금은 어떤 상상을 해?"

"지금? 지금도 여전히 돈을 많이 번다는 생각이지. 또 하나, 올리비아가 아내가 된다는 상상을 해. 하하하."

"어머나, 혼자서 너무 막 나간다. 속도위반이다. 호호호."

올리비아는 순간 잭의 상상력이 조금은 섬뜩하게 느껴졌다.

'정말 내가 잭의 생각대로 여기까지 오게 된 것일까? 그러지 않아도 여기에 와서 살려고 왔는데, 이를 어쩌지? 임신했다고 얘기해야 하나? 집에서 쫓겨나다시피 여기로 왔다는 말을 언제 해야 할까?'

올리비아는 겉으로는 웃으면서 말하고 있었지만, 속으로는 안절부절못하였다.

그날 저녁, 그들은 조용한 레스토랑에 앉아 있었다.

아까와는 달리 시무룩하게 앉아 있는 올리비아 때문에 잭은 은근히 불안해졌다. 둘은 별말 없이 스테이크를 잘라서 먹고 포도주도 한두 잔씩 마셨다.

잭은 어떻게 해서든 올리비아의 환심을 사려는지, 물어보지도 않은 말을 했다. 학창시절 얘기도 하고, 자기 자랑도 몇 가지 하였다. 그런데 공부는 그리 열심히 하지 않은 듯했고 돈을 많이 벌어서 성공하고 싶다는 듯이 얘기했다.

올리비아가 건성으로 대답하면서 듣는 둥 마는 둥 하였지만, 그럴수록 잭은 재미있게 우스갯소리를 섞어 가면서 이야기를 늘어놓았다. 그런저런 여러 가지 얘기 중에 집안 얘기도 있었다.

잭의 집안은 여기 멜버른이 아니라, 여기서 승용차로 한 시간 20여 분쯤 가면 어느 시골동네가 나오는데 거기에서 부모님이 밀 농사도 하고 타조농장을 운영한다고 했다. 맨 위로 누나가 있는데 결혼하여 어딘가에서 살고 있고, 위로 또 결혼한 형이 있고 두 살배기 남자 조카도 있다고 했다. 그 형이 부모님이랑 같이 살면서 농장을 운영한다는데, 자기는 어려서부터 농촌이 싫어서 도시로 와서 자수성가를 꿈꾸고 있다고 했다.

하지만 올리비아는 자신의 집안 얘기는 전혀 하지 않았다. 그냥 아버님이 작은 사업체를 운영한다고만 간단히 말했을 뿐이었다.

"잭, 그렇게 살면 되었지, 왜 도시에 와서 생고생해. 내가 볼 때는 큰돈 벌기가 벅찰 것 같은데……."

"얘기했잖아, 난 시골이 싫어. 타조 똥냄새도 싫고. 도시에 살면서 성공할 거야. 지금은 시작이지만, 내 평생 폰만 팔고 살라는 규칙이 있나? 없지, 없어. 이제 시작일 뿐이야."

"호호호, 정말 그 용기와 기개 하나만큼은 인정해야겠다."

"그러니까 올리비아가 나를 도와줘."

"뭘? 뭐로? 어떻게 도와줘? 나도 돈 없기는 매한가지인데."

"아니, 나한테 와. 결혼해 줘."

"뭐라고? 지금 나에게 프러포즈하는 거야?"

"하하, 그런 셈이지. 내가 얼마나 간절히 바랐는데, 올리비아가 나에게 꼭 온다고, 내 아내가 된다고 끊임없이 생각했어. 아까 시크릿에 대해 얘기했잖아, 끌어당김의 법칙이라고. 내 생각대로 올리비아가 내 앞에 나타난 거야."

“어머나, 항상 자기 멋대로 생각하네. 아무튼, 당신은 퍼니맨이야, 호호호.”

올리비아는 그런 말대답을 하면서도 속으로는 계속 놀라고 있었다.

‘이 사람은 분명 뭔가 있어. 진짜 사람을 끌고 돈을 끌고 올 사람이야. 정말 기이한 사람이네. 어떻게 내 마음까지 다 알고 있는 듯해. 어쩌자고 지난번 여행 때 이틀 만에 내가 몸을 허락한 걸까? 아, 정말 이상한 일이다. 신의 뜻인가.’

올리비아는 온갖 상념에 젖었다가 문득 정신이 나는 모양인지, 용기를 내었다.

“잭, 거기 와인 한 잔 더 줘 봐.”

“으응, 그래. 근데 여행 얘기를 한마디도 하지 않네? 무슨 일 있어?”

잭은 와인을 한 잔 그득히 따라서 올리비아에게 건넸다. 올리비아는 세 번 만에 한 잔을 모두 마시고 나서 길게 한숨을 쉬었다. 잭은 걱정스럽게 또 물어야 했다.

“아무래도 무슨 일이 있는 모양이네. 무슨 일이야? 어서 말을 해 봐. 지금 여행 온 거 아니지? 무슨 일 있어?”

“으응, 맞아. 여행 온 거 아냐, 잭. 사실 너를 보러 일부러 온 거야.”

“그으래? 그동안 전화 한 번도 없이 느닷없이 무슨 일이야?”

“잭, 놀라지 마. 나 임신했어.”

“뭐라고? 임신했다고? 그럼 그때 우리 만났을 때 임신한 거야? 정말이야?”

“으응, 그래. 임신했다고. 바로 그때야.”

“아이고, 진짜인가 보네.”

잭은 놀라기보다는 반가워하면서 벌떡 일어나서 올리비아에게로 오더니, 양어깨를 붙잡으면서 볼에다 키스를 했다.

"그것 봐, 내 아내가 된다고 했지?"

"……."

"이런 횡재가! 하늘에서 나에게 천사를 내려보냈네. 아아, 세상이 이런 일이!"

올리비아와는 달리 잭은 좋아서 어쩔 줄을 몰라 했다. 덩실덩실 춤이라도 출 판이었다.

"좋아? 내가 임신한 것이 좋아?"

"그럼! 이제 내 아내가 될 테고 귀여운 아이도 생길 텐데 좋지, 안 좋아?"

"난 잘 모르겠어, 네 아내가 될지도 모르겠고, 뭐가 뭔지 모르겠어. 사실은 그 일로 집에서 나왔어. 아니, 쫓겨나다시피 했단 말이야."

올리비아는 말끝을 흐리더니 마침내 눈물을 흘리고야 말았다.

깜짝 놀란 잭은 기겁하면서 올리비아 쪽으로 바싹 당겨 앉아서 끌어안았다. 뭐라고 달래고 안심을 시켜야 해야 했는데 그만 말문이 막히고 말았다.

"……."

"……."

"그럼 너 오늘 갈 데가 없구나? 호텔 예약도 하지 않았다고 하고. 괜찮아, 내가 얻어 놓은 방으로 가자. 방은 좁지만 일단 그리로 가서 같이 지내자. 무슨 대책이 나올 거야. 정 안 되면 시골 엄마아빠에게 가서 도움을 청하자. 나랑 같이 가자."

"흐흐흑, 갑자기 세상이 어떻게 돌아가는지 모르겠어. 죽고만 싶어."
"아니, 무슨 그런 말을! 하늘이 정해 준 우리 운명이야. 내가 너를 얼마나 기다렸는데. 우리 일단 내 방으로 가서 지내고, 낮에는 가게에서 같이 있어. 그러면 시간도 잘 지나갈 거야. 임신했다면서, 몸조심해야지. 하늘이 무너져도 솟아날 구멍이 있다잖아? 그러니까 조금도 걱정 마."
"으응, 그래. 네 말이라도 듣고 보니 조금 안심이 된다. 나 뱃속 아이 낳고 싶어. 낳아서 잘 키우고 싶어, 정말이야."
"아 그럼, 진심이야. 나도 그래. 이게 바로 예정된 운명이라는 거야. 얼마 만나진 않았지만 우린 결혼해서 같이 살 운명이었던 거야."
잭은 온갖 잡동사니 지식을 늘어놓으면서 올리비아를 안심시켰다. 그렇게 해서 어찌어찌하여 그날부터 올리비아는 잭의 집으로, 아니 방으로 갔다. 원룸식으로 커다란 방에 여러 살림살이와 책들, 옷가지가 널브러져 있었고, 한쪽에는 뜯어 놓은 컴퓨터가 몇 대, 기타를 치는 모양인지 기타도 눈에 띄었다.
"방이 지저분한데, 걱정하지 마. 네가 여기에 있겠다면 당장 내일부터 작은 아파트라도 알아볼게. 내가 큰돈은 없어도 조금 모아 둔 돈이 있어. 그리고 엄마에게 부탁하면 얼마간 돈을 보내 주실 거야. 그냥 방이 좁아서 작은 아파트로 이사 간다고 하면 돼. 걱정하지 마."
"으응, 그래, 고마워."
올리비아는 또 눈물이 앞을 가렸다. 자기가 살던 집에 비하면 이곳은 매우 초라했지만, 마음은 편해졌으니 알 수 없는 노릇이었다.

이렇게 하여, 그날부터 올리비아는 잭과 동거하게 되었으며 낮에는 매장에 같이 나가서 손님을 맞이하였다. 옆 매장에서는 잭이 숨겨 놓은 여자 친구가 예쁘다면서 놀러 오고, 언제 결혼할 거냐고 농담 삼아 물어보기도 하였다.

올리비아는 '이소(離巢: 새의 새끼가 자라 둥지에서 떠나는 일)'라는 말이 자꾸 머릿속에 맴돌았다. 오는 손님에게 최선을 다하자, 과연 매출이 지난달보다 훨씬 상회했다.

한 달쯤 후에는 작은 아파트로 이사했고, 둘은 다정한 부부처럼 매장으로 출퇴근하였다.

곧바로 겨울이 오고 봄이 오고 가을이 시작될 무렵인 다음 해, 올리비아는 귀엽고 예쁜 딸을 낳았다. 딸 이름은 '플로리아(Florie)'로 지었고, 아이는 별 탈 없이 무럭무럭 잘 자랐다.

## 7. 자식 이기는 부모 없다
### Parents have a soft spot for their children

그렇게 올리비아가 무턱대고 집을 떠나온 지 1년이 지나고 2년이 다 되었다. 매달 용돈 명목으로 카드 대금을 치러 주는 오빠와는 간간이 전화로 연락을 주고받긴 하는데, 그사이에 벌써 퍼스는 먼 나라처럼 여겨졌고, 부모님도 아주 먼 나라에 가서 볼 수 없는 것처럼 여겨졌다. 올리비아는 절대로 퍼스로 가 볼 생각도 없었고, 이번에 완전히 이소해서 독립하기로 작정했다.

그러던 어느 날 저녁.

잭은 집에 도착하자마자 늘 그렇듯이 저녁 식사 후에 작업대 겸 책상으로 쓰는 곳에 컴퓨터를 분해해서 이것저것을 고치고, 그 옆에는 모니터를 세 대나 켜 놓고 프로그램에 문제가 있는 컴퓨터를 고치고 있었다. 혼자서 일인삼역은 하는 셈이었다.

올리비아는 컴퓨터는 쓸 줄만 알았지, 기계적인 것에는 문외한이었기에 특별히 도와줄 수도 없었다. 귀여운 딸 플로리아와 놀아 주는 것이 저녁 일과였다.

"띵똥! 띵똥!"

"어머~ 밤에 누가 온 거지? 올 사람이 없는데……."

"관리비를 내지 않았나? 다 냈을 텐데."

올리비아와 잭은 궁금해하면서 현관문을 쳐다보았다. 허름한 아파트라 현관에 카메라가 달린 비디오폰이 아니라 밖에 누가 온 지도 모르고 있었다.

올리비아가 일어서서 현관문으로 다가갔다.

"누구세요?"

올리비아가 물어보면서 현관문을 열자, 거기엔 오빠 내외와 엄마가 서 계셨다.

"어맛, 오빠, 엄마가 어떻게 여길……."

올리비아는 말끝을 차마 잇지 못하고 너무 놀란 나머지 나무토막처럼 서 있었다.

"올리비아!"

곧바로 엄마가 올리비아를 끌어안고 울기 시작했고, 올리비아도 봇물이 터진 양 눈물을 마구 쏟아냈다. 그 옆에 서 있던 오빠 내외도 주르르 흐르는 눈물을 주체하지 못하였다.

깜짝 놀란 잭이 나와서 엉거주춤 서서 이 광경을 목격하고는 이런 말도 저런 말도 못하였다.

"자네가 잭인가?"

"예."

"나 올리비아의 오빠야."

"예, 말씀 많이 들었습니다."

올리비아의 오빠 역시 잭을 끌어안더니, 또 눈물을 흘리고야 말았다.

그렇게 그들은 한동안 말도 못하고 흐느꼈다.

"아이고, 올리비아야, 이게 웬일이니? 어떻게 이렇게 살고 있어."

방 안을 대충 훑어본 엄마는 가슴이 더욱더 미어진다. 궁궐 같은 집에서 곱게 곱게 자라 온 올리비아가 지금은 창고와 다름없는 아파트에서, 게다가 온갖 잡동사니마저 늘어져 있어 고물상 같은 이런 곳에서 살고 있다니, 참으로 억장이 무너지는 듯하였다.

"엄마, 괜찮아. 나 잘살고 있어."

그러다가 한옆에 앉아서 장난감을 가지고 놀던 플로리아가 놀란 듯이 엄마 곁으로 기어 와서 "엄마, 엄마." 하고 매달렸다.

"아이고, 얘가 네 딸이니?"

"예, 플로리아예요."

"어쩜 이렇게 네가 어렸을 때와 똑같니. 두 눈이 똑같아. 세상에 이렇게 닮을 수가 있나? 아가, 이리 와 봐라."

엄마는 이번에는 플로리아를 껴안고는 또다시 눈물을 흘렸다.

그들은 할 말도 제대로 못 한 채 그동안 애써 참아 왔던 눈물만을 흘리고 있어서 바닥이 다 젖을 정도였다.

올리비아와 오빠 내외, 엄마와의 해후(邂逅: 오랫동안 헤어졌다가 뜻밖에 다시 만남)는 그렇게 눈물바다를 이루고 있었다. 그날 밤, 오빠 내외와 엄마는 시내에 호텔을 예약해 놓았다면서 떠나고, 내일 아침 일찍 퍼스로 되돌아간다고 하여 또 기약 없는 작별인사를 나누어야 했다.

'자식 이기는 부모 없다.'는 말처럼 엄마와 오빠 내외가 돌아가고 3개월쯤 되었을 때, 그들은 양갓집 부모님을 모시고 멜버른에서 정식으로 결혼식을 올렸다.

잭은 그때 처음으로 올리비아의 아빠를 보게 되었다. 마음속으로는 상당히 엄하고 무섭게 생겨서 마치 조폭 같을 것이라는 예상과는 달리 평범해 보이면서 왠지 모르게 군인 장군 같은 위압감이 느껴지는 그런 아버지였다.

그날 잭은 비로소 그분이 퍼스에서 큰 P 냉동 식품회사를 운영한다는 것을 처음으로 알게 되어 매우 놀랐다. 잭의 시골집 농장 백여 개를 팔아도 부족할 만큼의 큰 냉동회사가 아니던가? 어쩐지 올리비아가 처음부터 귀하게 자란 부잣집 딸 같더니, 어떻게 나에게 이런 행운이 찾아왔나 신기하기만 했다.

오랜만에 만나는 가족들은 눈물 반 웃음 반으로 결혼식을 치렀다. 신혼여행은 어린 딸 때문에 다음으로 미루기로 했다.

퍼스로 돌아오는 비행기에서 올리비아의 아빠는 깊은 상념과 번민에 사로잡혔다.

'으음, 내가 그동안 올리비아에게 너무 심했나. 큰애(아들) 말로는 비즈니스 욕구가 대단하다던데……. 일단 지켜보다가 후에 결정하자.'

이런 생각을 하면서 아내 몰래 손수건을 적셔야 했다.

그로부터 얼마 후.

올리비아는 딸을 데리고 여전히 잭의 가게에 가서 하루를 보내는데, 어느 날 오빠 혼자서 가게로 찾아왔다.

결혼식도 올리고 엄마 아빠도 다 이해하셨다면서 잭이 원하는 대로 미니호텔을 하나 사 주겠다는 것이다. 이런 소식을 들은 잭은 놀라서 기절할 뻔했다.

'아아, 이게 정말 시크릿 책대로 되어 가는구나. 내가 그토록 원했던 것이 자력(自力)이 아니고 장인어른께서 이루어 주시는구나.'

잭은 이 세상에서 가장 소중한 책은 성경이 아니라 『시크릿』 책이라고 생각하였다.

이후로 잭과 올리비아는 보금자리를 시드니로 옮기고, 거기에서 미니 호텔을 운영하게 되었다. 그곳은 그들이 처음 만나서 밤을 보냈던 Y 호텔에서 그리 멀지 않은 곳이었다.

잭은 누구에게 물어볼 것도 없이 호텔 이름을 '올리비아'라고 지었고, 올리비아도 동의했다. 그렇게 잭과 올리비아, 플로리아는 행복한 나날을 보냈으며 얼마 후 아들을 낳았고, 이름은 '쿠퍼(Cooper)'라고 지었다.

잭과 올리비아는 이제 아들딸을 낳았으니, 이 세상에서 더 이상 부러울 것이 없었다.

쿠퍼를 낳고 아이 키우기에 정신없어서 플로리아를 제대로 돌보지 못할 때였다. 늘 그렇듯이 순한 플로리아는 엄마에게 보채지 않고 TV 어린이 프로그램에만 열중하였다.

그러던 어느 날, 플로리아는 집에 있던 어린이 동화책을 혼자서 술술 읽기 시작하였다.

"어마낫, 너 어디서 알파벳을 배웠어?"

"TV 어린이 방송 있잖아. 그거 보면 다 알아."

플로리아는 별것 아니라는 듯 대답하였다.

"너 그럼 글자 다 알아?"

"응, 다 읽어. 어려운 단어는 뜻을 모르지만 그래도 다 읽을 수 있어."

올리비아는 충격을 받은 듯 놀라면서 몇 가지 책을 가져다주었는데, 놀랍게도 모두 술술 읽어 내려갔다.

"오 마이 갓! 우리 딸이 천재네, 천재야!"

올리비아는 플로리아를 끌어안고 볼 키스를 하면서 몸 둘 바를 몰랐다.

이렇듯 엑타 베이비들은 나이를 점차 먹어 갈수록 학습 능력이 대단히 뛰어났다. 무엇이든지 스펀지가 물을 빨아들이듯 기억하고 한 번 기억한 것들은 잊지 않았다.

## [3]. 나, 또 임신했나 봐
## I may become pregnant again

맹렬한 여름 더위가 어느 정도 사그라들던 때의 어느 날.

그날은 아침부터 가랑비가 조금씩 오기 시작하더니, 종일 그치지 않고 오후가 되어서는 조금씩 그 빗방울이 더욱더 굵어지고 있었다. 터키의 수도인 앙카라의 어느 외곽 주택지역에서 어느 젊은 남자가 비를 맞고 서 있다. 간간이 길 건너편 이층집을 올려다보고는 뒤로 돌아서서 흘러가는 시냇물을 볼 따름이었다.

그동안 제대로 먹지도 자지도 못했는지 두 눈은 퀭하니 들어갔고, 그리 마른 몸매는 아니었음에도 몇 걸음 걸을 적마다 허우적거렸다. 윤이 나서 고가품으로 보이는 오렌지색 체크무늬의 남방셔츠는 비에 흠뻑 젖어서 몸에 달라붙었다. 이 남자가 간간이 올려다보는 이층집은 그 아래에 축대가 있어서 길에서 올려다볼 때는 3층 높이도 더 되어 보였다. 세상의 근심 걱정을 다 가지고 있는 듯한 표정을 하고 있는 이 남자는 과연 누구일까?

### 1. 아이스크림으로 만난 인연
### Relations met with ice cream

"수나(Suna)야! 옴마낫!"

"어어, 어어~"

A man in the rain
(disappointed in love)

친구인 수나를 부르던 여학생이 왼손에 커다란 아이스크림을 들고 있다가 왼편으로 돌아서면서 친구를 부르는 순간이었다.

"어어, 어어!"

"꺄아악!"

그만 바로 뒤에 서 있던 남학생의 남방 가슴께에 통째로 아이스크림을 묻혀 버렸다. 남방은 온통 아이스크림 범벅이 되고, 일부는 떨어지면서 남학생의 바지에도 "뚝! 뚝!" 떨어졌다. 순식간에 벌어진 상황이었다. 둘은 너무 놀라 급기야는 비명을 지르고야 말았다.

"아이고, 어머나, 이를 어째? 옷 다 버렸네."

"아이참, 새로 사서 오늘 처음 입은 건데……."

흰 바탕에 굵은 오렌지색이 들어간 체크무늬 남방셔츠는 한눈에 보아도 새 옷이었는데, 하필이면 아이스크림이 잔뜩 묻고 말았다.

여자는 다급한 김에 과자만 남은 아이스크림을 바닥에 팽개치고 작은 핸드백을 열어서 물티슈를 꺼냈다.

"아유, 죄송해요, 죄송해. 닦아 드릴게요."

"아이참, 새 옷인데."

여자는 지체 없이 물티슈로 남자의 남방셔츠를 닦기 시작했는데, 아뿔싸! 물티슈로 닦으니 더 많이 번져서 왼쪽 위가 전부 아이스크림으로 번지고 말았다.

"엄마낫, 이거 큰일이네. 더 번졌잖아?"

여학생이 마침내 울상을 짓고는 울음소리를 내었다.

남학생도 기겁 하면서 한걸음 물러서서 인상을 찌푸렸다. 뭐라고 한

마디라도 할 셈이었다. 남학생이 고개를 들어 여학생에게 소리를 지르려던 중에 서로 눈이 마주치게 되면서 그녀의 얼굴을 보게 되었다.

커다란 두 눈, 말끔한 얼굴에 그야말로 미녀 여학생이었다. 키도 훤칠했다. 다만 살집이 조금 있어서 다소 통통해 보이는 몸매였다. 무엇보다도 서글서글하게 생긴 큰 눈이 마음에 들었다. 남자는 급히 반색하며 부드러운 목소리로 말했다.

“아이 뭐, 괜찮습니다. 세탁하면 됩니다. 괜찮아요.”

“죄송해요. 제가 좀 덜렁거렸나 봐요. 친구를 부른다는 게 손에 아이스크림을 들고 있다는 걸 깜빡했어요.”

여학생은 정말로 죄송해서 어쩔 줄을 몰라 하며 계속해서 물티슈로 아이스크림을 닦아 내었다. 남방셔츠의 조금 열린 앞가슴에 거뭇거뭇한 가슴 털이 보이면서 이상야릇한 꼴이 되고 말았다. 남자로 치면, 남자가 여자의 젖가슴을 마구 문질러 대는 꼴이 되고 말았다. 그러나 여자는 아무 생각 없이 남자의 가슴을 마구 문질러 대기에 바빴다.

주변에는 어느 사이에 칠팔 명의 학생들이 에워싸고는 구경하다가 “킥킥” 대면서 히죽거렸다.

“라비아, 이게 무슨 일이야?”

급히 어떤 여학생이 달려들면서 이 해괴망측한 꼴을 쳐다보았고, 물티슈로 연신 남학생의 남방을 닦아 내던 여학생이 잠깐 하던 행동을 멈추며 말했다.

“아유, 수나야, 네가 안 오길래 뒤돌아서서 널 부르다가 이 지경이 되었지 뭐야. 이 남학생 새 옷이라는데 내가 다 버렸으니, 이를 어쩌니? 아유, 이를 어째.”

"어머, 그런 일이 있었어?"

"그나저나 너는 어디엘 갔었어?"

"나야 화장실 다녀왔지."

그러더니 남학생에게로 고개를 돌렸다. 새 옷이라는 남방에는 아이스크림이 묻은 데다 얼룩까지 번져 있었다.

"죄송해요, 얘가 나를 부르다가 이렇게 된 모양이네요. 저희들이 세탁해 드릴게요."

"아이 뭐, 괜찮습니다. 일단 점심을 먹고 옷을 갈아입으면 그만입니다."

남자는 애써서 속내를 보이지 않았다. 아니 속으로 '이게 웬 행운이냐? 이런 미모의 여학생을 만나다니…….' 하고 쾌재를 부르고 있었다.

"아이참, 정말 죄송해요. 그럼 일단 밥부터 먹고 얘기해요. 죄송합니다."

"아, 괜찮습니다. 빨면 됩니다."

"새 옷이라면서요?"

"뭐, 새 옷은 빨지 않나요? 새 옷도 빨게 되면 빨아야죠."

그 여학생은 셋이서 같이 먹자고 하였으나, 남학생은 초면에 너무 서먹서먹하여 괜찮다고 하면서 자기도 친구와 같이 점심을 먹기로 하였다고 둘러댔다.

"그러세요? 친구 오기로 했어요?"

"예."

"아이참, 미안해서 어쩌나. 그럼 이따 저녁 때 만나요. 제가 사과할 겸 저녁 식사 사 드릴게요."

"아, 뭐, 괜찮습니다."

"앞으로 또 볼지도 모르는데 이대로 가면 미안해서 안 돼요. 지금은 시간 없으니 오후 5시에 요기 앞에 있는 아카다스(Arkadas: 친구) 레스토랑으로 나오세요."

"아, 뭐, 괜찮다는데요."

"난 안 괜찮으니까 그리로 나오세요. 나오건 말건 저는 나갑니다. 얘, 너도 같이 가자. 초면이라 서먹서먹하다."

"안 돼, 오늘 저녁 나는 친구 만나기로 했잖아. 그냥 너 혼자 가서 맛있는 거 사 드려."

그리고는 뒤를 돌아 나지막이 속삭이듯 말을 이었다.

"돈 있으면 남방셔츠도 사 드려라, 호호호. 또 아니? 좋은 일 생길지. 얘, 꽃미남이다, 꽃미남, 호호호. 잘해 봐!"

자기들 끼리 속삭이듯 살짝 얘기하는 건데 남자에게도 다 들렸다.

"그럼 이따 봐요."

그 통통한 왕눈이 여자는 제멋대로 약속을 정하고는 저쪽으로 가서 언제 그랬냐는 듯이 친구와 담소를 하면서 식사를 했고, 남자는 아주 구석진 곳에 가서 후딱 점심을 먹고 나왔다. 즐거운 상상을 하면서…….

남자와 여자가 이런 해프닝을 벌인 곳은 터키의 빌켄트(Bilkent) 대학으로, 터키의 수도 앙카라(Ankara)에서 10여 킬로 떨어진 명문 사립대이다. 여기에 다닌다는 것만으로도 그 집안을 가늠할 정도이니, 일반 사람들이나 터키의 고교생들이 선망(羨望: 부러워하여 바람)하는 그런 대학교이다. 당연히 성적도 최상위권 학생들만 입학할 수 있다.

오후 5시, 아카다스 레스토랑.

남자는 은근한 기대감에 설레는 마음으로 문을 들어섰다.

"하이~"

먼저 도착한 여자가 그를 알아보고는 손을 흔들어 보였다.

"어엇, 하이~ 안녕하세요?"

남자는 다소 긴장되어 얼굴이 잘 펴지질 않았지만, 애써 태연한 척 의자에 앉았다.

"뭐, 이렇게까지 하지 않아도 되는데요. 아무튼, 또 만나서 반가워요."

"호호호. 아깐 정말 미안했어요. 여러 사람들 앞에서 창피당하고……. 근데 옷, 갈아입었네요? 아니면 친구 꺼 빌려 입었나요?"

"아닙니다. 기숙사에 들어가서 갈아입었어요."

"어머, 기숙사에 있군요. 그럼 그 옷을 가지고 나오지 그랬어요. 제가 세탁해 드려야 하는데."

"아, 뭐 그게 큰 대수라고. 그냥 대충 빨아서 널었어요. 기숙사에 세탁기도 있습니다."

"그건 아는데, 알지만……. 하여간 미안해요. 새 옷 버렸으니, 다시 사 입으라고 돈 가지고 왔어요."

그러면서 여자가 고액권 유로화를 내밀었다.

"뭐라고요? 지금 사람 놀리는 겁니까?"

남자가 펄쩍 뛰면서 사양했다.

"호호호, 그럴 줄 알았네요. 농담이에요. 호호호."

"아이참, 이거 장난치는 겁니까. 나 원 참."

"농담이라니까요. 그냥 해 본 소리에요, 내가 예쁜 남방 사 올게요."

"아니 그만하세요. 어디까지가 진담이고 농담인지 어리둥절합니다. 옷 안 사 오셔도 됩니다. 저는 괜찮아요."

"이번엔 진짜예요. XL 입으면 딱 맞겠네요."

"어라, 눈썰미도 좋으시네. 하지만 옷 사와도 받지 않습니다. 절대 안 받아요."

"마음대로 하세요. 난 죄책감에 새 옷을 꼭 사서 드릴 테니, 입든가 친구 주든가 마음대로 하세요."

그리고는 갑자기 여자는 미안하고 어색한 표정을 지어 보였다.

"아 참, 그리고 진짜 미안한데요. 오늘 오후에 제가 시간이 없는데 얼떨결에 만나자고 했네요. 그래서 혼자 식사를 하든가 아니면 애플티만 마시고 나가야 해요."

"네에? 여기서 혼자 식사를 하라고요? 사람 가지고 지금 장난하세요. 지금?"

"그건 아니에요. 그럼 오늘은 차만 마시고, 으음……. 내일은 토요일이니까, 월요일 저녁 5시에 여기에서 다시 만나요."

"아이참, 초면에 너무 이래라 저래라 하시는 거 아니에요?"

"고의가 아니니까. 이해해 주세요."

이러는 사이에 여자의 진심이 전해졌는지, 아니면 여자의 커다란 눈에 매료된 것인지, 둘 사이의 분위기는 다소 부드러워졌다. 여자는 급하다면서 차를 빨리 마시고는 뛰다시피 먼저 나갔다.

'어라, 오늘 정말 여우에 홀린 듯하네. 월요일에 또 나와야 하나,

말아야 하나?'

남자는 혼자 중얼거렸지만, 이미 마음은 굳어져 있었다. 서글서글한 큰 눈에 밝게 웃는 모습에 대번에 혼이 빠져 버린 것이었다. 어찌된 일인지 눈만 감아도 그 여자의 해맑게 웃는 모습이 떠올랐다.

'어라, 내가 홀렸나, 이상한 노릇이네.'

이렇게 아무리 자중을 하려 해도 잘 되질 않고 책도 손에 잡히질 않아서 토요일, 일요일을 건성으로 보내야 했다.

드디어 월요일 오후 5시.

이번에도 여자가 먼저 나와서 "하이~" 하고 밝게 웃으며 손을 흔들었다.

"호호호, 나올 줄 알았어요. 어서 와요. 혹시 나 보고 싶지 않았어요?"

"네에? 아니요."

"아니라고요? 그럼 왜 나왔어요? 두 눈은 나를 반기고 있는데, 마음은 따로인가 보죠?"

"하하하, 독심술이라도 하시나요?"

"그건 아니고 나를 보자마자 반기는 표정이 역력하던데요. 아닌가요?"

"하하하, 정말 두 손 다 들었네요. 나올까 안 나올까 망설이다가 나왔는데, 댁께서 먼저 나와 있으니 반가운 것은 사실입니다."

마침내 남자가 사실대로 실토하고야 말았다.

"자~ 지난번 약속대로 여기 남방셔츠 사 왔어요. 아마 잘 맞을 겁니다."

여자는 거보라는 듯이 미소를 지으면서, 쇼핑백을 건넸다.

"뭐라고요? 그게 농담인 줄 알았는데, 진짜 사 왔어요?"

"그럼요. 그런 농담은 안 해요."

여자는 쇼핑백에서 포장된 남방셔츠를 꺼내 보이는데, 은은한 오렌지색 줄 체크 문양으로, 꽤 고급스러운 천으로 보였다.

"이거 진짜 이러면 안 됩니다. 받을 수 없어요."

"그럼 마음대로 하세요. 하지만 이걸 받으면 오늘 저녁도 같이 먹을 겁니다. 안 받으면 사과를 받지 않는 것으로 여기고 그냥 갈 겁니다. 그리고 다음에 또 만나려면 이 옷 입고 나와야 해요. 이래도 안 받을 건가요?"

"어어~ 이거 이상하게 꼬이네. 하하, 참, 진짜 진퇴양난이네."

남자가 진땀을 빼며 고민에 빠지자, 여자는 단호하게 한 마디를 더 했다.

"호호호, 어서 빨리 결정하세요."

여자는 재미있다는 듯이 남자의 얼굴을 쳐다보았다. 짙고 큰 눈썹에다 얼굴의 반을 가릴 정도의 구레나룻. 말끔히 깎아서 그렇지, 자칫하다간 원숭이 형상이다. 하지만 이목구비가 뚜렷하고 시원하고 큰 눈에 한마디로 호남형이다.

"아이참, 이런 경우는 처음이네. 이를 어쩌나."

"어서 빨리 용단을 내리세요. 그럼 저녁을 함께 먹을 건가부터 결정해요."

"이런 난감한 경우가 어디 있나."

남자는 진짜로 난감한 표정을 지으면서 어쩔 줄을 몰라 하다가 남방셔츠를 다시 한 번 쳐다보았다. 윤이 반들반들 나는 것이, 자기가 입던 면으로 만든 것보다는 대단히 고급스러운 천이 분명하였다.

"아무래도 지나친 것 같습니다. 너무 고급품 같아요. 초면에 큰 신세를 지게 됩니다."

"그런 것은 상관 말고, 어서 빨리 저녁을 함께 먹을 것인가부터 결정해요. 내가 맛있는 것 사 줄 테니."

"아이고, 그럼 둘 중의 하나를 선택해야지, 남방셔츠도 받고 저녁도 사 준다고 하면 어떡합니까?"

"아잉, 말뜻을 아직 못 알아들었네. 그런 말뜻이 아니라, 셔츠를 받고 저녁을 먹을 건지 아닌지를 물어본 거예요. 똑똑하게 생긴 분이 왜 자꾸 말을 빙빙 돌리시나, 답답하게."

"좋아요, 그럼 로또 당첨된 기분으로 셔츠도 받고 저녁도 먹겠어요. 대신 저녁식사비는 내가 내겠습니다."

"그건 안 돼요. 처음부터 그런 조항은 없었어요. 호호호."

"아이고, 이거 자꾸 말에 끌려들어 가네."

여자가 탁자 위에 쇼핑백을 올려놓자 남자는 마지못해 받으면서 어쩔 줄 몰라 하는 표정을 지었다.

"아무튼, 감사합니다. 제가 운이 좋았네요. 미녀와 앉아 있는 것만도 행복한데."

"호호호, 그렇게 생각해 주면 고맙지요. 호호호."

이러고서는 여자가 음식을 주문하러 갔다 오는 동안 남자는 어색한 자세와 표정으로 앉아 있을 수밖에 없었다.

“그러고 보니 우리 서로 이름도 모르네요. 난 라비아(Rabia)라고 해요.”

“하사드(Hasad)라고 합니다. 시작이 어떻게 되었든 만나서 반가워요.”

“저도 동감입니다. 아이스크림 때문에 만나게 되는 사람은 전 세계에 우리밖에 없을 것 같네요. 호호호.”

“하하하, 그러게요. 동양에서 말하는 전생의 인연이 있었나 봐요.”

“호호호, 좋게 해석하네요.”

이렇게 둘은 아이스크림 때문에 운명처럼 만나게 되었지만, 첫눈에 반해 버렸다. 하사드도 라비아가 마음에 들었고 라비아 또한 요즘 보기 드문 호남을 만났다고 생각하였기에, 라비아가 먼저 대시(Dash)를 한 셈이었다. 그러지 않아도 라비아의 친한 친구 네 명에게 모두 남친이 있는데, 어찌 된 일인지 미모에 그리 뒤지지 않는 라비아에게는 남친이 없었다. 그것은 집안이 조금 엄격하고 까다로운 면도 작용했다. 사람을 가려서 사귀라는 말을 어려서부터 들어왔던 터라 쉽게 마음을 열지 못했던 것이다.

둘은 금세 마음이 통했는지 이런저런 이야기를 나누며 저녁 식사를 했다. 기숙사 생활을 하는 하사드는 맛보기 어려운 고급 스테이크를 먹고 제일 작은 병맥주도 한 병씩 마셨다.

하사드는 앙카라에서 남쪽으로 대여섯 시간 거리인 콘야(Konya)가 집이고, 기숙사에서 생활하고 있고, 라비아는 앙카라에서 차를 타고 통학한다고 하였다.

그들은 이번 주 금요일 저녁 5시에 여기에서 또 만나기로 하고 헤어졌다. 라비아의 약속대로 하사드는 라비아가 사 준 남방셔츠를 입고 나가야 했다. 옷만 바꿔 입었는데도 대번에 부티가 나는 게 귀공자처럼 보였다. 그날도 별거 아닌 이야기로 시시덕대다가 헤어졌다. 그렇게 둘은 급격히 친해져서 오래된 친구처럼 스스럼없이 대화를 나누게 되었다.

그렇게 서너 번인가 만났을 때였다.
“아 참, 여태까지 학과 전공도 물어보지 않았네. 호호호.”
“물어봐서 아나, 안 물어봐서 모르나, 그게 그거지.”
“어째서? 알면 안 돼?”
“아니, 그건 아니고 내가 어떤 전공을 한다고 해도 ‘나’라는 실체는 여기 있으니까 말이야. 내가 전공하는 과에 따라서 사람을 좋아하고 싫어하는 건 아닐 것 같아서 말이야.”
“호호호, 그럴듯한 이론이네. 아무튼, 무슨 과야?”
“정보통신과. 많이 들어 봤을걸?”
“응, 많이 들어 봤어. 그런데 구체적으로 뭘 하는지는 몰라. 통신이면 전화인가?”
“그렇지, 전화도 해당하지. 이런 휴대폰도 해당하고 말이야. 근데 의외로 폭이 넓어. 너는?”
“나는 흔해빠진 광고학이야. 호호호, 나하곤 맞지도 않는다.”
“하하하. 왜 맞지 않아? 그냥 걸어 다녀도 광고가 되겠다. 하하하,.”
“어떻게 해서 내가 걸어 다니기만 하면 광고가 돼?”
“하하, 몸매가 미국의 글래머 스타인 마릴린 먼로 닮았잖아.”

"뭐, 뭐라고? 지금 나를 놀리는 거야? 뚱뚱하다고?"

"아니, 아니야. 그만큼 매력이 있다는 거야. 뚱뚱은 무슨. 지금이 아주 적당한걸. 나는 빼빼 말라서 마른 멸치 같은 여자는 싫더라. 아마 그런 여자랑 같이 있으면 가시처럼 나를 찌를 것 같아서 싫더라고."

"너 진짜 나 놀리는 거 아니지? 별로 먹는 것도 없는데 작년부터 살이 오르네. 그래서 학교에 있는 벨리 댄스부에 들어가서 좀 흔들고 있어. 허리하고 엉덩잇살 빠지라고."

"뭐어? 그랬어? 어쩐지 가끔 땅이 흔들리더라. 난 또 지진 일어났네 했네."

"뭐어? 호호호, 너 진짜 나를 흉보는 거야?"

"오버하지 마, 조크(Joke, 농담)야, 조크! 하하하."

사실 라비아는 그리 뚱뚱하지 않았다. 약간 살이 있는 편인데, 좋게 표현하자면 왕년(往年: 지나간 해)의 미국의 여배우 마릴린 먼로와 비슷해 보였으니 글래머라고 해야 적절할 것 같다. 지금은 시대가 변하여 마른 사람이 미인으로 우대받고 있었으나 하사드는 너무 비썩 마른 여자들은 별로 호감이 가지 않았다. 이런 말들이 오가는데 라비아는 그게 싫지는 않았다.

그렇게 몇 마디 나누다가 하사드의 전공에 대한 이야기로 이어졌다. 하사드가 정보통신에 대해 이야기하면서 미래에는 정보통신의 알고리즘이 어쩌고저쩌고, 프로토콜이 어쩌고저쩌고하는 등 알아들을 수 없는 얘기를 진지하게 늘어놓았다. 라비아는 그 얘기를 거의 이해하지 못했는데도 '이 남자는 전공에 대한 확신이 있구나. 뭔가 앞으로 될 사람이다.'라는 믿음이 생겨서 그저 건성으로 "응, 응, 그렇구나." 하고 맞장구를 칠 뿐이었다.

자기도 공부는 잘하는 편이어서 여기 빌겐트 대학에 입학은 했지만 딱히 미래에 뭘 해야겠다는 야망이 없었다. 광고학부도 그냥 수월하게 대학 생활을 하기 위해서 선택했지, 광고를 어떻게 해야 한다는 생각도 별로 없이 그냥 시계추처럼 왔다 갔다 학교만 다니고 있었던 것이다. 그러니 라비아는 하사드에 대하여 믿음에 이어 존경심까지 생길 정도였다.

어느덧 몇 달이 지나고 시험 때가 가까워졌다.

시험을 얼마 앞두고, 하사드와 라비아는 도서관에서 자리를 따로 잡아 공부를 시작하였다. 같이 붙어 있으면 공부가 안될 것 같다는 취지에서였다.

그렇게 두세 시간이 흘렀을까.

하사드의 휴대폰에 작은 불빛이 반짝이면서 메시지가 왔다.

"아유, 공부하기 지겹다. 나가서 바람 쐬고 오자."

"응, 그럴까? 잠시 쉬었다가 들어오자. 노트북은 도난 위험이 있으니, 가져가자."

"하긴 그러네. 노트북만 가지고 오고, 책은 그대로 두고 나와야겠네."

하사드가 문자 메시지를 끊고 노트북만을 들고 나가려는데, 또다시 휴대폰이 깜빡였다. 메시지가 온 것이다.

"난 쉬었다가 그냥 집으로 갈래. 그래서 가방 다 싸 가지고 나간다."

"으응, 그래. 근데 어디로 나가지?"

"그냥 나와. 도서관 앞에서 만나서 아무 데나 가서 밤하늘이나 쳐다보자."

"응, 그래."

이러니 하사드는 잠시 생각하다가 노트북과 책을 모두 싸서 배낭에 넣고 나왔다. 왜냐하면, 도서관에서 떠나 어디로 가든 한참을 걸어서 가야 하기 때문에 다시 도서관에 들어오느니, 그냥 기숙사로 들어가는 편이 나았기 때문이다.

그렇게 둘은 만나서 캠퍼스 한편에 큰 나무들이 몇 그루 서 있는 곳으로 다가갔다. 그리고는 그 앞에 있는 벤치에 털썩 주저앉았다.

"아이구야, 시원한 바람 쏘이니까 이제야 좀 살 것 같다."

"그러네. 여기서 좀 쉬면 공부가 잘될 거야."

"그놈의 공부타령은 입에서 떨어지지 않네."

"그럼 어떻게 해? 장학금 타려면 별수 없잖아. 공부 이외엔 방법이 없으니까."

"뭐어? 너 그럼 성적우수 장학생이야?"

"으응, 왜 놀라?"

"호호호, 난 또 네가 여자나 적당히 사귀면서 건성으로 대학 다니는 줄 알았네. 호호호, 미안."

"하하하. 그러냐? 너도 장학생이야?"

"내가 무슨. 나야말로 농땡이로 학교 다니지, 뭐."

"우와, 여기 학비가 터키에서 제일 비싼데. 집이 부자구나."

"응, 조금 살 만해. 아빠가 승용차 판매상을 하셔. 미국, 일본, 독일, 한국 등 세계 각국의 차를 수입해서 판매하셔."

"오우, 그렇구나. 어쩐지 부잣집 딸 같더라."

"호호호, 그렇게 봐줘서 고맙다."

"그럼 저 차도 아빠가 사 주신 거니?"

"아, 저 빨간 차는 중고차야."

"중고차?"

"응, 하루는 아빠가 누군가에 전화하는데 도색을 해야 하느니 어쩌니 하시길래, 옆에서 듣고 있다가 무슨 일이냐고 물었지."

"그래서?"

"여차여차해서 신차를 팔았는데 타던 차를 팔아 주는 조건으로 신차를 팔았다는 거야. 그런데 그 차를 중고차로 팔려고 하는데, 빨간색이라고 잘 안 팔린다는 거야. 그래서 전화로 도색을 하면 어떻겠냐고 했다고 하시더라고. 내가 재빨리 눈치채고 달라고 졸랐지, 뭐. 앙카라에서 여기까지 오려면 스쿨버스를 타고 다니는데, 꼭 시간 맞추어야지, 시내도 못 돌아다니지. 이 핑계 저 핑계 대면서 아빠에게 온갖 애교를 부리면서 졸랐더니, 할 수 없이 주시더라. 호호호, 애교는 여자의 무기야."

"와아, 그렇구나. 좋겠다. 차 가지고 다니는 애들 흔치 않은데 말이야."

"호호, 그런 셈이지. 횡재했지 횡재했어. 사실은 내가 언니보다 애교도 잘 부리지만, 공부도 더 잘해서 엄마, 아빠가 은근히 날 더 좋아하셔. 호호호."

"어어, 그렇구나. 그러면 언니가 시샘해서 싸우지 않아?"

"그 정도는 아냐. 언니도 언니대로 집에서 잘해 주니까."

"와, 정말 부러운 집안이다. 저 차는 어느 나라 제품이야?"

"한국제인데, 거의 3년 탔다는데 새 차나 마찬가지야. 나의 애마지, 호호호. 한국제가 AS도 잘되고 부품 구하기도 쉽다고 아빠가 그러시더라고. 나야 뭐 상관있나? 배고픈 사람이 찬밥 더운밥 가리겠어? '황공하옵나이다.' 하고 덥석 받아야지. 근데 너 혹시 운전면허 있어?"

"1학년 때 따서 나도 연습으로 아빠 차나 삼촌 차로 시내 연수 쪼금 했지. 아직 초보 딱지도 못 뗀 형편이야."

"호호호, 그럼 운전은 내가 한 수 위네. 아빠는 뭐하셔?"

"우리 아빠? 고등학교 물리 선생님이셔."

"그으래? 어쩐지 보기보다는 좀 고지식한 것 같더라니. 근데 내가 제일 싫어하는 과목이다. 물리라니……. 호호호, 넌 그럼 그 과목 좋아해?"

"하하하, 물리가 그렇게 싫어? 그럼 수학도 싫겠네?"

"그래, 그런 과목이 우리가 살아가는 데 무슨 효용이 있나 의구심이 든다니까. 가감승제만 알면 되었지, 나하곤 관계가 없어."

"하하하, 너 진짜 웃긴다. 아무리 그래도 기초학문이 있어야 다른 기술도 발전하는 거야."

"어쨌든 나는 싫어. 그럼 너도 물리학과 가지 그랬어?"

"호호호, 한땐 그런 생각도 했었지. 물리학을 열심히 공부하고 연구하여 제2의 아인슈타인 같은 사람이 되는 꿈을 꿨었지. 노벨상도 받고 말이야."

"아이고, 꿈도 야무지다. 그런데?"

“아, 그런데 주변에서 모두 말리는 거야. 아빠도 거기 나와서는 실업자 되기에 십상이라고, 요즘시대에 맞는 공부를 해야 먹고살 수 있다고 하셔서, 정보통신학과에 지원하게 된 거야.”

“오호라, 그렇구나. 그럼 실리를 취했네.”

“뭐, 그런 셈이지.”

“그래, 공부는 나보다 한 수 위다. 그래도 운전은 내가 한 수 위니까. 쎄임쎄임이다. 호호호.”

“그렇다고 치자.”

둘이는 그렇게 별스럽지 않은 이야기를 하면서도 사뭇 즐거워했다. 그러다가 잠시 대화가 끊기었는데, 둘은 서로의 눈을 바라보았다. 라비아가 하사드를 물끄러미 쳐다보면서 입을 열었다.

“눈썹이 그게 뭐니? 꼭 시커먼 큰 벌레가 붙어 있는 것 같아.”

“하하하, 다른 사람들도 그러더라. 나의 첫인상이 시커먼 눈썹이라고, 그래서 돌아서면 눈썹만 생각난다더라. 하하하.”

“눈썹도 그렇고, 웬 수염이 그렇게 많아? 매일 수염 깎으려면 귀찮겠다.”

“그렇기도 하지.”

“그래도 다행인 것은 매일 눈썹은 깎지 않아도 되겠다는 거야. 호호호.”

“하하하. 그래, 맞아. 눈썹은 면도하지 않지. 눈썹을 밀면 모나리자가 되려나?”

“호호호, 남자 모나리자도 있나? 아무래도 넌 덜 진화된 모양이야.”

"맞아, 나도 그렇게 생각해. 수염 많은 것이 아마 유인원 원숭이에서 덜 진화한 모양이야. 그래도 머리는 진화했으니, 이렇게 사람들 틈 속에서 살아간다."

"뭐라더라? 고등학교 때 어느 과목에선가 배운 게 있는데, 과거의 유전형질이 지금에 나타나서 털이 많이 난다고 하더라. 세계적으로 이런 사람들이 있다고 하던데. 온몸에 털 난 사람들이 있다고 하더라고."

"으응, 그래. 그런 현상을 '격세유전(隔世遺傳, Atavism)'이라고 한다. 세대를 뛰어넘어서 유전되었다는 뜻이지. 그런 사람들도 몸만 그렇지, 두뇌는 현대인과 다를 바 없어. 난 그 정도는 아니고, 그저 수염이 많은 편이야."

"그래, 꿈보다 해몽이 좋다고, 좋게 생각하는 게 좋은 거야. 그럼 아빠도 수염 많으셔? 눈썹도 진하고?"

"응, 그런 셈이야. 내가 어디 하늘에서 떨어진 것 아니고 아빠의 유전자를 받았으니까." "호호호, 털북숭이 가족이네."

"하하하, 그런 셈인가. 그럼 너희 집은 왕눈이 집안이냐? 부엉이 눈을 달고 다니냐?"

"어맛, 금방 반격이네. 호호호, 그래, 우리 집안은 왕눈이 집안이야. 엄마, 아빠, 언니, 나, 여동생 다들 왕눈이다. 그런데 다들 예쁘다고 하더라, 눈이 커서."

"그래, 큰 눈이 정말 예쁘긴 하다. 눈이 커서 울면 눈물이 다른 사람보다 두 배는 더 많이 나올 것 같다. 하하하."

라비아의 시원스레 큰 눈을 바라보던 하사드는 그녀가 더욱더 사랑스럽게 느껴졌다. 라비아는 하사드를 놀리는 데 재미가 붙었는지,

또다시 장난기 가득한 얼굴로 웃으며 말했다.

“호호호, 아직 그렇게 많이 울어 보지 않아서 모르겠어. 매일 면도하기 귀찮겠다.”

“아~함”

하사드는 크게 팔을 벌리고 기재기를 하더니,

“매일 면도하기 귀찮지만 여자들 화장시간보다는 덜 들 거야.”

하고 변명을 하였다.

“호호호, 난 화장 거의 안 하는데. 기초화장만 하지.”

“하하, 넌 그렇지. 그런데 어떤 애들을 보면 화장인지 분장인지 모르게, 입술은 드라큘라가 사람 피 빨아 먹은 것처럼 빨갛더라.”

“호호호, 그런 애들도 있지. 그런데 난 그게 귀찮더라고. 내가 남자가 되려다 여자가 되었나?”

“하하하, 그렇긴 해도 반들거리는 빨간 입술을 보면 섹시하다는 느낌은 받는 단다.”

“어머? 정말? 남자들은 그러니? 아이고, 나도 당장 빨간 립스틱 바르고 다녀야겠다.”

“내가 빨갛게 해 줄 수 있어.”

“뭐어? 네가? 너 여자 화장품 가지고 다녀? 립스틱 가지고 있어?”

“크하하, 내가 사이코냐, 여자들 화장품 가지고 다니게. 하지만 나만 알고 있는 비법이 있지. 입술 빨갛게 하는 비법이 있지.”

“호호호, 정말 웃긴다. 무슨 마술사라도 돼? 마술이야?”

“마술은 아니고, 다른 방법이야, 지금 해 볼까?”

“어맛, 진짜인 모양이네? 응, 어떻게 해 봐.”

"좋아, 그럼 1분만 눈 감고 있어 봐."

"호호호, 정말 무슨 마술을 부릴 모양이네. 호호호."

"1분만 눈감고 참고 있어. 내가 묘기를 부릴 테니까."

"그래? 정말이지, 혹시 나에게 무슨 해코지 하는 것은 아니겠지?"

"응, 그렇다니까. 입술만 빨갛게 해줄게. 어서 눈감아, 딱 1분만 참는 거다."

"그래, 한번 믿어 볼게."

## 2. 수염 많은 남자와 키스
## A kiss with a many bearded man

라비아가 눈을 감으니, 하사드는 지체 없이 자리를 그녀의 옆자리로 옮겨서 입을 맞췄다. 라비아는 깜짝 놀라면서 잠시 "웅, 웅"거리면서 밀쳐내려고 하였으나, 이내 하사드의 목을 끌어안았다. 하사드는 라비아의 입술을 가볍게 빨고, 그녀의 입안 속살도 어루만졌다. 그렇게 1분이 아니라 몇 분이 흘렀는지 모른다. 둘 다 금세 온몸이 후끈 달아올랐다. 둘의 첫 키스는 달콤했고 강렬했다.

"자, 봐! 네 입술 엄청 빨개졌지?"

"호호호, 너 진짜 괴짜다. 이렇게 넘어간 여자가 몇이나 되니?"

"하하, 없어. 내가 그냥 즉흥적으로 생각해 낸 거야. 네가 처음이야."

라비아는 핸드백에서 작은 손거울을 꺼내서 입술을 살펴보았다.

밤이라 불빛이 흐려서 잘 보이진 않았지만, 입술이 빨갛게 물든 것이 또렷이 보였다. 그리고 하사드의 얼굴을 사랑스러운 눈빛으로 지그시 바라보았다. 그러자 갑자기 또 장난기가 발동하였다.

“호호호, 정말이네, 입술이 꼭 루주 바른 것 같네. 호호호, 신기하다.”

“하하하, 거봐, 맞지? 나 거짓말 안 해. 아니, 못하는 사람이야.”

“호호호, 그래, 알았어. 내 입술 파랗게 질렸을 때 너한테 뛰어갈게,”

“그럼 그럼, 언제라도 와. 24시간 대기할 테니까. 하하하.”

“너, 그럼 24시간 내내 면도하고 있을 테야?”

“면도? 그거 어렵지 않아, 귀찮아서 그렇지. 요즘 고성능 전기면도기가 많아서 순식간에 다 깎아 버린다.”

“오홋, 그렇구나, 내가 볼 때는 수염 많이 기른 사람들은 남자다워서 보기는 좋지만, 얼굴을 맞대면 무지 껄끄럽다.”

“어엉, 그렇긴 하지. 근데 너 수염 많은 사람과 키스해 봤어? 꼭 경험 많은 여자처럼 술술 말하네?”

하사드가 다소 의아하다는 듯이 라비아를 쳐다보았다.

“그럼, 그럼, 이 나이에 남자랑 키스 한번 못했을까 봐? 여러 번 했어. 그것도 셀 수 없을 만큼 많이 말이야. 호호호.”

그 순간, 하사드는 얼이 빠진 듯했다.

‘이 여자가 정말 남자 경험이 많은가? 몸매 좋고 얼굴 예쁘고 귀티가 나는 데다 약간 귀여운 외모, 상냥하기까지 하니, 남자들의 시선을 많을 받았을 것이다. 그럼 그런 다음에…….’

하사드는 갑자기 실망스러운 마음에 무의식중에 고개를 떨어트렸다.

“어멋, 너 삐쳤니? 삐쳤냐구?”

“…… .”

“너 단단히 삐쳤구나? 호호호.”

라비아는 대수롭지 않은 듯 웃더니, 하사드를 확 잡아끌면서 자기 품 안에 안았다.

“어어어……?”

“나 때문에 삐쳤으니 달래 주려고.”

글래머 스타일의 몸매를 가진 라비아는 가슴도 풍만하였다. 하사드는 라비아가 확 잡아끄는 바람에 그녀의 젖무덤에 얼굴을 묻게 되었다. 물컹하고 부드럽게 따뜻한 체온이 순식간에 그녀의 가슴에서 하사드의 얼굴로 느껴졌다. 하사드는 말도 못하고 ‘허헉!’ 하고 신음을 내고야 말았다. 무슨 말을 해야 하는데 정신이 아득해지고 있었다.

“너 왜 수염 많은 남자 누구랑 키스해 보았느냐고 묻지 않아?”

“어엉? 그래. 그게 누구야? 남친이야? 절친이야?”

“호호호, 너 말하는 게 너무 귀엽다.”

라비아는 그런 말을 하면서 또 하사드를 끌어안으니, 이번에는 코까지 막혀서 숨도 못 쉴 지경이었다. 하지만 싫지만은 않아서, 아니 너무너무 황홀하여 하는 대로 내버려 두고 숨을 참고 있었다. 하사드는 조금 숨을 참다가 고개를 약간 돌리고 물었다.

“어엉, 맞아. 그 수염 많은 남자가 누구야?”

“까르르르. 아이구, 배 아파. 배꼽 빠지겠네. 그게 누구냐고? 호호호. 우리 아빠야. 우리 아빠!”

“뭐라고?”

생각지도 못한 대답에 놀란 하사드가 가슴에서 얼굴을 떼고 올려다 보았더니, 라비아는 그 모습이 더 귀여웠는지 하사드를 더욱 바싹 끌어안고는 꼭 어린아이 다루듯 어르고 있었다.

“네 아빠도 나처럼 수염 많으셔?”

“아니, 너만큼은 안 되어도 보통 남자들만큼 있어.”

“아하, 그러니까 넌 수염 많은 사람들에게 크게 거부감이 없구나.”

“그런가? 호호호, 나도 잘 모르겠다. 아주 싫은 감정은 없으니. 호호호.”

사실, 그랬다. 라비아의 아빠는 라비아가 아주 어렸을 때부터 집에 돌아오자마자 라비아를 제일 먼저 찾았다. 이제 막 재롱은 피울 나이인 세 살배기 딸, 눈에 넣어도 아프지 않을 만큼 사랑스러웠다.

오자마자 볼을 비비고 뽀뽀를 하니, 어린아이로서는 질겁을 했다. 자기 볼이 가시에 찔려서 마구 쓸려나가는 것 같았기 때문이었다. 그래서 울기도 여러 번, 결국 아빠가 이를 알고는 매끌매끌하게 수염을 깎은 후 딸아이를 끌어안고는 했다. 그래서 라비아는 아빠가 부르면 얼른 달려가서 아빠의 턱과 뺨의 수염이 잘 깎이어서 매끌매끌한지 손으로 만지며 확인했다. 그러면 아빠는 그게 또 귀여워서 번쩍 안아서 어르고 뽀뽀도 하고 어깨에도 올려 목마도 태워 주곤 했던 것이다.

그래서 라비아는 이 남자를 만났을 때부터 마음속 어느 구석인가 아빠에 대한 기억을 느낀 것 같았다.

“너를 이렇게 안고 있으니까 애기 같다. 호호호.”

라비아는 그렇게 말하고는 가슴에서 하사드를 떼어 놓고 무릎 위에 눕히고는 가슴을 숙여서 키스를 하기 시작하였다. 하사드는 또 느닷없는 키스세례에 몸 둘 바를 몰랐다.

그때였다. 이제까지 느껴 보지 못했던 야릇한 황홀감과 함께 신체 어느 한구석에 엄청난 신경전류가 흐르기 시작하였다. 그곳은 배꼽 아래였다. 그곳에 엄청난 신경전류가 짜릿짜릿하게 흘러들어가면서 부풀기 시작하는데, 마치 오븐에 들어간 빵이 마구마구 부풀어 오르는 것 같았다.

"아아아~"

마침내 하사드의 입에선 신음소리가 흘러나왔다.

그 순간 라비아도 마찬가지였다. 이제껏 말라 있던 깊은 옹달샘에서 생명수가 솟아 나오기 시작하더니 급기야는 속옷을 적시기 시작했다. 이때는 라비아의 가임기간이 막 시작하는 때로, 자기도 모르게 몸과 마음이 강렬하게 이성을 찾게 되었던 것이다. 즉, 몸과 마음이 강력하게 이성을 요구하고 있었다. 동물적인 표현을 하자면 발정 난 암컷이 수컷을 찾아다니고, 발정 난 수컷이 암컷을 찾아다니는 그런 형국이었다.

"아아~ 여기가 너무 아파, 터질 것 같아."

"어디가?"

라비아가 알면서도 짐짓 모르는 체하였다.

"아이고 진짜 이걸 어떡하나."

하사드가 바지 위를 손가락으로 가리켰다.

"호호호, 그러니, 그럴 때는 풀어 주어야 병이 안 난다더라. 호호호."

"누가 그래?"

"누구는 누구야. 인터넷에 널려 있는 게 그런 얘기인데. 호호호."
"어엉, 그렇긴 하지."
"나갔다 오자, 나도 못 참겠어. 나도 기분 풀어야겠어."
라비아가 의외로 먼저 요구하니 이 세상에 불알 달린 수컷들이 마다할 일이 있겠는가.
하사드는 만사를 제쳐놓고, 아니 만사가 보이지도 들리지도 않고 수락했다. 라비아의 빨간 차를 타고 출발을 하였다.
"라비아, 나 못 참겠어."
"나도야, 하사드. 날 따라와."
라비아의 말에, 하사드는 그녀의 빨간 차에 올라탔다.

하사드는 가벼운 호주머니 때문에 숙박비 걱정으로 적당한 모텔로 가자고 하였다.
"안 돼. 저런 곳에는 갈 수 없어. 최고급은 아니어도 고급호텔로 가야지. 호텔비는 걱정 마."
이 한마디에 하사드는 입이 붙어 버려서 더 이상 의견 제시를 할 수 없이, 라비아가 하자는 대로 따라야 했다.
빨간 차는 몇 개의 도로를 지나서 라마다(Ramada)호텔에 도착했다.
룸에 들어서자마자, 둘은 자석 두 개가 들러붙듯이 들러붙었다. 누가 N극이고 누가 S극인지는 중요하지 않았다. 그렇게 사랑의 게임은 시작되었으나, 그러나 아뿔싸. 달리기로 비유하자면 장거리는 아니어도 중거리쯤 되어야 하는데 단거리로 금방 끝나고 말았다. 하사드는 온몸에 경련을 일으키면서 참지 못하고 화이트 볼케이노를 터트리고 말았던 것이다.

잠시 어색한 침묵이 흐른 후, 하사드는 말문을 열었다.

"아, 미안. 사실 난 여자가 처음이야."

"호호, 그런 것 같더라."

"뭐라구? 어떻게 알았어? 너 남자 경험 많아?"

"옴마나, 엉뚱하게 나를 몰아붙이네."

"그럼 어떻게 알아."

"처음부터 네가 긴장한 것 다 알았어. 넌 감추려고 했지만, 몸으로 느낄 수 있었어. 살며시 떨고 있고, 숨이 거칠더라. 나도 사실은 처음이야."

"뭐라고? 너도 처음이라고. 아아~"

하사드는 그러면서 언뜻 시트를 바라보니 빨간 꽃잎이 몇 장 떨어져 있었다.

"긴장하지 마. 이리 와, 내가 키스해 줄 테니."

"어엉, 그래."

"그래서 싸구려 모텔에 가기 싫었어. 내 첫 경험을 그런 데서 보내고 싶지 않았지."

"아아~ 그랬구나."

하사드는 라비아가 경험이 많은 줄 알았는데 첫 경험이라니 어안이 벙벙하였다.

하사드는 얼떨결에 라비아 옆으로 다가가 깊은 키스를 하기 시작하였다. 그리고 잠시 후, 풀이 죽어 있던 하사드의 그곳이 용수철처럼 튀어 오르더니 평각과 사각을 맞추기 시작하였다(대포를 쏘기 위해 목표물을 향하여 포신을 좌우와 상하를 맞추는 것).

마침내 하사드의 거대한 자주포 포신은 위풍당당하게 목표물을 향하여 조준하기 시작하였다. 드디어 두 번째 게임이 시작되었고, 그렇게 그들은 사랑의 게임은 세 번이나 계속되었다.

"아, 정말 너무 좋았어. 이게 바로 남녀의 사랑이야."

"맞아, 이제껏 살아오면서 이렇게 황홀한 느낌은 처음이야."

둘은 사랑의 밀어를 속삭이며 다시 한 번 포옹을 하고 깊은 키스를 나누었다.

"나, 빨리 집에 가야 해."

"왜, 오늘 자고 가는 게 아니야? 여기 하룻밤 숙박비도 냈잖아."

"그렇긴 한데 우리 집 가풍이 쫌 엄하다. 외박 안 돼."

"그으래? 안 그런 것 같은데."

"우리 집 가문이 예전에 그리스 · 터키 전쟁 때의 이스멧(Ismet) 장군의 후손이란다."

"뭐어? 그으래? 이스멧 장군의 후손이라구? 이야~ 정말 대단한 가문이구나."

그렇지 않아도 품위와 귀티가 나는 것이 예사롭지 않은 집안의 딸이로구나 생각하였던 하사드는 무슨 보물이라도 찾은 양 두 눈을 휘둥그레 떴다.

"늦었어, 지금 너무 늦었어. 어서 집에 가자. 너는 학교 앞에 내려다 줄게. 차 타고 가면서 얘기하자."

"어어, 그러자."

하사드는 만난 지 얼마 되지도 않았는데 어딘지 모르게 끌려 다니는 기분을 지울 수 없었다. 아니, 라비아가 이끄는 대로 따라할 수밖에 없었다.

그들은 서둘러 호텔에서 나와서 라비아의 빨간 차에 올랐다.

"급하다고 난폭 운전하지 말고, 안전운전하고 가자."

"호호호, 걱정 마. 조금만 가면 되는데, 뭘. 천천히 갈게."

"그러자, 그럼. 어서 네 집안 얘기나 해 봐. 대단히 명예로운 집안 같다."

"그래, 맞아. 우리 선조가 장군을 지냈는데, 그때부터 집안의 재산이 많았었나 봐. 땅도 많고. 그렇게 되어서 우리 아빠에게까지 유산이 내려왔다고 하더라. 물론 다 물려받은 건 아니고, 점점 자손들이 많아지니까 이리저리 흩어졌겠지. 안 그래?"

"그렇지, 당연하지. 근데 네 아빠는?"

"우리 아빠가 종손이라 할아버지로부터 그런대로 유산을 많이 받게 되었다고 하시더라고. 그래서 그것 가지고 아빠가 자동차 판매상을 운영하시고 상가 건물도 있고 집도 있고, 또 앙카라 변두리와 시골 어디에 땅도 있다고 하시더라. 사업 수완이 좋으시지."

"와아~ 정말 부잣집이구나. 어쩐지 귀티 나 보이더라니."

"호호호, 내가 귀티가 나? 호호호 고맙다. 사실 어려서부터 그런 말 많이 들었어. 호호호."

"어엉, 그랬을 거야. 품위 있어 보여."

"이게 그냥 된 게 아니야. 엄마 아빠의 가정교육 덕분이지. 우리 아빠는 선조가 장군을 지내신 것에 대단한 자부심이 있으셔서 우리에게 가문의 명예를 더럽히면 안 된다느니 체통을 지켜야 한다느니 다른 사람의 모범이 되어야 한다느니 하시면서 가끔 고리타분한 말씀을 하시는데, 여기에서 엄마는 한술 더 떠서 맞장구를 치는 거야. 그게 어렸을 때는 너무 지겹게 들리더니만, 지금 와서 생각하니 참으로 좋은 가정교육으로 생각되더라. 친구들도 가려서 사귀어야 했으니까. 시원찮은 애들 만나는 거 알면, 당장 그만 만나라고 호통을 치기 일쑤였거든."

"와아~ 정말 그 정도였어?"

"그랬다니까. 아빠가 얼마나 무서웠는데! 우리 집 거실 옆에 서재가 있는데, 거기에는 고풍스러운 큰 가구가 있단다. 거기 열면 굉장한 게 들어 있어."

"뭐어? 거기 금덩이라고 들어 있나? 아니면 옛날에 약탈한 보물이라도 있나?"

"호호호, 왜 금밖에 몰라? 아니야. 거기 열면 우리 몇 대조 할아버지인 이스멧 장군님이 쓰시던 칼이 있단다. 큰 칼, 작은 칼, 중간 칼도 있고 총신이 기다란 장총, 짧은 총 등 아마 오륙십 자루는 될 거야. 우리 집안의 보물이야. 가보란다."

"아아~ 정말 굉장한 집안이로구나. 그걸 여태 잘 간수하고 계시다니. 어떤 집안들은 풍비박산 나서 모두 골동품으로 팔아치웠다고 하더라."

"그럴 테지. 아마 우리 집안도 가난했으면, 우리도 벌써 그 짝 났을 거야."

"진짜 본보기가 될 집안이다."

“그렇다니까, 가끔 아빠가 그걸 꺼내서 기름칠하고 닦아. 그만큼 아주 자랑스럽게 가문의 명예라고 생각하셔. ‘인생에선 돈보다 명예가 중요하다. 그러나 돈도 있어야 한다.’ 이게 우리 아빠의 명언이야. 그래 맞아, 돈이 있어야지. 그러시면서 우리가 얼쩡거리면 장난삼아 ‘너희들 나쁜 짓 하면 알지? 이 큰칼로 뎅겅한다.’ 하고 놀리면 어린 우리들은 그게 무서워서 울면서 도망쳤단다.”

“하하하, 어디로 도망쳐?”

“어디긴 어디야, 엄마 품속으로 도망치는 거지. 호호호, 지금 생각해도 웃긴다. 그렇게 어려서부터 가정교육을 엄하게 받은 편이어서, 이 나이 먹도록 제대로 남자 친구 하나 없이 지내 왔지. 호호호.”

“아, 그렇구나. 그럼 나는 어때? 네 아빠가 인정하실까? 네 친구로.”

“호호호, 글쎄? 눈이 높으셔서. 어쨌든 난 집에는 알리지 않을 거야. 괜히 이러쿵저러쿵 말 듣고 싶지 않아.”

“그래도 우린 계속 만나는 거야?”

“아니, 그럼 안 만나? 내가 너를 점찍었는데.”

그 말에 하사드는 속으로 또 움찔했다. 그러지 않아도 이끌려 다니는 것 같았는데, 또 그렇게 되어 가고 있었으나 하사드는 더 이상 속수무책이었다. 학교 다닐 때도 학급 반장도 하고 무슨 행사가 있을 때마다 리더 역할을 하곤 했는데, 지금은 상황이 영 반대로 진행되고 있었다. 그렇다고 뿌리치고 가 버릴 수도 없었다. 반은 꼭두각시처럼 라비아에게 이끌리는 수밖에 없었다.

“나 임신했나 봐.”

"뭐라고? 아이고야 이거 큰일이다. 진짜야? 병원에 가 봤어?"

"병원엔 가 보지 않았지만 확실한 것 같아. 이번에 생리도 없고 입맛도 떨떠름 하길래 임신테스트기 검사했더니 두 줄이 보여. 아이참, 조심해야 했는데, 내 친구 꼴 났다. 아이참……."

"친구 누구?"

"내 친구 있어, 아무개라고. 암만 생각해도 우리가 라마다(Ramada) 호텔에서 첫날밤 보낸 날 둘이서 만났나봐."

"무슨 소리야? 그날 누가 누구랑 만나?"

"다 알잖아, 그날 밤 네 정자와 내 난자가 만났다구."

"뭐어? 그 뜻이야. 하이구, 이거 큰일 났네."

라비아는 의외로 천연덕스럽게 말했다. 왜냐하면 라비아의 친구 중에 알게 모르게 낙태경험이 있는 애들이 있어서 그런 얘기를 들었기 때문이었다.

라비아는 휴대폰을 꺼내어 하사드에게 사진을 보여 주었다.

"이거야. 소변검사에서 이게 두 줄이면 임신이야. 호르몬 변화가 생긴 거지."

"그으래? 난 이런 거 처음 본다."

"그렇겠지. 남자들이 이런 거에 관심이나 있겠어? 아유~ 이걸 어쩌나? 학생 신분으로서 아이를 낳을 수도 없고. 집에서는 내가 남친 있는 줄도 모르는데."

"진짜 큰일이다. 우리가 만난 지 두 달도 안 되어 이런 일이 생기다니. 나도 집에다가 말 못해. 어떡하지, 우리?"

"나도 어제저녁에 검사해 보고 밤새 잠 못 자고 고민해 봤는데, 아무래도 병원에 가서 낙태를 해야 할 것 같아. 무슨 대책이 없잖아."

"으휴, 할 수 없다. 미안하지만, 그 방법밖에는 없네. 그런데 괜찮을까? 몸이 다치지는 않을까?

"머, 친구들이 그러는데, 요즘은 의술이 발달해서 초기에는 주사 몇 번 맞고 약 먹으면 된다고 하더라고."

"진짜 천만다행이다. 아유, 내가 죽일 놈이 되었네."

"아냐, 자책하지 마. 나도 함께 좋아서 벌어진 일인 걸. 대신 다음에도 임신하면 낳아서 키우는 거다!"

"뭐라고? 그럼 우리 결혼하는 거야?"

"호호호, 아직은 모르지. 조심하자는 뜻이야. 너무 마음에 두지 마. 그래도 내가 널 사랑한다는 것은 잊지 마."

"그래, 그래, 나도 사랑해. 이번일 원만하게 해결하자. 뒤탈 없이."

"그래, 내가 알아서 할 테니까 너무 걱정 마."

이런 말이 오간 후 다음 날 라비아는 병원에 가서 낙태 주사를 맞았다. 그리고 일주일 후, 병원에 갔더니 의사는 잘 처리되었다고 말했다.

이후로 라비아와 하사드는 언제 그랬냐는 듯이 가끔 만나서 사랑을 나누었다. 이번에는 라비아와 하사드는 극도로 조심을 하였다.

## 3. 벨리댄스 연습하자
Let's practice belly dance

겨울이 지나고 봄이 왔다.

하사드와 라비아는 커피숍에서 만나서 도란도란 이야기꽃을 피우기 시작하였다.

"하사드, 지난번에 내가 벨리댄스 배운다고 말했었지?"

"응, 그랬어. 그래서 지진 일어나는 줄 알았다고 했잖아. 하하하."

"호호호, 그랬었지. 그런데 우리 벨리댄스 동아리에서 이번 달 넷째 주 금요일 저녁에 발표 한대."

"뭐어? 이번 달 넷째 주 금요일이면 27일 아냐?"

"응, 그래, 무슨 날이야?"

"야~아, 그날 나도 축구 경기를 하는데."

"그으래? 어디서 누구랑? 너 축구부 아니잖아."

"응, 축구부는 아닌데 과에서 대표들 뽑아서 인문학부 학생들이랑 축구를 해."

"그럼 너도 나가?"

"아, 당연하지. 내가 그래도 우리 과에서 축구선수야."

"호호호, 잘 되었다. 축구 경기는 몇 시에 있어?"

"오후 2시부터 한대."

"그 시간에 수업 없어?"

"한 시간 있는데, 교수님과 협의해서 다른 날로 옮겼어."

"잘되었네. 그럼 낮에는 내가 네 축구 경기를 구경하고, 밤에는 네가 나의 벨리댄스 발표를 구경 오면 되겠다. 아주 잘되었네."

"하하하, 그러네. 발표는 어디서 해?"

"그냥 소강당에서 우리끼리 할 거야. 너도 와야지. 내 낭군인데! 호호호."

"아이고, 당연히 가야지. 우리가 커플인 거 다들 아는데, 꽃다발 들고 가야지."

"호호호, 그래, 미리 고맙다."

이렇게 하여 유명한 벨리댄서가 누가 있고 음악이 어떤 게 있고 하면서 벨리댄스에 대한 이야기를 하다가, 갑작스레 라비아가 제안을 했다.

"하사드, 우리 둘이 어디에 가서 연습해 보자. 영화에 나오는 것처럼 말이야. 잔디밭에서 멋지게 춰 보고 싶어. 매일 연습실이니, 제대로 흥이 나질 않아."

"어, 그거 좋지. 내가 증폭 스피커를 가지고 갈게. MP3와 성능 좋은 증폭 스피커 있으면 소리가 잘 나오거든. 강당 같진 않지만 아주 훌륭할 거야. 그래서 어디로 가려고?"

"전에 내가 지나가다가 봐 둔 곳이 있는데, 차 타고 30여 분 가면 폐허가 된 유적지가 있어. 거기에 풀인지 잔디인지 바닥이 파랗더라구."

"좋은 데네. 오호, 가 봤어?"

"아니, 가 보진 않았지만 길에서 얼마 떨어지지 않아서 다 보여."

"그래, 그거 좋다. 그럼 언제 갈래?"

"오늘 월요일이니까, 이번 주 금요일 오후에 가자. 토요일에는 엄마 매장에 나가야 하거든."

"응, 좋아, 아무 때라도 좋아."

이렇게 하여 금요일, 하사드와 라비아는 준비물을 챙겼다. 라비아는 댄서복과 화장품을, 그리고 하사드는 MP3와 고성능 증폭 스피커를 챙겼다. 캠코더도 빌리려고 했으나 가지고 있는 친구들이 없어서 되는 대로 휴대폰으로 찍어 보기로 했다.

라비아가 안다는 곳은 밭이 있는 들판이었는데, 그 한쪽으로 예전 유적지 건물들이 무너져 내려서 아무렇게나 뒹굴고 있었다. 그 안쪽으로 평지가 보였는데, 파란 잔풀들이 나 있었다.

"야~ 이런 데가 있었다니. 여기야말로 영화 촬영지로 제격이다. 오늘 영화 한 편 찍어 보자."

"그래, 호호호, 배우는 나니까 잘 찍어."

서둘러 라비아는 벨리 댄서복으로 갈아입고 댄서 화장을 했다. 라비아는 평상시 화장도 잘 하지 않는 편인데, 화려하게 화장을 하고 진한 핑크색의 댄서복으로 갈아입으니 완전히 다른 사람으로 변모하였다. 하사드는 소리가 잘 나는 방향으로 스피커를 배치하고 MP3를 틀어 보니, 생각보다 소리가 잘 나왔다. 둘은 먼저 가볍게 포옹을 했다.

"자 이제부터 시작이야. 음악 나간다."

"응!"

벨리댄스를 하는 라비아의 모습을 바라보던 하사드는 너무 황홀하

Belly dancing in the
ruined historic site

여 정신을 잃을 지경이었다. 진한 핑크색으로 배꼽이 다 드러나는 반라의 의상, 허리를 흔들 때마다 반짝이며 찰랑거리는 허리띠가 하사드의 영혼을 유혹하고 있었다. 슈미 동작이라고 그러던가, 온몸을 파르르 떨며 허리띠의 요란한 장식들이 찰랑거리자, 하사드의 두 눈은 황홀경에 빠져 반짝였다. 몸이 좀 둔할 것이라고 짐작하고 있었던 하사드의 예상은 빗나가고, 약간 풍만한 여체의 벨리댄서는 그야말로 지상 최고의 걸작이었다.

좌우로 엉덩이를 톡톡 튕겨 주는 힙 사이드, 몸을 비틀어 엉덩이를 위에서 아래로 뚝뚝 떨어트리는 힙 드롭의 동작에선 짜릿짜릿한 전율까지 느껴졌다. 그뿐만이 아니었다. 고개를 살짝 숙이고 커다란 두 눈을 살짝 치켜뜨면서 하사드를 노려볼 때는 온몸에 전기가 감전되듯이 뇌쇄되었다. 하사드는 그녀의 아름다운 모습을 눈에 담고 휴대폰으로 동영상도 찍어 보았다.

"와우~ 정말 예쁘다. 천사의 춤이야!"

온몸이 감전되듯이 짜릿한 느낌에 하사드는 희열에 차 있었다.

그렇게 황홀경에 벨리댄스 1막을 끝냈다.

"와우~ 너 진짜 벨리댄서다. 광고학 그만두고 이스탄불(Istanbul)로 가서 벨리 댄서로 나가 보는 건 어때?"

"호호호, 그렇게 잘했어?"

"야~ 진짜 나 혼자 보기 아깝더라. 섹시 벨리댄스더라고! 하하하."

"어머나, 칭찬해 줘서 고마워. 잠시 쉬고 두 번째 곡으로 해야 해."

"응, 그래. 총 몇 곡인데?"

"응, 세 곡만 하면 돼. 근데 생각보다 힘들다. 네 앞에서 하려니 긴장되나 봐."

"하하하, 난 제왕이라도 된 기분이야."

라비아는 준비해 간 음료수를 몇 모금 마시고 잠시 쉬다가 댄스를 하기 위해 풀밭으로 나갔다.

곧바로 두 번째 곡이 나가면서 라비아는 벨리댄스를 추기 시작했다. 그리고 삼사 분가량 지냈을 때였다.

## 4. 불량배들과의 결투
## Fighting a duel with bullies

"어쭈~, 여기서 음악 소리가 났구먼."

"어라? 얘들 둘이서 잘 놀고 있네."

어디선가 벨리댄스 음악소리를 듣고 처음 보는 남자 두 명이 나타났다. 얼핏 보기에 나이는 하사드 또래거나 두세 살 위쯤으로 보였으나, 키가 둘 다 약간 커 보였다. 하사드의 키가 178㎝이니 아마 180㎝쯤 되지 않을까.

라비아가 아무도 없는 호젓한 곳을 찾는다는 것이, 역효과로 어디서 불량배 같은 놈들이 나타난 것이다. 라비아는 급히 벨리댄스를 멈추고, 잔뜩 긴장한 표정으로 하사드 옆으로 다가왔다.

"안녕하세요. 어쩐 일이세요?"

하사드가 먼저 내키지 않은 인사를 하면서 조심스럽게 말을 걸었다.

"어어, 그래. 너희가 잘 놀고 있는 것 같아서 우리도 심심한데 같이 놀자고."

"엉, 그래, 넌 이미 맛을 많이 보았을 테니 같이 맛보자."

말투가 대뜸 라비아를 겁탈하겠다는 의미였다. 라비아는 잔뜩 움츠린 채 몸을 떨었다.

"왜 그러시나요? 우리는 그저 춤 연습하러 왔을 뿐입니다. 금방 갈 테니, 내버려 두세요. 아니, 지금 가겠습니다."

하사드는 될 수 있는 한, 아니 비굴하다시피 싸움을 피하고 그들의 심기를 건드리지 않기 위해 최대한 고개를 숙이면서 사정했다.

그러나 한 놈이 라비아의 팔을 힘껏 잡아끌며 말했다.

"야~ 진짜 예쁘다. 섹시하다. 벨리 댄서가 이렇게 생긴 줄 처음 알았네."

"이것 놔라, 놔!"

"어라? 앙칼진 게 입이 더 섹시하네. 야~ 우리도 같이 맛 좀 보자. 하늘 아래 사람들이 모두 공평하다는데, 너희끼리만 재미를 봐서야 되겠냐? 그건 너무 불공평하잖아. 우리에게도 기회를 줘라."

"하하하, 맞다, 맞아. 그것참 명언이다. 우리도 사람 맛 좀 보자, 여자 맛본 지도 오래되었는데, 오늘 맛 좀 볼까?"

그러면서 팔을 더 끌어서 강제로 포옹 하려고 하였다.

"야잇! 이 자식들이, 따악!"

"찰싹~"

라비아가 외마디 비명을 지르며 오른손으로 그놈의 뺨을 올려쳤다.

"어어, 아이구야. 여자 손이 꽤나 매섭다."

그 남자가 라비아를 또 끌고 가려고 하자, 하사드가 나서서 둘 사이에 서면서 라비아의 손을 낚아챘다.

"왜 이러십니까, 그냥 가게 내버려 두세요."

"뭐라고? 이 새끼가."

그놈이 이번에는 하사드의 가슴을 세게 밀쳐서 하사드는 뒤로 저만치 나동그라지면서 넘어질 뻔하였다. 하사드가 간신히 몸의 균형을 잡고서 또 그 앞으로 나서자, 불량배들은 더욱 의기양양해져서 말했다.

"인마, 좋게 말할 때 어서 꺼져. 여자는 여기 놔두고. 어서 가."

"그래, 괜히 죽도록 얻어맞지 말고 그냥 가라, 가."

겁에 질린 라비아는 댄서복을 입은 채 부들부들 떨면서 하사드 곁에 다가와 부축하며 나지막이 속삭였다.

"어서 가자, 가. 봉변당하겠다."

"그래, 더 이상 시비에 말려들지 말고 가자."

라비아와 하사드가 음향기기와 옷가방, 화장품 가방을 챙기는데, 그놈들이 또 다가왔다.

"그래, 가라. 근데 여자는 남아, 우리도 맛 좀 봐야 하니까."

그놈의 말이 끝나기가 무섭게 하사드의 배에 주먹이 날아 들어왔다.

"으윽~"

하사드가 배를 움켜잡고 허리를 구부리니, 이번에는 뒤에 있던 놈이 팔꿈치로 등을 내려찍었다.

"어억!"

하사드는 단 한 번의 반격도 하지 못한 채 그 자리에 무릎을 꿇다시피 엎어지고 말았다.

"짜식~ 별것도 아니네."

하사드는 순간적으로 호흡이 막히는 듯하여 힘을 쓸 수 없었다.

"아악, 이 자식들아! 이거 놔라, 놔!"

두 놈이 라비아를 양쪽으로 붙잡고 저쪽으로 끌고 가고 라비아는 계속 놓으라고 비명만을 지르고 있었다. 곧바로 숨을 돌린 하사드는 벌떡 일어나자마자 그대로 뛰어가서 두발 모듬차기로 한 놈의 등을 가격했다.

"어이쿠!"

느닷없이 등을 발로 얻어맞은 놈은 서너 발짝 앞에까지 가서야 겨우 멈춰 섰다.

"어렵쇼, 이놈 봐라, 발차기가 센데."

그놈이 돌아서면서 반격 준비를 하고 하사드도 또 공격준비를 하려는 순간, 이번에는 여자를 붙들고 있던 놈이 어느 사이에 하사드의 등 뒤로 와서 가슴을 두 손으로 바짝 끌어안았다.

"어어~"

하사드는 두 팔도 못 쓰고 발도 제대로 못 움직이고 그야말로 진퇴양난에 빠졌다.

그 순간에 발에 차였던 놈이 와서 또 주먹으로 배를 연거푸 두 번이나 가격을 하니 또 숨이 막히려고 했다. 다행이 이번에는 배에 힘을 가득주고 있어서 그런대로 참을 만했다.

"야, 더 세게 쳐! 이놈 보통이 아니야."

뒤에서 끌어안고 있는 놈이 소리치자, 앞에 있는 놈이 뒤로 한걸음 물러나면서 오른 주먹으로 하사드를 세게 가격하려고 했다. 그 순간, 하사드는 있는 힘껏 두 발을 모두 모아 가슴까지 끌어올린 다음 용수철이 튕겨나가듯 접었다 펴며 그놈의 가슴을 모둠발로 차 버렸다.

"어억!"

가슴을 발로 세게 얻어맞은 놈은 뒤로 나자빠졌다. 하사드는 그 여세를 몰아서 떨어지는 발과 함께 힘 있게 주저앉으면서 허리를 새우등처럼 급하게 굽히니, 뒤에서 껴안고 있던 놈은 미처 손을 놓지 못하고 하사드의 머리 위를 돌아서 앞으로 내동댕이쳐졌다.

"아이쿠! 이 새끼, 보기보다 보통 놈이 아니네. 야! 빨리 와서 이놈 발을 붙들어. 발차기를 못하게 하라고!"

이번에는 가슴을 얻어맞은 놈이 주먹질 대신에 하사드의 발아래로 달려들더니 두 무릎을 껴안았다.

"야, 발을 붙들고 있어. 이 자식 이거 죽여 버리자."

"그러자, 여기서 쥐도 새도 모르게 죽여 버리자."

하사드는 발을 붙들리어 꼼짝을 못하는 사이에 한 바퀴 뒹굴어 떨어진 놈이 달려들어서 배에 올라타고는 얼굴을 몇 대나 가격했다.

옴짝달싹할 수 없게 몸이 붙들린 하사드는 "억! 억!" 하는 소리만 지를 뿐 도저히 두 놈을 대항할 수 없었다. 이대로 가다가는 얻어맞아 죽을 것만 같았다. 어찌 되었든 있는 힘껏 몸을 비틀면서 그놈의 주먹을 피하면서 오른 주먹으로 그놈의 겨드랑이 아래를 마구 가격하니 그놈도 역시 "억! 억!" 하는 비명소리를 내고야 말았다.

"야, 저년 도망친다. 붙잡아!"

갑자기 위에 올라타서 하사드의 얼굴을 가격하던 녀석이 소리를 쳤다. 하사드가 바라보니, 라비아가 벌써 족히 삼사십 미터는 되게 달아나고 있었다. 이게 만약 싸우는 장면이 아니라면 핑크색의 새 한 마리가 너울너울 날아가듯이 보였을 것이다. 하지만 지금은 그런 상황이 아니었다. 라비아는 허둥지둥 마구 큰길 쪽으로 내달았다.

상황이 이렇게 전개되니, 발을 붙잡고 있던 녀석이 벌떡 일어나서 라비아를 붙잡으려 뛰어가기 시작하였다. 위에 올라탄 녀석도 일순간 당황한 듯 약간의 빈틈을 보이자, 하사드는 있는 힘껏 몸을 돌려서 그놈을 떨쳐냈다. 그리고는 일어나자마자 뒤돌려차기로 그놈의 가슴에 한 방 먹였다.

"아악!"

외마디 비명과 함께 그놈이 주저앉자마자, 하사드는 있는 힘껏 앞에 뛰어가는 놈을 향하여 내달렸다. 달리기라면 어느 정도 자신이 있던 하사드는 뛰어가면서 그대로 이단 옆차기로 그놈의 등을 찼다. 뛰어오던 힘으로 이단 옆차기로 가격을 했으니, 그놈은 서너 걸음 앞으로 밀려나면서 거꾸러졌다.

"아악!"

그러나 일순간도 틈이 없이, 뒤에서 한 놈이 쫓아와서는 또 아까 같은 방법으로 다리를 붙잡고 늘어졌다.

"야! 이 새끼 다리 잡았다. 발차기가 센 놈이야. 어서 해치워!"

이번에는 역할이 바뀌어 먼저 뛰어가던 놈이 하사드에게로 와서 주먹으로 배를 두세 번 치다가 뒤로 밀쳐 쓰러트리고 걸터앉고는 다시 주먹으로 얼굴을 마구 때렸다. 하사드는 급히 몸을 비틀면서 가까스

Fighting with two people

로 그놈의 주먹을 피하긴 했지만, 힘에 부치는 기색이 역력했다. 하사드는 얻어맞지 않으려고 있는 힘껏 몸을 비트니 세 사람은 엎치락뒤치락하는 꼴이 되었다. 누가 누구를 제대로 때리지도 못하고 헛손질만 해대는 형국이었다.

그때였다.

"아악!"

위에 올라탄 녀석이 단말마 같은 비명을 질렀다.

아~ 이게 웬일인가. 도망친 줄로만 알았던 라비아가 어느 사이에 다시 와서 멜론 크기의 커다란 돌을 들고는 그놈의 머리를 내려찍은 것이다. 녀석은 대번에 머리에서 피를 흘리면서 나가떨어져서 죽는지 어쩌는지 신음소리를 내었다.

"어어~"

하사드 역시 놀라면서 급히 일어섰다. 다리를 붙잡고 있던 녀석도 놀라면서 하사드와 일대일 권투 자세를 취했다.

그때,

하사드의 머릿속에서 들려오는 소리가 있었다. 한국의 태권도를 배울 때 관장님이 하시던 말씀이었다.

"사람에겐 치명적인 급소가 있다. 혈 자리라고도 하지. 서양의학에선 잘 인정하진 않지만 이 급소를 세게 치면 자칫하다가 죽을 수도 있다. 하지만 죽을 지경으로 위급할 때는 급소를 쳐야 살아남는다."

하사드는 속으로 크게 안도를 하고는 태권도 격투 자세를 취했다. 레슬링처럼 뒤엉켜 싸우는 것이 아니라 일대일 격투라면 어느 정도

승산이 있었다. 아니, 확신했다, 한 놈은 돌에 머리를 맞아 지금 죽었는지 살았는지 공격은 못 하고 있었으니 다른 한 놈만 대적하면 되는 것이다.

그 옆에 라비아는 너무 당황하여 입을 크게 벌린 채 소리도 제대로 못 지르고 피를 흘리면서 쓰러진 놈을 바라보다가 하사드를 바라보는 등 안절부절못하였다.

하사드가 격투 자세를 취하니, 덩달아서 그놈도 복싱의 공격자세를 취하였다.

불과 몇 초 동안 둘은 잠깐 탐색을 하는가 싶더니, 그놈이 먼저 오른 주먹을 날렸다. 하사드는 마치 그 순간을 기다렸다는 듯이 몸을 비켜 가면서 오른 주먹을 굳게 쥐고 가운뎃손가락 마디를 튀어나오게 한 다음 그놈의 왼쪽 귀 위 관자놀이를 세게 쳤다. 그 힘은 마친 망치로 정을 내려친 것과 같았다. 관자놀이 급소를 맞은 그놈은 "어억!" 하는 비명소리와 함께 비틀거렸다. 하사드는 한순간의 틈도 주지 않고 이번에는 돌려차기로 오른발 뒤꿈치로 그놈의 오른쪽 귀 위 관자놀이를 가격했다.

"어억~!"

소리와 함께 그놈은 썩은 고목나무가 쓰러지듯 비틀거리기 시작하였다. 이번에는 오른 주먹을 망치처럼 단단히 쥐고 그놈의 왼쪽 옆구리 늑골을 죽을힘을 다해서 가격하였다.

"빽!"

소리와 함께 그놈은 허리를 감싸 안고 쓰러지고야 말았다.

그놈이 쓰러짐과 동시에 오른발 뒤꿈치, 이때까지 구두를 신고 있었으니 구두 굽은 흡사 돌과 같았는데 그 구두 굽으로 방금 전 주먹으로 친 옆구리 늑골을 내려찍었다.

"아악!"

마침내 그놈은 외마디 비명을 지르면서 고통 속에 기절을 하고 말았다. 아무래도 늑골이 부러진 모양이었다.

한 놈은 돌에 맞아 신음했고, 한 놈은 늑골이 부러져서 기절하고 말았다.

"흐휴, 간신히 해치웠네."

"아악, 아이고 사람이 죽었다."

마침내 라비아가 비명을 지르면서 하사드에게로 다가와서는 꼭 껴안고 울기 시작하였다.

"미안해, 정말 미안해. 나 혼자 살려고 도망치다니 내가 나쁜 여자야. 이곳으로 오는 게 아니었는데, 괜히 내가 가자고 조르는 바람에……."

"허억~ 허억~"

하사드는 말대답도 못하고 거친 숨을 몰아쉬었다.

"흐흐흑, 조용한 곳을 찾았다가 이게 웬 봉변이야. 괜찮아? 많이 아파?"

"괜찮아, 여자가 그럴 수도 있지, 내가 여자라도 그랬겠다. 넌 다친 데 없는 거지?"

"응, 난 다친 데 없어. 하지만 넌……. 흐흐흑흑."

"난 정말 괜찮아. 여하튼 이놈들을 해치웠어."

"사람이 죽었어, 이를 어째, 어서 도망치자. 어떡하지?"

"그래, 일단 도망치자, 걱정 마. 죽지는 않았을 거야."

하사드가 머리에 피를 흘리는 놈에게 다가가 보니, 아직 죽지는 않고 신음소리만을 내고 있었다. 기절한 놈에게도 다가가 목을 만져 보고 콧숨을 느껴 보니 살아 있는 것이 분명하였다.

"죽지는 않았어. 지금 기절한 모양이니, 일단 자리를 뜨자."

"아이고, 아이고. 우리가 사람을 죽였으면 어떻게 해. 어서 도망치자."

"그러자, 이 자리를 뜨는 게 상책이야. 여기 우리 흔적이 있으면 안 되니까 가지고 온 물건들 잘 챙겨서 도망치자."

"그래, 어서 빨리 도망치자."

둘은 가지고 온 음향기기며 옷 가방, 화장품 가방 등을 모두 챙겨서 차에 싣고는 쏜살같이 그 자리를 떴다. 격양된 라비아가 운전을 하는데 영화에서 보듯이 마구마구 차를 거칠게 몰았다.

"어디로 갈까?"

"기숙사로 가야지."

하사드가 다소 숨을 거칠게 몰아쉬며 힘들게 대답했다.

"기숙사? 지금 그 얼굴로 어떻게 가? 얼굴이 점점 부어오르네, 아이참. 병원으로 가야 하는 게 아닐까?"

"뭐라고? 지금 막 부어오른다고? 그럼 어떡하나. 어디로 가나, 갈 데가 없네."

"아이고, 이게 웬 날벼락이냐. 내가 괜히 여기까지 오자고 했다가, 웅웅 흐흐흑. 미안해, 나 때문에 이렇게 되어서."

라비아가 또 찔끔거리면서 위로를 하기 시작했다.

"이왕 이렇게 된 거 너무 자책하지 마. 앞을 잘 보고 운전해, 울면 앞이 안보이잖아. 그나저나 어디로 가나. 진짜 갈 데가 없네."

"할 수 없다. 호텔로 가자."

"호텔? 돈 없잖아."

"돈이야 어떻게 현금 서비스라도 받아서 임시융통을 하면 되겠는데, 네 얼굴이 금방 나을 것 같지 않다구. 이를 어쩌나."

그렇게 몇 마디 하다가 하사드가 힘이 드는 모양이었다.

"어어~, 어지럽다. 토할 것 같아. 라비아, 잠깐 차를 세워 봐."

"뭐어? 옴마나, 이러다가 큰일 나는 거 아냐?"

라비아는 급히 길가에 차를 세웠고, 하사드가 굴러떨어지다시피 차에서 내렸다. 구역질이 나긴 나는데 헛구역질로 "꺽~ 꺽~"거리기만 하고, 힘겹게 숨을 쉬고 있었다.

"엄마나, 머리 다쳐서 구역질 나면 큰일 난다는데, 아이고, 안 되겠다. 어서 빨리 병원으로 일단 가자. 숙소는 나중 문제다. 어서 뒤에 타서 누워 있어. 이러다가 진짜 큰일 난다. 머리 맞았는데 자칫하다간 죽을지도 몰라, 어서 타!"

하사드가 허리를 반쯤 숙인 채 여전히 헛구역질을 하고 있으니, 라비아가 급히 내려서 하사드를 부축하여 뒷자리에 눕혔다.

"여기 물병 있으니 한 모금 마시고 누워."

"응, 고마워."

하사드가 물 한 모금을 마시고 눕는 것을 보자마자, 라비아는 또 과속으로 운전하면서 두리번거리면서 병원을 찾았다. 때는 벌써 해가 기울어서 서녘 하늘이 붉게 물들기 시작하였다. 병원을 찾으려면 스마트 폰에서 검색을 하는 것이 빠를 텐데, 지금 경황이 없는 라비아는 그럴 정신적인 여유가 없었다. 커다란 두 눈을 데굴데굴 굴리면서 병원 간판만을 찾기를 십 오륙 분 정도 했을까? 저편에 희미하게 적십자 표시가 들어왔다. 라비아는 일순간도 지체할 수 없이 그리로 내달았다.

병원에 도착하자마자, 라비아는 하사드를 부축하여 응급실로 무조건 들어갔다.

"사람이 죽게 생겼어요. 살려 주세요. 살려 주세요."

그 소리는 온 병원에 울려 퍼질 정도로 절박했다. 순식간에 간호사와 의사들 대여섯 명이 에워쌌다.

"남자 친구가 불량배들에게 머리를 맞았어요. 지금 헛구역질을 하고 있어요. 머리를 다친 모양입니다. 흐흐흑, 어서 살려 주세요."

"어~ 그런 모양이네, 여기 눈두덩이 많이 부었네. 얼굴도 붓고. 머리는 뭐로 맞았나요?"

"몰라요, 아니, 그냥 주먹으로 얼굴, 눈, 머리를 많이 맞았어요."

"간호사, 어서 빨리 수액주사 준비하고, 엑스레이 찍어 봐요."

담당 의사인가. 중년의 남자 의사가 간호사에게 지시하였다.

"하사드, 괜찮아? 정신 들어?"

라비아가 애타게 하사드를 불렀다.

"응, 근데 어지러워. 자꾸 토할 것 같아."

"아이고, 이를 어째, 흐흐흑."

라비아는 눈물보가 또 터져서 창피한 줄도 모르고 눈물을 뚝뚝 흘리면서 얘기를 하고 있었다. 곧바로 커다란 수액 주사를 하사드의 왼쪽 팔에 놓고, 침대를 끌고 가서 머리, 가슴 엑스레이를 찍었다. 웃옷을 올려 보니 가슴과 배에도 타박상을 입어서 퍼렇게 멍든 자국이 뚜렷이 보였다. 그렇게 소란을 떠는 중에 수액 주사에 진정제가 들어가 있었는지 하사드는 스르르 눈을 감고 잠이 들고야 말았다.

라비아가 하사드의 얼굴을 보니 얼굴이 부어서 호박처럼 되고, 그러지 않아도 숯덩이처럼 진한 눈썹이 부은 데가 시커멓게 멍이 들었으니 영락없는 팬더곰 형상을 하고 있었다.

라비아는 혼자서 울다가 '피식' 하고 웃음이 나왔다.

'아이참, 제발 크게 다친 곳은 없어야 하는데, 머리를 다치면 안 되는데.'

삼사십 분이 흐른 후, 아까 그 담당의사가 라비아를 불렀다.

"남자 친구라고 했지요?"

"예."

"다행이 크게 다친 곳은 없습니다. 머리 엑스레이 사진도 정상이고 가슴도 정상입니다. 지금 타박상을 많이 입어서 멍이 많이 들었네요. 이건 식사 잘하고 약 먹고 며칠 지내야 없어집니다. 멍 들으면 금방 안 없어집니다. 지금 구역질이 나는 것은 아마 싸우다가 힘을 너무 많이 소진한 모양입니다. 탈진을 해서 그런 모양이니, 지금 맞는 수액주사 맞고 나면 한결 나아질 거예요. 크게 걱정 안 하셔도 됩니다."

“예, 고맙습니다. 살려 주셔서 고마워요. 그러면 지금 놓는 주사에 영양제를 함께 놔 줄 수 있을까요?”

“가능합니다. 간호사에게 지시를 하죠.”

“의사 선생님, 고맙습니다. 살려 주셔서 정말 고맙습니다.”

라비아는 머리를 조아리며 연신 고맙다고 인사를 했다.

“근데, 벨리 댄서이세요?”

“예에? 아닌데요. 저 대학생이에요.”

“하하하, 그런데 옷이 댄서복이라서요. 하하하.”

“어머나, 깜박했네요, 벨리댄스를 연습하다가 봉변을 당해서 그대로 여기까지 오고 말았습니다. 호호호.”

“하하하, 섹시하고 예쁜 복장이니 그냥 입고 다녀도 되겠습니다.”

“아니에요. 아니에요.”

너무 다급한 나머지 자신이 벨리댄스 복장이라는 것을 알지 못했던 라비아는 창피한 생각에 얼른 밖에 나와 차에 들어갔다. 거기에 평상복이 있었기 때문이었다. 비좁은 틈에 옷을 갈아입기가 불편했지만 그런대로 평상복으로 갈아입었다.

“하사드, 하사드, 괜찮아?”

“응, 한숨 자고 나니까 살 것 같네.”

“응, 의사 선생님이 괜찮대, 머리랑 가슴 엑스레이 검사 결과도 괜찮대. 지금 타박상 때문에 멍들고 힘을 너무 많이 써서 탈진해서 그런 거래. 어서 기운 내, 하사드.”

“그래, 다행이다. 근데 배고프다.”

"어맛, 그렇지, 이제까지 아무것도 먹지 못했지. 내가 밖에 나가서 뭘 좀 사 올게."

라비아는 급히 나가면서 간호사에게 패스트푸드점의 위치를 물었다. 다행히도 병원에서 나가자마자 오른쪽으로 조금만 가면 맥도널드가 있다고 하였다. 라비아가 황급히 병원문을 나서려는데, 그 안쪽에 ATM 기계가 눈에 들어와서 되는 대로 현금을 인출하여 패스트푸드점으로 가서 햄버거 두 개와 콜라 두 병을 사 가지고 들어왔다.

"하사드, 눈 떠 봐. 여기 햄버거 사 왔어."

"그래, 고마워. 저 아래 침대 밑에 레버를 돌려서 침대를 세워 봐. 나 좀 일으켜 세워 줘."

라비아는 침대 밑에 있다는 레버가 뭔지 찾지도 못하다가 결국 간호사의 도움으로 침대를 비스듬히 올려 세우고는 햄버거를 건넸다.

"배가 고파서 그런지 맛있다."

"그래, 많이 먹어. 여기 또 하나 있어."

"아니야, 이거면 됐어, 그건 너 먹어."

그렇게 둘이서 햄버거를 먹기 시작하는데, 하사드를 바라보던 라비아가 갑자기 키득대기 시작했다. 하사드를 보니 영락없는 팬더곰이었다. 하지만 대놓고 웃을 수도 없어서 혼자서 키득대면서 햄버거를 먹어야 했다.

"너, 왜 웃니? 지금 이 상황에 웃음이 나오냐?"

"미안, 미안. 아까 많이 울어서 그런지 웃음이 나온다."

"뭐가 우스워, 내 몰골이 우습지? 부은 얼굴이 많이 이상해?"

"호호호, 그래 꼭 팬더곰 같다."

"뭐어? 내가 팬더곰이 되었다구."

"그래, 지금 모습이 그래. 팬더곰 두 눈이 지금 너처럼 생겼잖아. 호호호."

이러니 하사드도 아픈 것을 잊어버리고 거울을 들여다보는 등 수선을 떨고 시시덕대었다. 정말 팬더 한 마리가 거울 앞에 놀란 표정으로 앉아 있었다. 하사드는 아픔을 잊고 사랑스러운 라비아와 장난을 치며 웃고 있었다.

한편,

쓰러진 두 놈은 얼마 후에 깨어났다.

"아이고, 죽다 살았다. 그놈이 대단하네."

"그러게 말이야. 혼자서 우리 둘을 대적하다니, 죽이지 않은 것만도 다행이다."

"오늘 일진이 좋지 않았다. 우리가 먼저 집적대다가 웬 봉변이냐."

"할 수 없지 뭐. 살려 준 것만도 고맙게 생각해야지. 근데 내 갈비뼈가 부러졌나, 통증이 엄청나. 무지하게 아파, 어서 병원에 가보자."

"그래, 어서 가자. 괜히 우리가 나쁜 마음먹었다가 벌을 받았다고 치자."

"그러게 말이야. 나쁜 마음먹은 우리가 먼저 잘못한 거지. 하늘이 벌을 내린 게 아니라 인간이 벌을 내렸구나."

"하하하, 너 이 와중에 그런 말이 나오냐? 지금 죽을 지경인데."

“사실이 그런데 어쩌냐, 진짜 그놈 발차기는 대단하더라. 예술이더라, 예술. 그놈이 중국 무술을 배웠나? 몸이 날라서 발차기를 하는데 중국 영화 찍는 줄 알았다.”

“하하하, 너 죽지 않고 살 모양이다. 중국 무술 말고도 한국의 태권도도 발차기 잘하더라.”

“맞아, 태권도 발차기도 TV에서 많이 봤지. 하여간 대단한 놈이야. 눈 깜박할 사이에 몸을 돌려서 발로 차니 내가 피할 시간이 있어야지. 에효, 우릴 죽이지 않은 것만도 다행으로 알아야겠다. 에휴~ 이게 웬 망신이냐. 누가 봤으면 큰 창피 당할 뻔했다. 그런데 네 머리에서 피 나던데 괜찮아?”

“응, 아까는 죽을 것 같더니 조금 나아졌어. 걸을 만해. 어서 차 타고 가자.”

“하하하, 괜찮아. 농담 그만하자. 어서 병원에나 가자.”

“그러자, 죽기 전에 병원에 가자.”

두 놈은 나쁜 놈은 확실하였지만, 속내도 그리 나쁜 놈은 아닌 모양이었다. 그저 벨리 음악 소리가 들려서 찾아오다 보니 눈이 황홀할 정도로 예쁜 벨리 댄서를 보고는 수컷의 본능이 살아났었던 것이다.

“아이고, 아파. 야, 못 걷겠다. 여기 옆구리 갈비뼈가 부러졌나봐. 무지 아파.”

“어어, 그러냐. 내가 부축하마.”

이렇게 하여 한 녀석이 부축하여 간신히 차에까지 와서는 머리를 다친 놈이 과속으로 운전하여 병원으로 내달렸다.

얼마 후 어느 작은 병원에 도착한 두 남자.

"어디에서 이렇게 다쳤나요? 싸웠군요."

"예, 불량배들에게 얻어맞았어요. 지금 너무 아픕니다. 먼저 진통제 주사라도 놔 주세요."

"그건 안 됩니다. 최소한의 검사라도 한 다음에 주사 처방이 가능합니다."

나이 먹은 여자 간호사는 로봇처럼 행동하고 기계 음성으로 말했다.

곧바로 의사가 진료하고 X-Ray를 찍어 보니 머리 다친 녀석은 더는 크게 다친 데 없고, 다른 녀석은 갈비뼈가 한 대는 금이 가고 한 대는 부러져서 당장 입원 치료를 해야 한다고 진단이 나왔다.

"에휴, 진짜 죽지 않은 게 다행이다."

"그러게 말이다."

두 녀석은 천연덕스럽게 서로 위로를 하였다.

밤이 되어서 하늘에 별들이 총총 빛나기 시작할 무렵에, 하사드와 라비아는 병원에서 나왔다.

"우리 어디로 가지?"

"일단 호텔로 가야지. 이대로 기숙사로 갈 수 있겠어?"

라비아가 당연하다는 듯이 호텔로 가자고 하였다.

"어째 일이 꼬이기 시작한다. 아니, 다 꼬였다. 돈도 없다면서, 난 늘 빈털터리고. 아~ 진짜 갈등 생긴다."

"걱정 마, 하늘이 무너져도 솟아날 구멍이 있다는데 일단 호텔로 가자. 그런데 팬더곰 눈이 언제나 나을까 그게 걱정이다."

"글쎄다. 팬더가 사람 되려니 힘들 거다."

"호호호, 다 나았나 보다. 농담도 하고, 기운이 좀 날 걸?"

"으응, 아까보단 살 것 같다."

"그럴 거야, 수액 주사에 영양제 넣어 달라고 했거든."

"어어? 그랬어, 어쩐지 죽을 것 같더니만 살아난 기분이더라고, 아무튼, 고맙다. 매번 신세 져서."

"무슨 소리야. 나 때문에 그렇게 된 걸, 너 아니었으면 진짜 크게 봉변당할 뻔했다. 내 생명의 은인이다. 네가. 호호호."

"흐흠, 병 주고 약 주고 하는 셈이 된 꼴이다."

"미안 미안, 일단 차를 타고 가면서 얘기하자. 기숙사로 가건 호텔로 가건 같은 방향으로 가야 하니까."

"그러자."

둘은 이제 기분은 좀 나아져서 우는 소리를 내지는 않았다. 당장 오늘 자야 할 곳이 문제여서 호텔에 가야 하긴 하는데, 그게 또 문제였다. 남의 눈에 띄지 않으려면 오늘이 금요일이니까 많게는 일요일 밤까지 3일 정도는 숨어 있다시피 해야 했다. 3일이 지나서도 얼굴의 부기와 팬더눈(멍)은 조금밖에 가라앉지 않을 테지만 그래도 최소한 그때까지는 있어야 했다. 남에게 얼굴을 가리기 위해선 라비아의 큰 선글라스를 끼고 다니기로 했다.

호텔에 3일 동안 투숙하려면 호텔비도 만만치 않을뿐더러 식사가 또 문제였다. 호텔 식사가 좀 비싼가. 늘 데이트 비용을 라비아가 내다시피 해서 하사드는 그저 꿀 먹은 벙어리처럼 앉아 헤드라이트가 비치는 밤길만 물끄러미 바라다볼 수밖에 없었으니 가슴이 답답하였다. 라비아는 라비아대로 원인 제공을 자기가 했으니 어떻게든 이 난국을 해결해야만 했으나 뾰족한 해답이 나오질 않는다.

"아참, 그게 있지, 펜션."

"펜션? 맞아, 거기 가면 숙식을 모두 해결할 수 있어. 식사도 준비하고 집처럼 되어 있더라구."

"응, 그래 거기로 가자. 내가 앙카라에서 학교 올 때 길옆에 간판을 하나 봐둔 것이 있는데 그리로 가자."

"무슨 펜션?"

"지나가는 길에 언뜻 봐서 잘은 모르지만, 펜션이 있다는 것은 맞아. 거기로 가면 너도 학교 가깝고 나도 집에서 오기 가까운 데야. 그리로 가자."

"으응, 그럼 그렇게 하자."

이렇게 해서 둘은 빌켄트 대학을 지나쳐서 앙카라 방향으로 얼마간 가니, 과연 오른편에 펜션 간판이 보였다. 3층짜리 건물 두 동이 보였는데, 그게 한 집인지 두 집인지는 몰랐지만, 그리로 갔다. 가까이 가 보니 '트윈 펜션'이라는 간판이 보였다. 두 건물을 한 사람이 운영하는 것으로 판단되었다.

"여보세요?"

"……."

"여보세요. 계신가요? 아무도 없어요?"

"예, 나갑니다."

현관문이 열리고 50대 중반으로 보이는 남자와 여자가 나타났다.

"숙박하시려고요?"

"예. 방 있나요?"

"어서 들어오세요. 방 여러 개 비어 있습니다. 우리가 저 옆 건물과 여기를 운영하는데, 길목이 좋지 않은지 찾는 사람이 드무네요."

중년의 부부는 하사드와 라비아를 아주 반기면서 맞아들였다.

얼굴이 부어오른 하사드는 죄인처럼 모자를 눌러쓰고 고개를 숙인 채 아무 말도 못 하고 있었다.

라비아가 모든 것을 주선해서 옆 건물 3층으로 방을 얻었다. 처음에는 3일 밤을 묵으려고 했으나 하사드가 월요일까지 리포트 제출할 것이 있다고 해서, 일요일 낮에 체크아웃을 하는 것으로 했다. 숙박비는 호텔비의 3분의 1 정도밖에 안 되어서 이틀 밤을 묵는다 해도 호텔 하루 치도 안 되는 저렴한 금액이었기에 하사드와 라비아는 내심 기뻤다.

옆 건물 3층으로 올라가서 룸에 들어가 보니, 이게 웬걸, 비싼 호텔보다 더 넓고 좋아 보였다. 실내장식은 그저 평범했지만, 작은 거실과 그 옆에 딸린 싱크대와 주방기기, 그 안으로 큰 침대가 하나 있는데 그 앞에도 널찍한 공간이 있었고 대형 TV까지 비치되어 있었다. 무엇보다 더 좋은 것은 인터넷이 되는 컴퓨터까지 있어서 하사드가 대번에 입이 귀에 걸리면서 좋아했다.

"와우~ 여긴 호텔에 비하면 궁전이다. 정말 근사한데. 마음에 들어."

하사드와 라비아가 동시에 감탄하였다. 그때 라비아는 좋다는 의

미인지 안도의 한숨을 쉬며 하사드를 끌어안고 키스를 하였다. 하사드도 얼떨결에 라비아를 끌어안고 진한 키스를 했다.

"먼저 씻어야겠어. 땀 냄새가 많이 난다. 그리고 옷도 다 버렸다."

"호호호, 그랬지. 오늘 우리가 영화 한 편을 찍었네. 그런데 그놈들 말이야, 살았을까? 죽었을까? 이러다 우리 살인범으로 수배되는 거 아냐?"

라비아가 진담 반 농담 반으로 물었다.

"죽지는 않았을 거야. 잠시 기절했겠지. 근데 내가 주먹으로 늑골을 세게 친 놈은 아마 갈비뼈가 부러진 것 같더라. 느낌이 부러지는 느낌을 받았으니까."

"죽지 않나?"

"죽기는 왜 죽어, 살았다면 지금쯤 병원에 입원해 있겠지."

"너 진짜 대단하더라. 어디서 그런 발차기를 배웠어? 진짜 중국 영화 보는 것 같더라."

"사실은 내가 어려서 몸이 조금 약하다고 해서 부모님께서 한국의 태권도장을 보내셨어. 그래서 고등학교 때까지 계속 운동해서 지금은 태권도 4단이야."

"뭐어? 4단? 야, 진짜 대단하다. 그래서 그렇게 발차기가 예술이었구나. 난 진짜 중국영화 보는 줄 알았어, 눈 깜박할 사이에 주먹과 몸을 돌려서 발차기를 하다니, 진짜 대단하더라. 호호호. 사랑해, 나의 영원한 보디가드야."

"하하하, 뭘 그걸 가지고 그래. 몸을 돌려서 발차기가 아니라 뒤돌려차기지, 이거 제대로 한 방 맞으면 다들 그 자리에서 나가떨어진다."

"호호호, 나도 맞지 않으려면 조신(操身: 몸가짐을 조심함.) 해야겠다."

"근데 영원한 보디가드라면 미래의 네 남편이라도 되니?"

"호호호, 그럼 미래의 내 남편감이다. 호호호."

"네 부모님이 아주 엄격하시다면서, 사람도 골라서 사귀라고 하고."

"그렇긴 한데 우리 빌겐트 대학교나 이스탄불(Istanbul) 대학생이라면 일단 합격점은 될 거야. 걱정하지 마, 내가 점찍었으니 넌 아무데나 못 가. 호호호."

"와우~ 너 정말 웃긴다. 내가 네 소유물이냐?"

"그건 아니지만 그렇게 될 거야, 호호호."

둘은 시간가는 줄 모르고 떠들다가, 하사드가 샤워실로 들어갔다.

"야아~ 여기도 굉장히 넓다. 수영해도 되겠다."

하사드의 감탄에 라비아도 들어와서 보니, 정말 최신식 샤워실이었다. 욕조도 두 사람이 들어가도 남을 만큼 컸다.

"어머나, 진짜네? 여기서 수영하자. 호호호."

"그래, 그래. 그건 나중 얘기고 먼저 씻어야겠다."

"그렇게 하세요. 팬더씨, 호호호."

이렇게 해서 라비아가 나가고 하사드가 먼저 몸을 씻으려는데, 금방 비명 같은 소리가 났다.

"아아악, 아이고, 아파라."

"왜? 어디가 아파? 아이고 또 병원 가야 하는 거 아냐?"

라비아가 깜짝 놀라면서 샤워실 문을 열었는데, 벌거벗은 하사드가 비누칠을 하다가 그냥 주저앉아 있었다.

"왜 그래? 어디가 아파? 옴마낫, 온몸이 멍투성이네. 이를 어째.

얼마나 아팠을까?"

라비아는 하사드의 몸을 보고는 기겁을 했다. 얼굴만 멍이 든 줄 알았는데 가슴, 배에도 온통 맞은 자리와 함께 여기저기 퍼렇게 멍이 들어 있었다.

"진짜 맞아 죽을 뻔했네, 아이참, 이를 어쩌냐."

마침내 라비아는 또 울음소리를 내고야 말았다. 안쓰러워서 어쩔 줄 몰라 했다.

"괜찮아, 괜찮아. 근데 아까까지는 몰랐는데 손을 올릴 수가 없어, 여기 어깨와 팔의 인대가 끊어졌나 어쨌나 손을 못 올려. 다리도 아파서 많이 올리지 못하고, 아이고 이걸 어쩌나, 비누칠도 못했으니."

"비누칠을 하려는데, 팔이며 다리며 너무 쑤시고 아파. 인대가 좀 늘어났나. 몸을 크게 움직일 수 없으니, 큰일이네. 땀 냄새가 나서 씻어야 할 텐데……."

"그만이니 다행이다. 난 또 어디가 크게 아파서 병원 가는 줄 알았네. 걱정 마. 내가 씻겨 줄게."

"아이참, 망측스럽게 시리. 그냥 나가 있어. 어떻게든 나 혼자 해 볼게."

"우리 사이에 뭘 그렇게 부끄러워 해? 내가 도와줄게, 어서 이리와 봐. 등도 닦고 머리도 감아야지. 어서!"

"아니 괜찮다니까. 괜찮아 나 혼자 할 수 있어."

"그럼 내가 비누칠이라도 해 줄 테니까 샤워는 혼자 해. 손을 못 올린다는데 머리는 어떻게 감아? 등에도 비누칠 해야 하는데. 뭘 그리 부끄러워해."

"그럼 그럴까."

마지못해 하사드는 라비아 앞에 섰고, 라비아는 비누칠을 하기 시작했는데 금세 옷이 여기저기 비눗물에 적시고야 말았다.

"아이참, 옷이 다 젖네."

그러더니 라비아는 망설임 없이 옷을 훌렁 다 벗어서 방 안으로 던져 버렸다.

"이러면 편하겠다. 호호호."

여분의 옷이 없었던 라비아는 옷을 벗어 샤워실 밖으로 던졌다. 하사드는 느닷없이 라비아의 알몸을 보니, 눈을 어디에 두어야 할지 몰라서 어쩔 줄 몰라 했다.

"왜? 부끄러워? 호호호, 난 괜찮다. 호호호."

"그냥 비누칠만 하랬지, 옷도 다 벗으라고는 안 했다. 아이참."

"호호호, 그랬지, 그랬어, 내 맘이야. 내 옷 다 버리는데 어쩔 셈이야. 이게 훨씬 편하다. 이리와 나랑 함께 샤워하자. 어차피 나도 샤워해야 했으니 잘 된 셈이지. 안 그래?"

"어엉, 그럼 그러자."

이렇게 해서 라비아는 하사드를 비누칠하고 샤워 물에 씻겨 주면서 자기도 함께했다. 그러다 보니 하사드의 몸 한구석에 자꾸 힘이 들어갔다.

"너, 이게 뭐니? 하사드, 아픈 와중에도 이게 성을 내네, 호호호. 너야말로 망측스럽다. 좀 진정해."

"어~ 이게 참, 내 뜻대로 되는 게 아니라서 말이지. 진정이 안 된다. 이게 저절로 살아나네. 난 아파서 죽을 지경인데. 아이그."

"호호호, 너 죽지 않고 살아날 모양이다. 근데 망측하다."
라비아는 장난기가 가득한 얼굴 표정을 짓더니, 물에 흠뻑 젖은 타월을 성난 하사드의 거기에 걸쳐 놓았다.
"이렇게 하자. 안 보이니까 덜 망측하다. 호호호."
"아이참, 어서 그만하고 나가자. 빨리 샤워하고 나가자구."
"그래, 그렇게 하라구, 어서 이거부터 진정시켜. 그러면 나갈게."
"뭐라고? 아이 그게 그렇게 쉽게 되냐, 너 때문에 이렇게 되었는데. 그러니까 너부터 빨리 나가."
"호호호, 우리 팬더 아저씨, 내가 진정시켜 줄게. 난 다 알아."
둘은 마침내 수중전을 치르고야 말았다. 하사드는 웃어야 할지 울어야 할지 모르는 상황에서 터져 나오는 희열감을 맛보고야 말았다.

잠시 후,
라비아는 주인집에서 라면 두 개를 얻어 왔는지 사 왔는지 모르지만 가지고 와서 끓여 먹고는 너무 늦는다고 집에 갔다.
"잘 자, 내일 아침에 일찍 올게."
"으응, 그래 집에 가서 혼나지 마."
"걱정 마, 난 아무렇지도 않으니 네 몸 간수나 잘해,"
"그래, 그래."
이렇게 해서 오늘의 영화 한 편은 다 찍은 셈이었다. 라비아는 빨간 차를 몰고 집으로 가고, 하사드는 기숙사가 아닌 펜션에서 금방 잠이 들어서 곯아떨어졌다.

다음 날 새벽같이 라비아가 왔다.

"하이! 잘 잤어?"

"으응, 근데 왜 이렇게 일찍 왔어. 지금 7시밖에 안 되었잖아."

"그래 아침 7시야. 오늘이 알고 보니 엄마 의류매장에 나가는 날이더라고, 어제 경황이 없어서 말도 못했네. 오늘 10시부터 저녁 8시까지 엄마가 안 계셔서 내가 아르바이트 겸 매장에 가서 카운터를 봐야 해."

"어엉, 그랬구나. 효녀다, 효녀."

"효녀는 무슨 효녀야. 엄마 일 도와주면서 용돈도 받고 이월상품으로 남은 옷도 얻어 입고, 일석이조이지, 호호호."

"그렇구나. 여하간 재주 좋다."

"그래서 아침 식사 준비하고 바로 가야 해, 여기 오늘 먹을 거 다 준비해 왔어. 내가 아침 식사는 해 줄 테니 그거 먹고, 점심 저녁도 여기서 챙겨 먹어. 여기 주방에 가스렌지도 있고, 참 좋다. 꼭 집에 온 것 같아. 신혼부부 집이다, 호호호."

"하하하, 그런 셈이다."

'신혼부부'라는 말에 하사드와 라비아는 설렜다.

"몸은 좀 어때? 붓기는 그냥 그대로인 것 같은데."

"붓기가 금방 빠지겠어? 세월이 약이지. 어젯밤은 금방 곯아떨어져서 잤는데, 새벽부터 온몸이 욱신거리더라고. 그동안 안 쓰던 근육이 놀랐나, 어쨌나, 아무튼, 시간이 약이야."

"어제 병원에서 준 약 잘 바르고 먹는 약도 꼬박꼬박 챙겨 먹어. 그래야 하루라도 빨리 나을 거야."

"그럴 테지."

이런 대화를 하면서 라비아는 주방에서 덜그럭거리면서 아침 식사를 준비했다. 식재료를 어디서 사 온 것이 아니라 집에서 되는대로 가져왔다고 했다. 라비아는 금방 케밥을 만들어 와서 하사드와 같이 아침 식사를 했다.

"그럼 오늘 하루 혼자서 여기서 몸조리해. 난 밤에나 왔다 갈 테니. 여기 인터넷 되는 컴퓨터도 있으니 심심하진 않을 거야. 커다란 TV도 있으니, 재미난 영화도 찾아봐. 이왕 이렇게 된 거 마음 편히 있어."

"으응, 어서 가 봐, 집에서 기다릴라. 잠깐 빠져나왔다면서."

"그래, 나 간다."

라비아의 언행은 단순히 여친이 아니라 엄마 차원에서 하사드를 이르고 있었으니 하사드는 그저 말대답만을 할 뿐이었다. 그런데 라비아가 나가자마자, 휴대폰이 울렸다.

"때르르릉! 때르르릉!"

라비아가 나가자마자 전화가 오는데 라비아의 번호가 찍혀졌다.

"응, 뭐 빠트렸어?"

"아니 뭘 빠트린 게 아냐, 아이고참 말을 빠트렸다. 말을 빠트렸어."

"어엉? 그래 무슨 말인데?"

"거기 비닐봉지 안에 계란이 있는데, 낮에 프라이 해 먹고 한 개는 남겨 두었다가 얼굴, 눈두덩 멍든 곳에 마사지하면 빨리 빠진다고 하더라고. 그러니까 지금부터 계란 하나 꺼내서 얼굴 마사지해. 알았지?"

"응, 알았어."

"거기에 또 로쿰도 있어. 피로회복에는 최고니까 그것도 꼭 먹어."

"그래, 고마워."

라비아가 말하는 로쿰(Lokum)은 설탕에 각종 견과류(호두, 피스타치오, 아몬드, 헤이즐넛, 코코넛)와 전분을 섞어서 만든 고소하고 달콤한 터키의 젤리 과자이다

"그럼 이제 진짜로 나 간다."

"응, 응, 고마워."

하사드가 주방에 있는 커다란 비닐봉지를 열어 보니, 계란이 다섯 개나 있었다. 그러지 않아도 날계란으로 문지르면 멍든 곳이 빨리 빠진다는 얘기를 들어 본 적이 있었지만, 직접 해 보기는 처음이었다. 둥글둥글한 계란으로 눈두덩을 슬슬 문지르니 조금 시원한 느낌도 있었다. 로쿰 하나를 입에 넣어 보았으나 평상시와는 달리 이상하게 단맛이 입에 맞지 않아서 겨우 하나만 먹고 말았다.

하사드는 얼마간 그렇게 있다가 또 잠이 들었다. 온몸이 욱신거려서 몸을 뒤척이기도 어렵지만, 그래도 잠을 자는 것이 쉽게 회복될 것이라고 생각을 하였다.

시장기가 들어서 깨어 보니 벌써 오후 1시나 되었기에 아침에 가져온 빵과 야채 몇 조각으로 점심을 먹었는데 뱃속이 허전하여 계란 두 개를 프라이하여 먹었다.

TV를 켜니 여러 가지 방송이 나오고 있었는데 별 관심이 없고, 축구 경기를 하기에 거기로 채널을 맞추어 놓고 건성으로 쳐다보기만 했다. 갑자기 머릿속에 온갖 상념이 떠올랐다.

하사드는 점심과 저녁을 대충 챙겨 먹고 TV를 보다가 스르르 또

잠이 들었는데, 희미하게 라비아의 목소리가 들렸다.

"하이! 팬더 씨!"

어느 사이에 라비아가 와서 침대에 있는 하사드를 깨웠다.

"어어, 왔어? 늦게 온다더니, 지금 몇 시야?"

"9시, 좀 늦었지? 매장 문 닫고 엄마에게 전화로 보고하고 헐레벌떡 왔어. 몸은 좀 어때?"

"그냥, 그런데 온몸이 어제보다 더 욱신거리고 아프다."

"그럴 거야. 죽을 뻔하다가 살아났는데 아픈 게 당연하지. 내가 아는 약사에게 전화했더니 별 방법 없다고 하더라고, 그냥 잘 먹고 쉬면 된다고 하더라고. 근데 팬더 눈은 좀 가라앉았나? 이제 사람 눈이 되려나 보다. 호호호."

그러더니 라비아는 하사드가 귀엽다는 듯이 눈에다가 "쪼옥" 하고 입맞춤을 하고는 입술에도 가볍게 키스를 했다.

"너, 팬더 눈이 귀엽니?"

"그럼, 그럼, 팬더가 얼마나 귀여운데. 호호호. 그래도 사람은 사람 눈이 있어야지. 아 참, 이참에 네 닉네임을 팬더로 해라. 내 친구들 남친 이름 안 부르고 닉네임으로 부르더라고, 처음에는 그게 무슨 말장난인가 싶었는데, 지금 생각하니 좋은 아이디어야. 너도 이제부터 팬더야. 팬더! 너무 귀엽다! 호호호."

"그런 애들 있더라. 닉네임으로 부르는 애들 많이 봤어. 그럼 넌 눈이 크니까 '빅아이(Big eyes)'로 하면 되겠다. 하하하!"

"빅아이? 으흠, 하지만 별로 마음에 안 들어."

"왜? 네가 내 눈 보고 '팬더'라고 했으니, 나도 네 눈을 보고 닉네임을 만들어 본 거야."

"호호호, 그렇기도 하네. 하지만 빅아이는 마음에 안 들어. 음, 그냥 엔젤(천사)이라고 해라. 어때? 간단하고 외우기 쉽고."

"하하하, 하늘에서 내려온 천사 말이야? 그럼 너 날개 있어?"

"호호호, 그건 아니지만 내 마음씨가 천사잖아, 천사야."

"자화자찬도 대단하다. 언제 천사 노릇을 했다고?"

"지금 하고 있잖아. 네게는 내가 천사야, 천사."

"아이고야, 병 주고 약 주고 혼자서 통반장 다 한다. 하하하."

"지금은 그런 셈이지만 앞으로 네게는 내가 천사가 될 거야. 넌 천사 없이는 살 수 없게 될 거야. 넌 이미 내가 쏜 큐피드(Cupid)의 화살에 맞았어, 호호호."

(Cupid :그리스 · 로마 신화에 나오는 사랑의 신. 큐피드의 화살에 맞으면 사랑에 빠지게 된다는 전설이 있다.)

"하하하, 과대망상이다. 그럼 그렇다고 치고 닉네임 부르는 게 그리 어려운 일도 아니니까 이제부터 '엔젤'이라고 부를게. 하하하."

이렇게 하여 졸지에 하사드는 팬더가 되었고, 라비아는 엔젤이 되고 말았다.

"오늘 계란 마사지 했어? 쪼금 가라앉은 거 같긴 한데."

"으응, 그냥 되는 대로 몇 번 했지. 하루 종일 피곤하고 졸려서 자다 깨다 했어."

"그럴 거야. 괜찮아, 이제 살아났으니까. 내가 마사지 더 해 줄까?"

"으응, 마음대로."

"계란 어디 있어?"

"여기 침대 옆에 있잖아."

"오우, 바로 옆에 있었는데 못 보았네. 귀여운 팬더 구경하느라고. 호호호."

"하하, 이러다 진짜 팬더 되겠다. 근데 너 실제로 팬더 본 적 있어?"

"아니, 어디서 봐? 중국에 가야 보겠지."

"맞아, 맞아. 터키에는 팬더가 없다고 하더라고. 이담에 중국 여행 가서 보자."

"그러자, 꼭 약속이다. 자, 약속"

그러면서 라비아가 먼저 손을 내민다. 둘은 나이에 걸맞지 않게 아니 유치하게 새끼손가락을 걸어서 약속하고 엄지손가락을 맞대어 도장을 찍고 나중에는 손바닥을 앞뒤로 비비면서 복사까지 하고는 그 손을 가슴에 대었다.

"크크크, 우리가 완전 초등학생이 되었다."

"호호호, 뭐 어때, 재미있다. 호호호, 너랑 있으면 시간 가는 줄 몰라."

"나도 그렇긴 해."

라비아는 침대 위로 올라가서 책상다리를 하고는 하사드의 머리를 그 위에 올라오게 했다. 그러니 하사드는 라비아의 양다리를 베개 삼아 누워있게 된 것이다. 그리고는 계란으로 눈두덩과 볼을 슬슬 문질러 가면서 마사지를 했다.

"이러면 금방 부기가 빠지려나?"

"글쎄, 나도 그런 소리는 들었지만 처음 해 보는 거라. 민간 속설이라도 맞으니까 이런 얘기가 전해져 오겠지?"

"그래, 조금 더 해 보자."

그렇게 오륙 분 정도 했을까.

"아이참, 답답해서 못하겠다. 계란이 금방 깨질 것 같아. 다른 방법으로 마사지해 줄게."

"무슨 방법? 더 좋은 방법이 있나?"

"호호호, 있지. 이건 진짜 특효약이야. 특효약."

그러더니 라비아는 웃옷을 훌렁 벗어서 젖가슴을 다 내놓았다. 글래머 스타일의 풍만한 젖가슴이 나타났고, 그 앞쪽으로 연분홍색의 코스모스 꽃이 보였다. 하사드의 두 눈이 휘둥그레졌다.

"호호호, 너 그러니까, 왕눈이 팬더가 되었다. 이리 가까이 와. 호호호."

"어어~ 지금 뭐하려고 옷을 다 벗고 그래."

"호호호, 내가 마사지해 준다니까."

그러면서 커다란 젖가슴으로 하사드의 두 눈과 얼굴을 비벼 대기 시작하였다.

"허억~, 이런 마사지야? 아이고, 오 마이 갓!"

"왜 그래, 더 좋지? 이러면 금방 부기가 빠질 거야. 호호호."

엔젤은 그렇게 희롱을 조금 하다가는 이번에는 또 엉뚱한 제안을 한다.

"아 참, 몸도 멍들었지. 안 되겠다. 거기도 마사지해줄게."

"어엉? 어디를 뭐로 마사지한다고 그래. 아이고, 나 미치겠네."

"안 미쳐. 기분 좋게 해 줄게."

엔젤은 팬더의 옷을 모두 벗기고 자기도 알몸이 되어서 그 옆에 가서 몸을 맞대어 비비면서 마사지를 하기 시작했다.

"어때? 알몸 마사지 받는 기분이 좋지?"

"아이참, 이게 마사지냐. 흐흥, 아유~"

"좋지? 좋아, 안 좋아?"

"좋아."

"그럼 가만히 있어. 내가 금방 다 풀어 줄 테니까."

엔젤이 이렇게 적극 대시(Dash)하니 팬더는 남성의 본능이 살아나지 않을 수 없었다.

"어맛, 죽을 지경이라더니 살았네, 팽팽하다. 호호호, 이제 살았구나. 그래도 더 힘내. 거기도 마사지해 줄게."

"어엉? 어떻게? 아이고, 나 미치겠네."

"호호호, 안 미쳐, 기분 좋게 해 줄게."

마침내 라비아는 하사드의 온몸을 알몸 마사지하기 시작했고, 하사드의 어느 곳은 라비아의 신비한 동굴에 들어가서 황홀한 마사지를 받기 시작하였다. 젊은 그들은 무엇을 해도 좋았다. 마침내 팬더와 엔젤은 천국인가? 극락인가의 황홀경을 맛보았다.

한참을 지나서 라비아가 일어섰다.

"기분 좋았지? 사랑해"

"어엉, 그래 좋았어, 나도 사랑해."

"이제 집에 가야 해. 내일 아침에도 일찍 올게. 내일은 매장에 안 나가도 되거든."

"그래, 고맙다."

“고맙기는 생명의 은인인데 이 정도는 당연하지.”

라비아는 하사드의 눈에 입을 맞추고는 집으로 갔다.

다음 날 아침에도 라비아는 일찍 와서 아침 식사를 준비하여 같이 먹었다. 그리고는 깜박 잊었다면서 어제 선글라스를 사 왔다며 하사드에게 건넸다.

“네 것 가지고 온다더니.”

“그러려고 했는데 아무래도 여자 것이라 이상하더라. 남자에겐 안 어울려, 이거 얼른 써 봐.”

“응.”

하사드가 선글라스를 써 보곤 약간 어색한 표정을 지어 보였다.

“호호호, 마피아 같다.”

“그래? 그렇게 무섭게 보이면 안 되는데.”

“아냐, 그냥 해 본 소리야. 너무 진한 것으로 사 왔나?”

“아니, 여기 방 안이라 그래. 나가면 괜찮아.”

“그래, 그 정도면 될 거야.”

둘은 또 시시덕거리면서 시간 가는 줄 모르다가 마침내 또 알몸 마사지를 하고는 점심때쯤 일어나서 점심으로는 라면을 먹고 나왔다.

엔젤은 팬더를 학교 기숙사에 데려다 주었다.

“지금 들어가면 리포트 작성할 수 있어?”

“응, 거의 다 해놓아서 마무리만 하면 돼. 신세져서 너무 고맙다.”

“아이참, 뭘 자꾸 그래. 내 생명의 은인인데. 미래의 남편감인데 당연하지.”

“하하, 참, 말만 들어도 없던 기운이 절로 난다.”

둘은 뭐가 아쉬운지 한동안 얘기를 더하고 팬더는 기숙사로 엔젤은 집으로 갔다. 엔젤은 운전하는 내내 뭐가 그리 좋은지 노래를 흥얼거리면서 갔다.

"안 어울리지 않아?"

"괜찮아. 어색해서 그래. 잘 어울려, 귀염둥이 팬더 씨."

라비아는 하사드의 얼굴에 입을 맞추었고, 하사드는 선글라스를 벗고는 그대로 라비아의 입술에 자신의 입술을 포개었다. 그렇게 둘은 누가 먼저랄 것도 없이 하나로 포개지며 사랑을 확인했다.

둘은 라면으로 점심을 해결한 후, 라비아의 차를 타고 학교 기숙사까지 갔다.

일주일 후쯤,

팬더는 서서히 사람으로 되돌아가고 있었다.

"팬더씨, 이제 사람이 다 되었다. 호호호, 그동안 얼마나 번거로웠어,"

"그냥 지낼 만했어. 선글라스 챙기느라 귀찮아서 그렇지."

"친구들이 뭐라고 안 해? 눈에 멍들었다고."

"왜 안 물어봐. 어떤 놈은 집요하게 꼬치꼬치 물어보더라구."

"그럴 때 뭐라고 했어? 싸웠다고 했어?"

"어떻게 싸웠다고 말해, 그냥 책상 모서리에 부딪혔다고 얼버무리고 말았지."

"호호호, 다행이다. 사람으로 되돌아와서. 그래도 그냥 팬더야, 팬더, 알았지?"

"그래, 그냥 팬더로 불러. 듣기에 거북하지 않다. 귀엽다, 하하하. 너도 그냥 엔젤로 계속 불러야 하냐?"
"아 그럼, '엔젤' 하고 부르면 내가 금방 하늘에서 내려올게. 호호호."

팬더의 눈이 사람의 눈으로 거의 다 바뀌었을 때였다.
금요일 오후 2시부터 팬더는 사람 눈으로 축구를 하였다. 인문학부와 경기를 하는데, 의외로 많은 학생들이 와서 서로 응원을 하고 있었다.
"와우~ 팬더 씨가 의외로 대단한 축구 선수이네."
엔젤은 축구 유니폼을 입고 그라운드를 뛰고 있는 하사드에게 감탄을 하였다. 터키 사람들은 축구를 대단히 좋아하고 있었다. 국제적으로 크게 실적은 없었지만, 축구를 잘한다면 누구에게나 선망의 대상이 되었던 것이다.
경기가 엎치락뒤치락하면서 진행되는데, 여기저기서 응원하는 함성소리가 요란하였다. 그 가운데 라비아는 무의식중에 "팬더 이겨라, 팬더야 한 골 넣어!" 하고 소리치며 응원을 하자, 옆에 있던 친한 친구인 수나가 깜짝 놀라 물었다.
"얘, 팬더가 누구야?"
"호호호, 팬더? 하사드야. 하사드."
"엥? 어째서 하사드가 팬더가 되었니? 호호호, 웃긴다."
"그렇게 되었어, 닉네임으로 팬더가 되었다. 우리 팬더 씨 잘한다. 하사드를 부르는 나만의 애칭이야."
그런 사이에 팬더가 한 골을 넣으니 천둥 번개 치듯 관중의 함성소리가 요란하였다.

"팬더, 파이팅! 팬더!"

이렇게 라비아가 적극 응원을 하니, 옆에 있던 수나도 덩달아서

"팬더 파이팅, 팬더, 파이팅!"

하고 외치고는, 둘은 서로 얼굴을 마주 보고는 깔깔대면서 배꼽 잡게 웃었다.

경기는 3:2로 팬더의 팀에 이겼는데, 그중 무려 두 골을 팬더가 넣었다. 하사드는 단박에 스타로 떠올랐다.

"이야~ 우리 팬더 씨, 역시 발차기는 최고야. 호호호. 너무 좋다. 내 친구 수나도 너에게 폭 빠져서 한참 견제했단다. 호호호."

"내가 발차기와 축구는 좀 하지. 초등학교 때부터 축구 선수였으니까. 하하하. 따지고 보면 한국의 태권도 덕을 좀 본 셈이야."

"맞아, 맞아, 네 긴다리는 발차기에 적격이다. 호호호. 그럼 선수 생활 했어?"

"아니, 그건 아니고 우리 반 대표였지, 내가 축구광이었다니까."

"그럼 왜 축구부에 안 들어갔어? 그렇게 좋아하고 잘하면서."

"으응, 들어가고 싶었지만, 시간을 많이 뺏기잖아. 공부해야 하는데."

이 말은 팬더는 공부를 해서 장학금을 받아야 한다는 뜻이었다. 물론 엔젤도 이 말뜻을 잘 알고 있었지만 넘겨짚고 물어본 것으로, 만일 하사드가 축구부에 들어갈 경우는 지장이 될 수 있었기 때문이라는 의미였다.

"그랬구나, 지금처럼 해도 좋아. 프로 축구 선수로 나가지 않을 바에야 실리를 챙겨야지."

"하하하, 내가 그렇게 결정했지."

둘은 한참을 시간 가는 줄 모르고 담소를 하다가 간단히 간식으로 저녁을 사 먹고 잠시 헤어졌다. 왜냐하면 라비아는 먼저 가서 벨리댄스 준비를 해야 했기 때문이었다. 이 시간에 하사드는 그녀를 위한 장미 꽃다발을 샀다.

## 5. 벨리댄스 발표회
Belly Dance Recital

벨리댄스 발표회는 오후 5시 30분부터 7시까지 소강당에서 한다고 했다.

소강당 겸 수업도 하고 발표회도 하는 그런 장소라 사람들이 다 와도 150여 명 정도 밖에 수용할 수 없었다. 대부분이 젊은 학생들이었고, 교수님들도 여러 명 눈에 띄었다. 그리고 학부형으로 보이는 어른들도 손에 꽃다발을 들고서 앞자리에 앉았다.

팬더는 속으로 '어어~ 학부형도 초대했나? 학생들에게 간단히 발표한다고 했는데.' 하고 궁금해하면서 주의를 두리번거렸다. 왜냐하면, 라비아의 부모님이 나오셨으면 어쩌나 하고 은근히 조심스러웠기 때문이었다.

그때 지난번에 라비와와 대화했던 것이 생각나서 금방 안심을 했다.

"학생들 앞에서 발표하는데 부모님이 오셔도 돼."

"그으래? 그럼 너도 부모님도 오시냐?"

"아니, 못 오셔, 오시라고 해도 엄마 아빠 두 분 다 매일 늦게 들어오시거든, 뭐 그리 큰 행사도 아니어서 말씀도 드리지 않았다, 왜 겁나?"

"아니, 그건 아니고 궁금해서."

"호호호, 걱정 마. 때가 되면 다 알게 될 테니까."

라비아는 늘 이런 식이었다. 자기 생활에 대해선 웬만해서 부모님에게 잘 알리지 않으려고 했다. 그건 아마도 부모님이 아주 엄격하시다니까 공연히 한소리 듣기보다는 아예 말씀을 드리지 않는 것이 속편하다고 생각하고 있었던 것이다.

하사드는 순간 라비아의 부모님이 오신 건 아닌가 싶어 긴장하였지만, 이내 그럴 필요가 없다는 것을 깨달았다. 며칠 전, 라비아가 부모님이 바쁘셔서 오지 못하실 뿐만 아니라 그리 큰 대회도 아니어서 언급조차 하지 않았다는 이야기를 들은 것이 생각났기 때문이다.

"하이~ 하사드!"

누군가 뒤에서 어깨를 툭 치면서 하사드를 불렀다.

"어엉? 누구냐?"

"나야, 무랏이야."

하사드가 고개를 돌려 보니, 기숙사 친구인 무랏(Murat)이었다.

"야~ 반갑다. 너도 여친이 벨리댄스 하니?"

"어엉, 그러니까 왔지, 너도?"

"응, 꽃다발도 사 왔어."

"흐흐, 나도 사 왔다. 혼자 보면 좀 심심할 것 같았는데, 잘됐다. 이리 와라, 이 옆에 앉아."

무랏은 셋째 줄에 앉아 있었는데 그리로 오라고 한다.

"아니, 여기가 더 좋아, 맨 앞줄은 교수님하고 학부형들이 앉는 자리인 모양이다."

"그러니까, 여기로 오라고, 둘째 줄까지가 교수님하고 학부형 자리야."

"어엉? 그랬어? 난 몰랐네. 하하."

하사드는 어쩔 수 없이 셋째 줄로 가서 무랏의 옆자리에 앉았다.

"네 여친 디뎀(Didem)은 몇 번째 공연이야?"

"네 번째 하고 여덟 번째이더라. 라비아는?"

"세 번째 하고 아홉 번째. 프로그램 보니까."

"야~ 혹시 라비아가 벨리 댄스 공연할 때 무대 무너지는 것 아니냐? 하하."

"흐흥, 나도 그 생각했었지. 근데 괜찮아. 키가 커서 그렇지, 볼만해, 얼마나 예쁘다고."

"하긴, 댄서가 볼륨감이 있어야지."

"맞아, 촙스틱 댄스(Chopstick dance: 젓가락같이 마른 사람이 추는 댄스) 같아서야 흥이 나겠냐?"

"하하, 맞아, 맞아. 그러고 보니 네가 라비아에 푹 빠진 이유를 알겠다. 하하하. 그런데 너무 푹 빠지진 말아라, 다친다."

"에엥? 그게 무슨 소리야. 라비아에겐 나밖에 없어."

"하하, 얘가 지레 겁먹기는 여친한테 푹 빠졌다가 헤매는 사람 있다더라.”

“그게 무슨 소리야. 나보고 하는 소리야?”

“아니, 그건 아니고, 내 친구의 선배가 삼 년 동안 사귀던 여친과 헤어졌다는데 먹지도 못하고 자지도 못하고 환자처럼 되어 버렸다더라. 지금 4학년인데 시험도 망쳤다나 봐. 그냥 현대판 좀비가 된 거지. 그러니 너도 조심하라는 뜻이다.”

“아이고, 내 원 참, 그런 뜻이었었어? 걱정 마, 나도 실리는 챙기면서 사귀니까.”

“머, 그렇다는 얘기지, 소설, 영화 속에 나오는 주인공이 우리가 될 수도 있다는 뜻이지.”

“그럴 수도 있지.”

둘이서 시시덕대는 동안에 벌써 벨리댄스의 공연이 시작되었는데, 발표자는 모두 이십여 명도 더 되어 보였다. 혼자 하는 것은 없고 최소 세 명부터 칠팔 명까지 함께하는 것이었는데, 하사드가 볼 때에는 단연 라비아가 돋보였다. 평상시 하사드의 생각대로 빼빼마른 여학생보다 적당히 살이 있는 라비아의 몸놀림이 훨씬 더 보기 좋았다.

벨리 댄스를 하는 동안 많은 학생이 박수를 치고 제각기 자기 여친인지 휘파람을 불고 즐거워했다. 하사드도 휘파람을 불어보려고 했으나 잘 되질 않아서 그만두고 박수를 치면서 응원했다. 어쩌다가 라비아가 셋째 줄에 앉아있는 하사드를 발견하였는지 웃음을 보이면서 쳐다보았다.

“아. 정말 예쁘다.”

지난번에 유적지에서 보던 것과는 또 다른 멋이 있었다. 음향시설이 좋아서 댄스곡이 크게 울려 퍼질 뿐만 아니라, 울긋불긋한 조명이 비치면서 댄스를 하니 거기 있던 모든 사내는 넋이 다 달아날 지경이었다.

"야야~ 배꼽 떨어지겠다."

"하하하, 저렇게 심하게 슈미 동작으로 떨다간 진짜 배꼽 떨어질라."

"하하하, 그래서 남자들은 벨리댄스를 못하는 거야."

무랏이 능청스럽게 말했다.

"왜?"

"왜긴 왜야. 저렇게 슈미 동작하다간 남자들은 배꼽 아래 쌍방울이 다 떨어지고 말 거야. 하하하."

"하하하, 어쩐지. 남자 벨리댄서가 없더라니만. 하하하."

벨리 댄스 발표는 성황리에 끝났고, 무랏과 하사드는 장미꽃다발을 들고 각자 짝을 찾아서 헤어졌다.

"라비아, 정말 아름다웠어. 최고야."

하사드는 장미꽃다발을 라비아에게 안겼다. 꽃다발은 전해 받은 라비아는 코를 대고 향을 맡아 보더니, 장미보다 더 화사한 미소를 지어 보이며 왕방울 같은 눈을 반짝였다.

"정말 향기롭다. 고마워, 하사드."

"와우~ 진짜 잘하더라. 광고학 그만두고 댄서로 나가도 되겠어."

"호호호, 그렇게 잘했어? 난 그래도 댄서는 되기 싫어. 네가 보고 있다니깐 흥이 더 나더라고, 그래서 좀 더 심하게 흔들었지."

"하하하 맞아, 살 떨려서 막 떨어지는 줄 알았다. 하하하."

"호호호, 그래, 그래,"

둘은 담소를 나누고는 나와서 차를 타고 지난번에 갔었던 트윈 펜션으로 갔다. 그렇게 트윈 펜션은 그들만의 아지트가 되어 갔다.

하루는 하사드와 라비아가 수업이 끝난 후 커피숍에서 만나 시간 가는 줄 모르고 떠들다가 엔젤이 돈 때문에 걱정을 했다. 데이트 비용이 너무 많이 들어간 것이다. 가끔 만나서 호텔비를 내야지, 저녁 식사비도 내야지 조금씩 부담이 누적된 것이다. 팬더는 이런 얘기가 나오니 그야말로 죽을 맛이었다. 그리 형편이 넉넉지 않은 집안 살림에 공부 잘한다고 여기 빌겐트 대학에 들어오긴 했지만, 죽자 살자 공부해서 장학금을 받지 않으면 학교생활도 하기 어려운 실정이었으니 가외로 데이트 비용을 충당하기엔 매우 버거웠다. 아직까지도 단 한 번도 호텔비를 낸 적이 없었고 기껏해야 커피값이나 저녁 식사비 정도를 몇 번 부담했을 뿐이었다. 그러니 팬더는 쥐구멍에라도 들어가고 싶었다.

"아, 진짜 큰일이네, 청춘사업을 하려니 돈이 꽤 들어간다."

"내가 미안하다. 호주머니가 가벼워서. 너무 부담되면 그만 만날까? 아니 가끔 만나자."

"뭐어? 너 지금 뭐라고 했어?"

"어엉, 아니 그냥 해 본 소리야."

엔젤이 커다란 두 눈을 매섭게 쏘아보니 흡사 큰독수리가 큰 눈으로 매섭게 쳐다보듯 하여 팬더는 움찔하면서 고개를 외면했다.

"아니, 그냥 해 본 소리야. 내가 데이트 비용을 대지 못하니, 나야말로 죽을 맛이다. 왜 나 같은 사람을 만나서 고통을 받느냐고, 내가 너무 미안하다."

"너~ 진짜 그 소리 취소 안 하면 죽는다."

"어엉, 그래 미안 미안, 취소한다. 입에다 테이프 붙일게."

엔젤은 그 말 한마디에 충격을 받았는지 여전히 매서운 눈초리를 하고 있다가 팬더의 옆자리로 옮겨 앉았다.

"아악, 왜 그래, 아파"

엔젤이 팬더의 옆구리 살을 마구 꼬집었다.

"너 멍들었다가 다 나았으니 또 한 번 멍들어 봐라. 소리치지 마. 내가 그만둘 때까지."

"어엉, 그래 내가 말실수했다. 아야야, 아야야."

"조용히 해, 큰소리 내면 더 세게 꼬집을 거야. 알았어?"

"으응, 아이고 아파라, 그만 살살."

엔젤은 재밌다는 듯이 몇 번을 더 꼬집다가 아프다고 엄살을 피우는 팬더의 입을 입으로 막았다.

"으흡, 으으으."

"내가 하자는 대로 안 하면 죽은 목숨인 줄 알아, 알았어?"

"으응, 그래 죽이지만 마."

참으로 괴이쩍은 일이 벌어지고 있었다. 팬더는 아빠가 고등학교 선생님이기도 했지만 학교에서 학급 반장도 하고 무슨 행사가 있어도 늘 리더 역할을 했는데, 여기 이 여자만 만나면 조련사에 조련 받은 동물 같이 되어 버렸다. 이 여자가 예전에 그리스 · 터키 전쟁 때 장군의 후손이라더니 알게 모르게 카리스마가 있는지 하사드를 휘어잡고 있었다.

어찌 되었든 팬더는 엔젤을 좋아하고 엔젤 역시 팬더를 끔찍이 좋아했다.

"아이참, 이 난국을 어떻게 헤쳐 나가나, 그러지 않아도 지난번에는 고장 나지도 않은 차를 고장 났다고 하고는 아빠에게 수리비를 타 냈는데, 또 차가 고장 났다고도 할 수 없고, 아이참."

"뭐어? 그러다가 바늘 도둑이 소도둑 된다. 아이참, 진짜 무슨 강력한 대책을 세워야겠다. 이러다간 만나고 싶어도 만나지 못하겠다."

"그래, 그러니 내가 이런 걱정을 하지. 로또를 사 볼까?"

"하하하, 그런 터무니없는 망상은 집어치우고 진짜 현실적으로 해결 방법을 찾자."

"글쎄 말이야. 무슨 뾰족한 대책이 없을까. 데이트비용을 만들 수 있는 좋은 방법이 없을까?"

"있지, 있어. 내 말대로만 하면 된다."

"뭐어? 그러면 네가 하지 왜 날더러 하라고 해?"

"하하하, 나에게 해당되는 경우가 아니라서 그래. 여자들은 많지 않아. 너 같은 경우는 아마 수도 없을 거야."

"뭐가 있는데 그래, 혹시 나쁜 짓?"

"아니, 아니야 엔젤이 어떻게 그런 마음을 먹냐."

"어서 말해 봐, 궁금하다."

"간단하지, 적은 돈을 마련하려면 아르바이트하면 되지, 안 그래?"

"아이고야, 난 죽어도 시급제 아르바이트 못 한다. 지금 엄마 매장에 나가는 것만도 충분해, 그딴 게 해결책이라니, 웃음이 다 나온다.

좀 더 현실성 있고 확실한 것으로 말해 봐."

"내가 데이트 비용 대지 못해서 미안한데, 또 다른 방법도 너에게 해당하는 거야. 네가 마음만 먹으면 얼마든지 할 수 있어."

"뭔데 자꾸 뜸을 들이고 그래, 난 할 수 있어. 나쁜 짓 아니면 다 한다구."

"그으래? 그럼 먼저 약속부터 하자."

"좋아, 약속이다."

그러면서 또 유치하게 손가락 걸고 도장 찍고 복사하여 가슴에 심었다.

"진짜다. 이 약속 지키는 거야."

"응, 약속했잖아,"

"좋다, 진짜로 말한다. 일생일대의 비장(祕藏)의 데이트 비용, 너 머리 좋으니까 나처럼 장학금을 받아 봐. 제일 확실하지, 떳떳하고 돈도 많이 주고."

"그거였어? 아이참 공부하기 싫어서 광고학과 들어갔는데."

"어쩔 수 없잖아, 네 머리면 고등학교 때 공부하듯이 하면 금방 성적 올라갈 거야."

"부모님이 아시면 어떻게 해."

"진도가 거기까지 가면 안 되니까. 할 수 없지. 부모님 몰래 장학금 챙겨야지. 이거 내가 범법을 알려 주는 꼴이 되었다. 네가 결정해."

"그래, 좋은 방법이다. 약속도 했으니 일단 시도는 해 봐야지."

"역시 판단력이 정확하구나. 하하하."

엔젤은 정말로 데이트비용 때문에 절박했다. 팬더의 사정을 다 아는데 채근할 수도 없었고 그렇다고 안 만날 수도 없었다.

"그럼 우리 만나는 횟수를 줄이자. 우리 너무 고급스럽게 지내 왔어, 호텔도 그만 가자."

"안 돼, 그건 어떻게든 다른 방법을 찾아야지."

"그럼 이렇게 하자, 지난번에 갔었던 펜션으로 가자, 그리고 한 달에 한 번씩만 가자."

"아이고야, 지금 와서 그렇게 못해, 넌 하겠어?"

"하하하, 나도 그렇긴 한데 돈이 없으니 어떡하냐."

"으음. 자중을 하긴 해야겠다. 그러면 펜션으로 아지트를 옮기고 한 달에 두 번씩만 가자. 그러다가 장학금 받게 되면 격상시키지 뭐. 진짜 좋은 아이디어이다. 호호호."

그런데 며칠 후, 이들이 그토록 갈망하던 데이트 비용을 충당할 기회가 생겼다. 그것도 한꺼번에 두 개씩이나 팬더에겐 무슨 공모전에 입상하여 상금을 받게 되었고, 엔젤은 아빠가 영어로 된 어떤 문서 삼십여 페이지를 터키어로 번역한다고 하여 비교적 거금을 번역비로 받게 되었다.

"허허허, 내가 이 문서를 번역 업체에 맡기면 10분의 1 가격으로 할 수 있는데, 딸에게 눈뜨고 바가지 쓴다. 허허허."

엔젤의 아빠는 그래도 대견스러운지 연신 웃으시면서 용돈을 주셨다.

팬더와 엔젤은 이런 이야기를 하면서 '뜻이 있는 곳에 길이 있다.' 라고 자축을 했다.

그리고 이건 한참 후의 이야기이지만, 엔젤은 드디어 성적 우수 장학금을 받았다.

## 6. 카파도키아에 가보자
### Let's go to Cappadocia

하루는 펜션에서 TV를 보다가 열기구가 화려하게 올라가는 장면을 보게 되었다.

"열기구 타 봤어?"

하사드가 라비아에게 물었다.

"아니, 저거 카파도키아에 있는 거잖아? 고등학생 때 가 보긴 했었지."

"어, 나랑 똑같네. 나도 고등학교 때 카파도키아에 가족들이랑 가 보긴 했는데, 열기구는 타 보지 못했어."

"어머, 그래? 잘되었다. 우리 둘이 가 보자."

이렇게 의기투합(意氣投合: 마음이나 뜻이 서로 맞음)하여 둘은 카파도키아로 가기로 했다. 1박 2일 일정으로 두 가지를 하기로 했다. 열기구 타기와 동굴호텔에서 자 보는 것이다. 일정은 금요일 수업이 끝나는 대로 라비아의 빨간 차를 몰고 동굴호텔에서 하루 묵고, 다음 날 새벽에 열기구 투어를 하고 난 후 주변을 구경하기로 한 것이다.

집안이 엄격한 라비아는 친구들과 간다고 하기로 하고, 오래 기다릴 것 없이 다음 주 금요일에 떠나자고 하였다.

금요일은 다행히도 날씨가 화창하였다. 더위가 이제 막 시작되어 짧은 옷을 입어야 했다.

하사드와 라비아는 금요일 오전 수업이 끝나자마자 점심을 먹고 오후 1시쯤 출발하였다.

설레는 마음을 안고 카파도키아로 가는 고속도로는 시원하게 뚫려 있었다. 운전에 초보라는 하사드가 운전을 시작하였는데, 중간에 한 번 휴게소에서 휴식을 취하고는 카파도키아까지 운전했다.

"와우, 초보라면서 나보다 운전을 더 잘하는데? 굉장하다. 호호호."

"남자들이 원래 여자들보다 공간능력이 뛰어나다고 하잖아."

"호호호, 금방 또 자화자찬이네. 어찌되었든 잘되었다. 이다음에는 더 멀리 가 보자."

"그래, 엔젤이 원하는 데는 어디든 모시고 가야지. 하하하."

그렇게 해가 질 무렵에 카파도키아에 도착한 그들은 동굴호텔을 찾았다. 그런데 예상외로 여러 군데가 있었다. 주변 상인들 말로는 동굴호텔이 몇 개 없었는데, 찾는 여행객들이 많아져서 새로 개장한 곳이 많다고 그랬다.

"요즘 개장한 곳은 호텔이나 다름없어요. 안에 샤워실이며, 큰 침대도 있고 TV, 인터넷 컴퓨터도 있습니다."

"아, 그래요? 그럼 어디 한 군데 추천해 주세요. 전망 좋은 곳으로."

"저기 오스만(Osman) 동굴 호텔이 전망이 좋은데, 대신 숙박비가 비쌀 겁니다. 지금 빈방이 있나 모르겠네요. 어서 가 보세요."

"예, 감사합니다."

하사드와 라비아는 의외라는 듯 급히 그리로 차를 몰았다. 뻔히 보이는 곳이었지만 차가 다니기엔 비좁은 골목길 같은 곳을 지나서 오스만 동굴호텔로 갔다. 다행히 그 앞에는 주차공간이 있어서 두 대의 승용차가 있었고 그 한편으로 오토바이가 있었다.

"지금 방이 다 나가고, 제일 꼭대기층만 남았습니다."

"거기가 몇 층인데요?"

"3층인데, 숙박비가 좀 비싸요. 거기가 제일 넓거든요."

"어어 그러면 어쩌나."

돈 없는 하사드가 쭈뼛거리자, 라비아가 나서서 현금으로 결제하였다. 좁은 계단으로 3층까지 올라가서 문을 여니, 황홀할 정도로 동굴 내부가 장식되어 있었다. 은은한 불빛에 커다란 침대, 동굴 벽을 파서 만든 선반, 책꽂이 등이 있었고 조화도 여러 군데 꽂아놓았다. 상인 말대로 욕조와 샤워실도 있었고, 화장실도 현대식 수세식으로 비데까지 있었다. 정말로 운치 있는 곳이었다.

감격한 하사드와 라비아는 창밖으로 보이는 기이한 모습의 버섯 바위들을 바라보며, 다시 한 번 감상에 젖었다.

"이리와 그냥 와, 모자 쓰려고 그래?"

하사드가 몸을 돌려서 모자(Condom)를 쓰려고 버벅대자 라비아가 괜찮다고 불렀다.

"이리 와, 팬더. 오늘은 그냥 해도 돼."

"어엉? 그으래? 그냥 가도 되겠어?"

"응, 오늘은 안전한 날이야. 그냥 이리 와."

"어, 그거 잘되었다. 이거 굉장히 번거롭다. 귀찮아."

“호호호, 그래. 오늘은 안전한 날이니 어서 와.”

이렇게 하여 하사드는 그녀에게 다가가 곧바로 여체의 동굴로 진입하였다.

“아~ 정말 기분 좋아.”

“좋지? 나도 좋아. 근데 모자 쓰면 기분이 덜 나나?”

“아이참 당연하지. 이렇게 속살과 속살이 딱 맞대고 있어야지, 라텍스 고무막으로 가려져 있다고 생각해 봐. 우리 둘이 격리된 느낌으로 영 기분이 좋지 않아.”

“그래도 그동안 잘했잖아.”

“그렇긴 하지만 그래도 맨살이 좋아.”

“호호호, 그렇기도 하겠다. 난 잘 모르겠는데, 아무튼, 좋아, 좋아.”

“정말이야?”

“응. 자, 어서 날 안아 줘!”

라비아와 하사드는 있는 힘껏 끌어당겨서 살끼리 완전히 밀착시키었다.

“아~ 이런 느낌이 좋아, 사랑해, 엔젤.”

“으응, 나도 그래, 사랑해, 팬더.”

“사랑해, 라비아, 진짜 너무 좋아.”

“으음, 거기 가슴에 키스해 줘.”

“응.”

하사드는 연분홍 꽃송이를 입에 머금고 온갖 희롱을 다하였다. 라비아는 몸을 비틀면서 자지러지고 희열에 찬 신음소리를 내었다. 곧바로 그 느낌은 온몸을 통하여 하사드에게 전달되었고 똑같이 감응하였다. 둘은 그렇게 사랑을 속삭이고 사랑의 게임을 하였다.

얼마 후, 둘은 거친 숨을 몰아쉬며 전력투구(全力投球: 모든 힘을 다 기울임.)를 다 하여 고지를 점령하고는 휴식을 하게 되었다. 아직도 사랑의 감정의 여운이 남아 있었던 그들은 황홀감에 젖어서 밖을 내다보았다. 동굴 호텔의 창문은 유리 없이 그냥 뚫려 있어서 하늘의 별들이 다 보였다.

"와아~ 저기 봐, 별들이 다 보여."

"그래, 정말 좋다. 오늘따라 별들이 더 잘 보인다. 하늘에서 엔젤이 강림하시는 줄 알았나 보다."

"호호호, 알아줘서 고맙다, 호호호."

그들은 일어나서 샤워를 하고는 얼마간을 더 밤하늘의 별을 보면서 시시덕대다가 잠들었다. 격렬하게 사랑의 게임을 한 탓인지, 노독에 지쳤는지 금방 잠들었다.

그때가 밤 11시경이었는데, 바로 근처에서 흑구체가 소리 없이 낙하하여 수많은 에이리언 씨드가 용수철 튀듯이 튀고 자벌레처럼 기어서 일제히 동굴 호텔로 올라가기 시작하였다. 가장 신선한 여성의 페로몬을 찾아낸 것이다.

그러나 에이리언 씨드가 아무리 활동성이 좋다고는 하나, 3층까지 올라가기에는 역부족이어서 많은 수가 올라가다 떨어지면서 먼지처럼 분해되어 없어지고 말았다. 그래도 워낙 수가 많아서 건강한 에이리언 씨드 이십여 마리가 3층까지 올라가서 깊은 잠에 빠진 라비아의 몸으로 향하였다. 그중 단 한 마리만이 라비아의 깊은 몸속으로 잠입

하는데 성공하였고, 그 즉시 경계 페로몬을 발산되면서 나머지 에이리언 씨드들은 순식간에 분해되어 사라지고 말았다.

다음 날 새벽, 다행히도 바람이 불지 않고 날은 좋았다.

인터폰 소리에 잠이 깬 하사드와 라비아는 예약해 두었던 열기구 업체에서 보낸 승합차에 올라탔다. 둘은 열기구를 타러 가는 동안 어둠 속에 솟아 있는 기기묘묘한 버섯 바위들을 감상할 수 있었다.

얼마간 그렇게 가서 열기구 타는 곳에 도착했는데, 업체에서 미리 준비한 커피와 비스킷 등이 놓여 있었다. 하사드와 라비아도 비스킷을 커피에 찍어 먹으면서 담소를 나누었다.

한옆으로는 열기구에 가스를 주입하고 불을 기구 안으로 쏘아올리고 있어서 "쓔욱~, 슈욱~" 하는 소리가 요란하였다. 진행요원들은 정신없이 바삐 움직였다.

왜냐하면, 여명이 시작되기 전에 공중으로 올라가야 하기 때문이다. 여명과 더불어서 카파도키아의 조망을 보고 얼마 있다가는 바로 내려와야 한다. 그 이후로는 바람이 생기기 때문이었다.

하사드와 라비아가 열기구에 타서 올라가는데, 저편에서 둥실둥실 여러 열기구들이 줄지어 나타났다. 열기구 업체들이 여러 개였던 것이다. 알록달록한 색상의 열기구들이 무지개보다도 아름답게 펼쳐졌다.

"와우~ 하사드 저기 봐! 버섯바위들이 줄이 지어 있어."

"와~ 진짜 TV에서 보는 것보다 더 실감 난다."

열기구는 한곳에 머무는 것이 아니라 계곡을 건너고 작은 산들을 넘나들면서 온갖 기이한 풍광을 보여 주었다. 하사드와 라비아는 한 번 연 입을 닫을 줄을 모르고, 열기구가 내려와서야 겨우 입을 닫을 수 있었다. 그리고 열기구 투어를 무사히 마쳤다는 의미에서 조촐하게 샴페인 파티가 열렸다. 하사드와 라비아는 잔을 높게 들고 건배를 외치며, 함께 열기구에 탔던 사람들과 축하와 감동을 나누었다.

"열기구 탑승료가 비싸서 그렇지, 꼭 한번 타 볼 만하네."

"호호호, 맞아. 우리가 우연히 TV를 보다가 잘 결정했지."

"그래, 맞아."

묵었던 동굴 호텔로 승합차를 타고 되돌아오는 길, 둘은 열기구 투어의 벅찬 감동을 내내 나누었다. 새벽같이 일어나 열기구 투어를 하는 바람에 잠을 조금밖에 자지 못한 둘은 11시경에 일어났다. 이때부터는 사실상 앙카라로 돌아가는 시간이었다. 나오다가 근처의 식당에서 브런치를 먹고는, 몇 군데 기이한 버섯바위들을 구경하고는 앙카라로 돌아왔다.

## 7. '나, 또 임신했나 봐'
## I may become pregnant again

카파도키아에 갔다가 온 지 한 달쯤 지나서일까. 조금 더 지나서일까. 그때쯤이었다.

"어떡하지? 나, 또 임신했나 봐."

"뭐어? 아니 이럴 수가, 이를 어떡하지?"

"아무래도 날짜가 이상한데, 암만 생각해도 우리 카파도키아에서 생긴 것 같아."

"그날 괜찮다고 몇 번이나 말했잖아. 아이고, 이거 큰일이다."

"그랬는데 날짜가 계산이 안 돼. 그 후로 우리 2주 동안 안 만났잖아. 그리고 그 앞 일주일 전에도……. 그땐 분명히 가임기간이 아니었는데. 내가 날짜를 잘못 계산했나. 아니면 생리 주기가 바뀌었는가 봐……."

"아이고, 이거 또 큰일이다. 지난번에는 그냥 수월하게 넘어갔는데, 미안하지만, 내 말 오해 말고 들어. 라비아, 우린 3학년이야. 경제적인 능력도 없고, 학교는 졸업해야지. 아이를 낳고 키우면서 학교에 다니는 건 무리야. 이번에도 낙태를 하자."

"아니, 그건 안 돼. 절대로 안 돼. 이번엔 낳을 거야. 우리 사랑의 결실인걸. 정 안 되면 1년 휴학하는 방법도 있잖아."

"뭐라고? 이제 우리 3학년인데 어떻게 살려고 그래."

"그래도 낳아야 돼. 우리 사랑의 결실인걸. 정 안되면 1년 휴학하지 뭐."

"뭐어? 너 지금 정신 있냐? 없냐?"

드디어 하사드의 언성이 높아졌다.

"너무 속단하지 마. 지금 생리가 없어서 하는 말이니까. 오늘 집에 가서 임신테스트 해보고 내일 병원에 가봐야 할 것 같다. 내일 저녁때 만나서 얘기하자."

"그럼 지금 확정이 아니란 말이야? 아이고 다행이다. 우리가 불장난을 너무 많이 해서 벌을 받는구나."

"벌? 아니야, 당연한 결과인데 뭘 그래. 나도 생각이 있으니까 너무 걱정 마."

학교 공원 구석진 벤치에서 둘은 대화가 아닌 언쟁을 벌이고 있었다. 하사드는 큰 걱정이 생겼다. 만약 이대로 아기를 낳는다면 어떻게 하나. 아직 양쪽 어른들께 얘기도 하지 않았고, 1년을 학교를 더 다녀서 졸업을 한다 해도 어디로 취업이 될지도 막연하기만 했다. 갑자기 하늘에 먹장구름이 끼듯 마음속이 어두워졌다.

다음 날 저녁,

어제 그 한적한 벤치에 둘은 시무룩하게 앉았다.

"오늘 검사 다했는데, 틀림없이 임신이래."

"아이고, 드디어 일 터졌다. 지금 우리 1년도 더 다녀야 졸업하잖아. 졸업해도 어디에 취업할지도 모르고. 지금도 돈 없어서 쩔쩔매는데, 가정을 꾸린다는 것은 진짜 역부족이야."

하사드는 조용조용히 라비아를 설득했다.

"그럼 낙태를 또 하라고? 이번에는 안 돼. 내가 1년 휴학할 거야. 집에서 날 죽이겠어? 너랑 결혼한다고 전격적으로 얘기하면 어쩔 수 없을 거야."

"이런 이런, 이거 진짜 큰일 났다. 일이라는 게 순서가 있지. 그렇게 막무가내로 나가다가는 진짜 둘 다 집에서 내쳐진다."

"뭘 그렇게 겁을 먹고 그래. 우리 사랑의 결실인 것을. 여자가 1년 휴학할 수도 있지. 남자들도 휴학하는데, 그리고 아기 낳고 대학 다니는 사람들도 있잖아."

"그건 특수 상황이지. 정말 미안해, 라비아. 이건 아무리 생각해 봐도 아닌 것 같아. 이번에 한 번만 더 지우자. 다음에 정정당당히 결혼하고 나도 취업하고 아기를 낳으면 떳떳하잖아. 지난번처럼 주사 맞고 약 먹고 그래, 진짜 부탁한다. 어쩌려고 그래. 절대로 괜찮다고 하더니 이게 웬일이야. 도대체 어느 날 임신된 거야. 아, 정말 죽을 맛이다. 앞으로 내가 더 잘할게."

하사드는 비굴하다시피 라비아에게 애원을 하고 있었으나, 그럴수록 라비아의 표정은 굳어져만 갔다.

"너, 우리 사이에 생긴 아이를 부정하는 거야. 나를 의심하는 거야?"

"아니, 그건 아냐. 왜 그래? 왜 말을 다른 데로 돌려?"

"그럼 내가 낳겠다는데, 네가 좋아서 네 아기를 임신하여 낳겠다는데 뭐가 문제야?"

"아냐, 나 너를 좋아해. 진짜야, 죽도록 좋아해. 하늘 아래에서 나에게는 라비아 너밖에 없어. 너도 알잖아, 네가 나의 첫 여자라는 것을 알고 있잖아."

"그래, 그러면 되었지. 또 뭐가 문제란 거야? 아이는 내가 낳지, 네가 낳냐? 내가 알아서 한다고 그랬잖아. 우리 부모님이 엄격하시긴 해도 너는 분명히 반기실 거야. 그러니 결혼식을 못 올려도 일단 낳고 보자고, 돈은 걱정 말아, 내가 알아서 할 테니. 이제까지 너에게 돈 걱정시키면서 데이트한 거 아니잖아. 내가 다 알아서 한다고!"

"그런 뜻이 아니라 일단 좀 늦추자고, 남들처럼 순서대로 하자. 졸업하고 결혼하고 아이를 낳자, 지난번에도 그랬잖아. 주사 맞고 약 먹어서 해결되었잖아. 이번 한 번만 더 그렇게 해. 내가 진짜 애원한다."

"또 한 말 또 하네. 나도 고집 있는 여자야. 내 마음대로 한다고, 너를 위해서도 아이를 낳을 거야. 이대로 가다가 네가 졸업해서 어디로 취업을 나간다고 쳐. 네 말대로 유럽이나 미국이나 어디로 간다고 해 봐, 그러면 난 닭 쫓던 개 신세야. 왜 네 분신인데 아기를 안 낳으려고 그래. 너야말로 그동안 나를 이상하게 본 모양이다. 나 그렇게 호락호락한 여자 아니야."

"아이고, 진짜 대화가 안 되네. 나 진짜로 맹세할게, 이 세상에 여자는 너뿐이야. 너 말고는 단 한 번도 다른 여자에게 눈길도 주지 않았어, 왜 내 진심을 모르는 거야. 이번에 한 번만 더 지우자고, 제발 내 말 좀 들어."

마침내 하사드는 울상이 되어 울먹이는 소리를 내었다.

"그만하자, 그만해, 네 말뜻 다 알아들었지만, 너와 나의 분신을 이번에는 지울 수 없어. 내 방식대로 할 거야."

"뭐어? 너 진짜 이러기야. 한 대 맞기라도 해야 정신 날래?"

"뭐어? 너야말로 말 다했어? 너 그러고 보니 그동안 나를 데리고 놀았구나. 데이트 비용 다 대지, 호텔비 다 대지, 이제 보니 나를 이용해 먹은 거 아냐?"

"아이고, 왜 그래, 말을 왜 이상하게 돌려. 아니야, 절대 아니야. 너 없이는 못살아. 그러나 이번만큼은 애를 지우자, 진짜야 하늘에 대고 맹세할게. 다음에는 임신하여 잘 키우자."

"너, 백번 얘기해봐야 똑같은 말이야. 낙태시키자고, 분명히 말한다. 이번엔 안 된다. 네가 나를 장난감처럼 데리고 놀았다 해도 나는 너를 진심으로 사랑했으니까, 만약 네가 나를 떠난다 해도 너를 보듯이 아이를 키우겠어. 이제 됐어? 이게 결론이야, 더 이상 말하지 마!"

"야야! 너 진짜 미쳤구나. 정신 차려! 지금 우린 대학생이야, 자립하기 전까지 우리 조금만 더 참자."

"아이참, 그만해, 네 진심 알았으니까. 적당히 데리고 놀다가 졸업 후 훌쩍 떠나버리려는 네 속셈 이제야 알았다. 알았으니까. 그만 말해. 나 갈래."

"아니 라비아, 제발 다시 한 번 생각해 봐. 진심이야, 너를 사랑한다구."

"그만해! 그동안 너는 나를 섹스파트너로밖에 생각하지 않았어. 아유 분해. 내가 정신 나간 년이야, 내가 미쳤지. 내가 Sexy Doll이었다니. 아유 분해, 흐흐흑."

마침내 라비아는 큰소리로 울면서 하소연했다.

"아니라니까. 하늘에 대고 맹세한다. 내가 얼마나 너를 좋아했는데."

"그만, 그만, 그만해! 다 똑같은 소리야. 우리도 성인이고, 충분히 책임질 수 있어. 네가 이렇게 나온다니, 이제까지 우리 사랑까지 모두 거짓 같아. 섹스는 하고 싶고, 책임은 지기 싫다는 거야?"

"아냐, 라비아. 그게 아니라 내 말은……."

"됐어. 이제부터 다신 연락하지 마. 절교야. 내가 너를 사랑했다는 흔적은 지우지 않아. 영원히 간직할 거야."

라비아는 비명을 지르듯 소리를 치면서 벌떡 일어나 사라져 버렸다.

"어어~ 어어~ 그게 아닌데."

하사드는 사라져 가는 라비아의 뒷모습을 보고는 벤치에 털썩 주저 앉아 소리 없이 흐느끼기 시작하였다.

에이리언 씨드에 의하여 임신이 되면, 태아인 엑타 베이비는 숙주인 지구인 여자를 강력하게 조정하여 모성애를 극도로 발휘하게 한다. 그래서 여자들은 절대로 자의에 의하여 낙태할 수 없는 것이었다. 강제로 낙태시키거나 사고로 유산되는 한이 있어도 자의에 의한 낙태는 있을 수 없는 것이다.

### 8. 절교 당한 하사드
### Hassad who got the gate

이후로 하사드는 라비아를 만날 수 없었고, 전화도 차단하여 아예 받을 수조차 없게 만들었다. 하사드가 친구의 폰을 빌려서 전화를 해보려 해도 목소리를 알아듣고는 앙칼지게 끊어 버렸다. 라비아는 이제 하사드를 적으로 알게 되었다.

그렇게 얼마 지나지 않아서 여름 방학이 되었다. 하사드는 고향인 콘야(Konya)로 돌아갔고, 라비아는 앙카라 집에 가서 있게 되었다. 특별한 일이 아니면 당분간 학교에 나갈 일도 없었다.

그렇게 얼마를 지난 어느 날, 비가 추적추적 내리는 날이었다.

앙카라의 라비아 집 앞 도로에 어느 남자가 비를 맞고 서 있다. 그 남자는 누구인가. 라비아의 남친이자 절친이었던 하사드였다. 하사드는 일방적으로 실연을 당한 후 심리적인 충격이 너무 큰 나머지 제대로 먹지도 자지도 못했는지, 두 눈은 퀭하니 들어갔고 몸은 수척해져서 걷기에도 허우적거렸다.

하사드는 비를 맞아 가면서 이리저리 몇 발짝 떼고는 앞에 있는 이층집을 올려다보았다. 이층집이지만 축대가 있어서 길에서 볼 때는 3층 높이도 더 되어 보였다. 하사드는 반신반의하면서 휴대폰을 꺼내들었다.

"누구세요?"

"응, 나 하사드야."

"뭐라고? 왜 전화했어? 분명 전화 차단했는데 이거 누구 거야? 전화 끊는다."

"아니, 잠깐만! 나 지금 죽을 것 같아, 한 번만 얼굴 보자. 네 얼굴 보고 싶어."

"이제 그만해, 다 끝났잖아. 지금 방학 때인데 어디서 전화하는 거야?"

"바로 네 집 앞이야. 한 번만 보게 해 줘. 진짜 죽을 것 같아."

하사드가 비굴하게 애원을 하고 있었으나 라비아의 마음을 돌리기에는 역부족이었다.

"여긴 어떻게 찾았어? 집 주소 알려 준 적도 없는데."

"그냥 어떻게 알았어, 휴대폰 내비게이션에 다 나와. 잠깐만 나와 봐. 지금 비 온다. 나 지금 너무 추워."

"정보통신과라더니 재주는 좋네. 만나 봐야 또 같은 소리야."

"너 나올 때까지 여기서 기다릴게. 사랑해!"

"네 마음대로 해, 뭐든지 네 마음대로 하라고!"

드디어 라비아는 앙칼진 목소리로 전화를 끊고 말았다.

## 9. 많은 비를 맞아 쓰러진 청년
### A fallen youngman by a heavy rain

하사드는 고개를 떨구고 이제는 비가 많아 와서 물이 많이 흐르는 시냇물을 바라보고 있었다. 물이 우르르, 콸콸 소리를 내면서 마구 흘러가는 모습을 우두커니 바라만 보고 있었다. 문득 시계를 보니 오후 3시를 막 지나고 있었다.

흘러가는 물을 쳐다보면서 라비아와 꿈결같이 보냈던 일이 파노라마처럼 머리를 스쳤다. 라비아와 벨리댄스 연습하러 갔었던 유적지가 보이고, 라비아가 진한 핑크색 댄서복을 입고 벨리댄스를 하던 모습이 눈앞에 펼쳐졌다.

"아, 정말 예쁘다. 하늘에서 내려온 선녀 같다. 맞아, 자기를 '엔젤'이라고 불러달라고 했지? 엔젤, 사랑해. 진짜 보고 싶어, 나 지금 죽을 것 같아."

라비아가 화사하고 해맑은 웃음을 지으면서 하사드에게 다가왔다.

"나도 사랑해!"

그 순간, 하사드는 무엇인가로 머리를 세게 얻어맞고는 그대로 쓰러졌다. 억수로 내리는 빗속에서 3시간 넘게 버티던 하사드는 그만 저체온증으로 정신을 잃고 쓰러진 것이다.

그날이 토요일이었는데, 라비아는 엄마와 언니와 함께 거실에서 TV를 보면서 이런저런 이야기를 하면서 시간 가는 줄 몰랐다. 연예인 이야기도 하고 드라마 이야기도 하고 영화 이야기도 하였다. 밖은 비가 점점 거세게 내리고 있었지만, 이들은 밖에 비가 오는지 바람이 부는지도 몰랐다.

그렇게 시간을 보내다 보니, 어느덧 저녁 식사 시간이 되어서 라비아의 여동생이 우산을 들고 들어왔다.

"비가 많이 와, 아까부터 계속 오네. 그런데 우리 집 앞에 어떤 남자가 비를 맞고 서 있더라. 누구지?"

"뭐어?"

라비아가 불에 덴 듯 깜짝 놀라서 현관문을 열고 내다봤다.

비가 억수로 오고 있는데, 길옆에 한 남자가 쓰러져 있었다.

"정말 하사드인가?"

라비아는 갑자기 심장이 쿵쾅거리면서 맨발로 뛰어 내려갔다. 더 이상 자세히 볼 것 없이 하사드였다. 처음에 만났을 때 사 주었던 오렌지색 체크무늬의 남방셔츠를 입고 있었던 것이다.

"아악! 하사드! 하사드! 정신 차려!"

라비아가 하사드를 깨우려 했으나 죽었는지 살았는지 꼼짝을 하지 않는다. 손을 만져 보니, 몸에 온기가 전혀 없다.

"아악! 사람이 죽나 보네. 하사드! 하사드!"

라비아가 미친 듯이 하사드를 흔들었지만, 어찌 된 일인지 하사드는 두 눈을 감고는 뜨지를 못한다. 그 사이에 라비아의 여동생이 우산을 받쳐 들고 뛰쳐나오고, 언니와 엄마는 현관 밖에 놀란 눈으로 서서 대체 무슨 일인가 싶어 지켜보고 있었다.

"언니! 이 사람이 누구야?"

"아이고 사람이 죽나 보네. 어떡해. 죽지 마, 하사드. 어서 데리고 올라가자."

"이 사람이 누군데 그래?"

"응, 내 남친이야."

"남친있다고 한 번도 얘기 안 했잖아."

"아유, 지금 그게 문제냐? 사람이 죽어 가는데, 정신을 잃었나, 흐흐흑, 아까 전화할 때가 언제인데, 그때부터 여기서 비 맞고 있었던 말이야? 이러다 정말 죽겠어. 흐흐흑."

라비와와 여동생은 하사드의 양팔을 한쪽에 걸치고 겨우겨우 경사진 길에 올라서서 집안까지 왔다. 대번에 엄마와 언니가 이 사람이 누구냐고 물어보았고, 라비아는 정신 나간 사람처럼 말대답도 제대로 못한 채 안절부절 못하였다.

"이 사람이 누군데 그래?"

"언니 남자 친구래요."

라비아의 동생이 말대답을 했다.

거실에 눕힌 하사드는 겨우 가는 숨만 내쉴 뿐 죽은 사람 같았다.

"에구머니, 그러냐. 이 사람 비 다 맞아서 체온 내려가서 죽게 생겼다. 온몸이 얼음장이다. 어서 빨리 욕실에 뜨거운 물 받아 놔."

그래도 인생 경험이 많은 엄마의 지시에 라비아는 그제야 울음을 멈추고 동생과 함께 욕실로 하사드를 끌다시피 데려갔다. 옷을 벗길 엄두도 시간도 없다.

욕조에 머리만 남기고 너무 뜨겁지 않게 손바닥으로 물을 받아 온도를 알아보면서 물을 있는 대로 틀었다.

"얘야, 어서 뜨거운 꿀물에 애플 티를 타 와라."

엄마의 지시에 이번에는 언니가 두 눈을 동그랗게 뜨고는 말대답도 제대로 못 하고 뜨거운 꿀물을 타 왔다.

"라비아, 어서 이 뜨거운 꿀물을 마시게 해라."

"응, 고마워, 언니."

하지만 정신을 잃은 사람이 입을 벌릴 리가 없었다. 어떻게든 입안에 흘려 넣으려 했으나 입이 새파랗게 얼어붙어 열리지도 않았다. 라비아는 미친 듯이 무슨 방법을 동원하려 했으나 아무 대책이 없었다.

그러다 갑자기 라비아는 뜨거운 꿀물을 입안 가득히 물고는 하사드에게 입을 맞추어 모두 쏟아 넣었다. 밖으로 흘리지 않게 양 볼과 입을 손으로 꼭 틀어막았다. 그렇게 몇 번 하다 보니 한 컵 정도 입에 넘겨 줄 수 있게 되었다. 라비아는 입속이 데었는지 얼얼했지만 그런 통증을 느낄 여유도 없었다.

뜨거운 물이 욕조에 가득 찼으나 하사드는 깨어날 줄을 몰랐다. 아직도 얼굴은 얼음처럼 차갑기만 했다. 라비아는 급히 일어나서 욕조 문을 잠그더니, 웃옷을 벗고 커다란 가슴으로 차가운 하사드의 얼굴을 마구 문질렀다. 하사드의 얼굴은 온기가 하나도 없이 얼음 같아서 라비아의 가슴은 섬뜩했다. 전에 불량배들에게 맞아서 두 눈이 팬더곰처럼 멍들었을 때 같이 마구 문질렀다. 그때는 장난삼아 그랬지만 지금은 죽어 가는 사람을 살려야 했다. 몇 차례나 계속되었을까. 얼음같이 차가운 하사드의 냉기가 라비아의 가슴으로 전해져 따뜻한 기운으로 변하고, 마침내 라비아의 두 눈에선 뜨거운 눈물이 흘러서 양 볼을 타고 하사드의 얼굴에 마구 떨어졌다.

"눈이 커서 눈물도 많겠다."고 하사드가 말했던 대로 눈물이 쏟아져 내렸다.

"하사드, 하사드, 정신 차려. 내가 잘못했어, 내가 오해했어, 제발 정신 차려."

지성이면 감천이라고 하던가, 그렇게 몇 분인지도 모르게 하사드를 마사지 하고 뜨거운 물에 몸을 녹이고 나자 드디어 하사드가 실눈을 떴다.

"아, 라비아. 라비아, 보고 싶었어. 사랑해, 그런데 여기가 어디야?"

"하사드, 살았구나. 정신 차려, 여기 우리 집이야."

"으응, 그래. 고마워. 죽기 전에 너 한번 보고 싶었어."

하사드의 두 눈에서도 뜨거운 눈물이 마구 용솟음쳤다.

"죽긴 누가 죽어? 나 여기 있어, 네 옆에 있다고. 내가 잘못했어, 너를 오해했어, 이제 정신 차렸으니까, 죽는단 소린 하지 마."

하지만 하사드는 눈물만을 주룩주룩 흘리면서 더 이상 말이 없다.

토요일 저녁, 모두 가족들끼리 오순도순 지낼 때인데, 라비아의 집네 여자는 혼비백산하여 우왕좌왕하였다. 이 자리에 라비아의 아빠가 안 계신 것이 천만다행이었다.

라비아의 아빠는 늘 그렇듯이 밤늦게야 들어오실 때가 많았다. 엄마도 평상시 같으면 밤 9시경 들어오시는데, 오늘따라 몸 컨디션이 좋지 않다고 매장을 직원들에게 맡기고 일찍 들어왔다가 큰 봉변인지 난리를 치르고 있게 되었다.

거실에 있던 엄마와 언니, 여동생 모두 안절부절못하면서

"이러다가 우리 집에서 사람이 죽으면 어떡해요?" 하고 큰 걱정을 하기 시작했다.

"숨은 붙어 있으니 걱정들 말아라. 얼마나 오랫동안 밖에서 비를 맞았다니……. 라비아는 알고 있었나, 모르고 있었나. 몰랐으니 이렇게 비를 다 맞고 있었겠지, 이게 웬 일이라니."

"그러게요. 라비아에게서 남자 친구 있다는 얘기를 한 번도 들어본 적이 없어요. 그동안 우리를 속였나?"

언니가 의구심을 떨치지 못하고 물었다.

"이게 다 따지고 보면 네 아빠 탓이다. 애들을 워낙 엄격하게 다루다 보니 어쩌겠어. 숨기고 말을 하지 말아야지. 하이고, 그나저나 이따가 네 아빠가 들어오시면 무슨 일 날까 걱정이다."

"엄마, 어서 저 사람을 병원으로 옮기고 아빠에겐 모르는 척하는 건 어때요?"

라비아의 여동생이 아빠의 성격을 잘 알아서인지 이런 제안을 했다.

"지금 그게 되겠니? 둘 사이가 예사롭지 않은데, 당할 때 당해야지. 깨어나면 무슨 내막인지 알겠지."

모두 좋은 대책 없이 전전긍긍하고 있었다.

잠시 후, 남자가 깨어나는지 라비아가 밖에다 대고 소리쳤다.

"거기 아빠 옷 안 입는 거 아무거나 가져와."

"으응. 깨어났어? 괜찮아?"

라비아의 여동생이 벌떡 일어나서 아빠의 트레이닝복을 한 벌 가져와서 욕실에 들이밀었다.

곧바로 문이 열리면서 하사드가 라비아의 부축을 받으면서 걸어 나왔다.

"아이고, 죄송합니다."

이렇게 겨우 한마디 하고는 "어어, 어지러워." 하고는 금방 풀썩 주저앉으니 또 엄마와 언니, 동생이 혼비백산한다.

"어머낫, 이를 어째? 병원으로 가야 하는 거 아냐?"

"이러다 죽는 거 아니야?"

"병원으로 가자, 병원으로 가야 해!"

모두 한마디씩 하는데 라비아가 나서서

"지금 병원에 못 가. 가더라도 조금이라도 정신 차리고 기운이 있어야 할 것 같아."

"그래야겠다. 몸이 아직도 차가우니 따뜻하게 해야 한다. 그런데 어디에 눕히지?"

엄마가 라비아 편에서 거들었다. 그래서 결정된 것이 여기 거실에 눕힐 수도 없고 2층 라비아의 방에 올라가기도 그래서, 할 수 없이 아빠가 제일 귀중한 공간으로 여기는 서재로 옮기기로 하였다. 서재에는 침대는 없지만 침대 못지않은 큰 소파가 있었기 때문이었다.

그렇게 하여 4명의 여자는 하사드를 서재의 큰 소파에 눕히고, 전기장판을 찾아서 바닥에 깔고 전원을 켰다. 그 위로 이불을 덮어 놓으니 침대 못지않았다.

탈진하고 추위에 떨었던 하사드는 몸이 서서히 따뜻해짐을 느끼며 금세 잠이 들고 말았다.

"이게 대관절 무슨 일이냐? 라비아, 어서 말해 봐라."

"엄마, 제가 잘못했어요. 저, 임신했어요."

"뭐어?"

"어머머, 언니가 임신을 했어?"

"뭐어? 네가 임신했다구? 아이고, 이제 아빠한테 맞아 죽는다. 잉잉."

모두들 크게 놀라면서 울상을 지으며 언니와 여동생은 훌쩍거리고, 라비아는 아예 눈물을 펑펑 쏟으면서 용서를 빌었다.

"아이고, 대명천지에 이게 무슨 일이냐. 아빠가 알면 우린 다 죽었다. 아이고,"

드디어 엄마도 울음소리를 내고야 말았다. 그러게들 한바탕 징징대고서는 엄마가 먼저 입을 열었다.

"그동안 무슨 일이 있었는지 대강이라도 말해봐라, 자초지종이라도 알아야지."

"예, 엄마, 제가 잘못했어요. 용서해 주세요."

라비아는 그동안 있었던 일을 대략 말씀드렸다. 될 수 있으면 문책을 덜 받도록 줄이고 핵심만 말씀드렸다. 같은 빌켄트 대학생인데 우연히 알게 되어 교제하였고, 그동안 몇 번 잠자리를 한 것이 임신이 되었다고 했다. 그래서 하사드는 낙태를 하라고 하고 자기는 낳아야 한다고 티격태격하다가 크게 싸우고 난 후, 전화도 차단하고 만나 주지도 않으니까 마침내 방학이 끝나 갈 무렵에 콘야에서 여기까지 왔다고 했다. 비가 오는데 집 앞에서 기다리는 줄은 몰랐다고 둘러대고야 말았다.

"아이고, 요즘 보기드믄 지고지순(至高至純: 더할 수 없이 높고 순수함.) 한 러브스토리구나. 그러나 이걸 어쩌냐."

아빠가 알면 죽을 목숨이나 진배없으니, 이 일을 어찌 한담? 어디 둘이서 도망치라고 할 수도 없고."

엄마가 자탄에 빠져서 어쩔 줄 몰라 하고 감명을 받은 두 딸도 눈물을 찔끔거렸다.

"엄마, 그래도 둘이 그렇게 좋아하는데 아빠가 어쩌겠어. 죽이겠어? 빌켄트 대학생이라는데 어쩌면 용서하실지도 몰라."

라비아의 언니가 눈곱만큼이나 희망적인 말로 겁에 질려 울고 있는 라비아를 위로했다.

"언니, 나 좀 살려 줘. 평생 그 은혜 잊지 않을게, 언니, 언니, 흐흐흑."

라비아가 울면서 이번에는 언니에게 매달렸다.

"그래, 울지 마, 아무리 나쁜 짓 했다 해도 부모가 자식 죽이겠어? 너무 걱정 마, 내가 할 수 있는 데까지 방패막이가 돼 줄 테니까."

"그래, 언니 나도 거들게."

언니와 여동생이 모두 도와주겠다고 말은 하였지만 그것은 말뿐이고 아빠가 어떻게 나올지는 아무도 몰랐다. 가끔 술에 취해서 역정을 내는 수가 있었으니까.

하지만 아빠가 이토록 딸들을 엄하게 키운 데에는 그럴 만한 이유가 있었다. 뼈대 있는 가문에서 딸 셋을 곱게 곱게 키운다는 여간 어려운 일이 아니었다. 성이 개방되다시피 한 터키 사회에서는 하루가 멀다 하고 성범죄 뉴스가 나오고 죄의식이 없는 사람들의 일반 범죄들도 부지기수였다. 그런 속에서 상류층의 딸들을 곱게 키운다는 것은 심리적으로도 대단한 고통이었다.

그들은 저녁도 제대로 먹지도 못하고, 하사드는 아직도 비몽사몽 중에 깨어나지도 못하여 라비아가 꿀물과 애플티를 섞어서 숟가락으로 떠 넣어 줘야 했다.

"하사드, 하사드, 정신 차려. 나야, 나, 라비아야. 엔젤이라고! 어서 기운 내."

"으응, 고마워 라비아, 사랑해, 너 못 보고 죽는 줄 알았어,"

그 말을 들으니 라비아는 또 눈물이 마구 솟구친다.

"아냐, 내가 잘못했어. 너를 더 잘 설득시켜야 했는데……. 하지만 이제 괜찮아. 여기 내가 있잖아. 네 말대로 난 하늘에서 내려온 천사야. 사랑해."

라비아는 하사드를 끌어안고는 끊임없이 눈물을 흘리면서 위로를 했다.

## 10. 사위 서임식
### An appointment ceremony of son-in-law

이런 와중에도 시곗바늘은 쉬지 않고 돌아가고 있었다.

밤 10시가 다 되어서 아빠가 들어오셨다. 네 명의 여자들은 사색하고, 라비아는 아예 아빠의 바짓가랑이를 붙잡고 대뜸

"아빠, 제가 잘못했어요. 용서하세요."

하고 매달리니 아빠는 두 눈을 휘둥그레 뜨고 어안이 벙벙하여 입을 열지 못한다. 집안 분위기가 꼭 누가 죽은 초상집 같은 분위기였다. 아내와 딸들 모두 얼굴이 눈물로 얼룩지어 있었기 때문이다.

"어어~ 이게 무슨 일이냐? 무슨 일 났어?"

"언니를 용서하세요."

"라비아를 용서하세요."

두 딸도 합세하여 용서를 구하니, 정신을 못 차리고 머리가 피잉 도는 것 같았다.

"아이고, 이게 무슨 일이야? 일단 앉고 보자."

아빠는 소파에 앉아서 어리둥절한 표정으로 울고 있는 딸들과 난처한 표정으로 울먹이는 아내를 바라보았다.

"여보, 이게 집안에 무슨 일이 난 거요. 얘들이 왜 이래?"

"이게 다 당신 탓이에요. 얘들을 너무 속박 지어 키우니까, 이 사고가 난 겁니다."

"무슨 사고? 얘들이 무슨 큰 죄를 지었나?"

"그건 아니에요. 집에서 묶어 놓았던 개들을 풀어 놓으면 사고 나

듯이 애들을 너무 속박하니까 사고가 났습니다."

"뭐라고? 그게 무슨 말이야, 무슨 사고가 났다고 그래? 말 빙빙 돌리지 말고 어서 말해 봐!"

"그럼 애들 혼 내키지 않는다고 약속해요. 애들한테 무슨 짓 하면, 나도 같이 죽어 버릴 거예요."

"뭐어? 아이쿠, 진짜 무슨 큰일이 났나 보네. 내가 왜 애들에게 무슨 짓을 한다고 그래. 그리고 당신은 왜 따라 죽는다고 그래. 아이고, 답답하네."

"어서 약속하세요. 애들 그냥 내버려 둔다고, 약속하면 말할게요."

"어어, 그래 그러지. 내 귀여운 딸들을 내게 어쩐다고 그래? 자, 이제 어서 말해 봐."

"그럼 얘기하리다. 충격 받지말고 들어요. 애들, 아니 라비아를 혼내지 말아요."

"라비아? 라비아가 왜? 어떤데 그래?"

"라비아가 임신을 했답니다."

"뭐어? 뭐라고?"

그 순간 라비아의 아빠의 두 눈에는 섬광 같은 것이 비쳤다. 눈빛으로 라비아를 죽여 버릴 심산이라도 되는 듯이……. 두껍게 기른 콧수염이 실룩거리더니 차마 말을 잇지 못하였다.

"아빠, 제가 잘못했어요. 용서하세요. 아니면 죽여 주세요."

"어억, 아이고 이게 무슨 일이냐?"

이때 일제히 라비아의 언니와 동생이 나서서 용서해 달라고 무릎을 꿇고는 애원을 했다.

"아이고, 혹시 네가 누구한테 겁탈이라도 당했단 말이냐?"

"아니에요. 좋아하는 사람이 있어요. 엄마 아빠에겐 말을 못했어요."

"이게 웬 날벼락이냐. 으휴~."

아빠는 크게 한숨을 쉬고는 벌떡 일어나 양주를 가져와서는 그대로 입에다 벌컥벌컥 들이마시었다. 그것을 본 엄마가 대경실색(大驚失色: 몹시 놀라 얼굴빛이 하얗게 질림)하였다.

"아이고, 얘들아, 일단 피하자. 이제 무슨 난리가 날 모양이다. 어서 도망쳐라!"

전에도 술에 취해서 큰 곤경에 처했던 적이 있었기 때문이었다.

이러니 딸들은 무섭고 놀란 나머지 도망칠 준비를 하는데, 라비아는 이러지도 저러지도 못하고 안절부절못하다가 아빠에게 달려들어서 양주병을 빼앗으려 하였다.

"아빠, 제가 죽일 년이에요. 그만 드세요. 차라리 저를 죽이세요."

"어엉? 내가 언제 너희를 죽인다고 그러더냐? 어서 모두 앉거라."

아빠가 큰소리로 호통을 치니, 다들 잔뜩 겁에 질린 표정으로 소파에 엉덩이 한쪽만을 걸터앉고 고개를 숙였다.

"이미 엎질러진 물이니 다시 주워 담을 수는 없고 사태수습을 해야 하는 것이 도리일 것 같다. 대관절 무슨 연유인가 말해 보아라. 겁탈도 아니고 둘이 좋아서 임신하였다니, 자초지종을 말해 보아라."

"예, 아빠, 제가 잘못했어요. 그냥 그 학생이 좋아서 지냈습니다."

"그 학생이라니? 대학생이냐?"

"예, 같은 빌켄트 대학생이에요."

"그래? 어서 말해 보아라."

아빠는 공중에 떠나니는 먼지만큼이나 조금 누그러졌는지 내막을 알아보려 하였으나, 라비아는 죄책감에 울먹이면서 제대로 말도 잇지 못하고 있었다. 마지못해 엄마가 라비아에게 들은 대로 조금은 미화시켜서 대답하면서 오늘 있었던 일을 본 대로 말했다.

"그래. 그럼 그 청년이 지금 병원에 있나? 탈진해서 쓰러졌다니 말이다."

"아니에요. 집에 있어요?"

"어엉? 그래 집 어디에 있어?"

"서재에 있어요."

"뭐라고? 여기 서재에 있어?"

"예."

아빠는 크게 놀란 듯이 벌떡 일어나 서재로 들어가려고 하니, 라비아와 엄마가 펄쩍 뛰어서 문 앞에서 가로막았다.

"지금 겨우 살아나서 깊은 잠이 들었는데, 자칫하다가 쇼크로 죽을지 몰라요. 이따가 깨어나면 나오게 할게요."

라비아가 또 애원했다.

"그래요, 다 죽어 가는 거 간신히 숨만 돌려놓았으니 조금만 참으세요. 깨어나면 봐도 늦지 않아요."

엄마가 역성을 드니 아빠는 멈칫멈칫하다가 그냥 소파에 털썩 주저앉아서 양주병을 입에 또 대었다. 막 한 모금 마시고 두 모금 마시려는데 엄마가 달려들어서 빼앗는다.

"이왕 이렇게 된 거 자중하세요. 술 취해서 난리 피우지 말고. 그만

들어가서 쉬세요."

"지금 이 와중에 잠이 와. 잠이 오냐구, 속 편한 소리 그만하고 당신이나 들어가 자구려."

"아이고머니, 이를 어쩌나, 어서 들어가셔야 할 텐데."

엄마도 애를 태웠다. 한시 바빠 이 자리에 아빠가 없는 것이 편할 것이라는 것을 잘 알기 때문이었다.

"라비아, 너 그 청년 어디가 그렇게 좋아서 사고까지 쳤냐?"

"그냥 좋았어요."

"젊은 남녀가 그럴 수도 있겠지만, 내가 어려서부터 너희들 사람 가려가면서 사귀라고 말했지. 안 그래?"

"그러셨어요."

"그럼 네가 알아서 자중을 해야지. 이게 대체 무슨 꼴이냐?"

"아빠가 이스탄불 대학생이나 빌켄트 대학생 정도면 된다고 하셨잖아요."

"으음. 그런 말을 한 적이 있었지."

"하사드는 빌켄트 대학교 정보통신과 학생이에요."

"이름이 하사드냐?"

"예."

"그래서 사귀게 되었단 말이냐?"

"예, 우연히 구내식당에서 만났어요. 착실하고 공부도 잘해요. 게다가 성적우수 장학생이에요. 야심도 있고 장래 전망도 저보다는 훨씬 좋아요."

"흐흠, 그래."

라비아는 여전히 훌쩍거리면서 애원 조로 얘기했고, 엄마와 언니, 여동생은 사람 좋아 보인다며 간간이 거들었다.

"아이고, 이거 다 한패로구먼. 탈진해서 쓰러진 청년을 데리고 왔다면서 어쩌면 그렇게 세세히들 잘 알아?"

"여보, 조금 진정하고 대책을 생각해 보세요. 지금 섣불리 속단하지 말고,"

엄마가 적극적으로 나서서 아빠를 말리니, 이번에는 떨어지는 낙엽만큼이나 마음이 조금은 누그러졌는지 몇 번 한숨을 내쉬다가 침실로 들어갔다.

"아이고, 됐다. 아빠가 들어가셨으니 한숨 돌리고 대책을 세워 보자."

"무슨 대책이 있겠어요. 그냥 둘이 살게 해야지."

언니가 의견을 말하니 여동생도 그 수밖에 없다고 거들었다.

"그렇긴 하다만 아빠가 어찌 나올지 모르겠다. 라비아, 네 생각은 어때?"

"저도 잘 모르겠어요. 낙태는 하지 않아요. 학교 1년 휴학하겠어요."

"아이고 이거 참 진퇴양난이다. 정식 결혼식도 올리기 전에 아이를 낳겠다니 이거야말로 대책 없다."

네 여자가 머리를 맞대고 대책을 찾았으나 무슨 뾰족한 대책이 나올 리 없었다. 최종 결정권은 아빠에게 있으니까 오늘 밤을 보내고, 내일 아침에 청년이 깨어나면 이야기라도 들어 보기로 하고 각자 방으로 들어갔다.

라비아는 꿀물과 애플 티를 가지고 서재로 들어갔다. 하사드는 아직도 깊은 잠에 빠져 있었다. 라비아는 2층 방으로 올라갈 수가 없었다. 혹시 밤에라도 아빠가 나와서 하사드에게 무슨 말이나 무슨 짓을 할지 몰라서였고, 하사드가 언제 깨어날지 몰라 옆에서 간호해야 했기 때문이었다. 라비아는 소파 옆에 앉아서 머리를 숙이고 눈을 감았다. 갑자기 온몸의 힘이 빠지면서 라비아는 앉은 채로 잠이 들고 말았다.

그렇게 새벽 두세 시경 되어서일까, 아빠는 몹시 갈증도 나고 화장실에도 가야 해서 침실 문을 열고 나와서 화장실에 들렀다가 물 한 컵을 벌컥벌컥 마시고 다시 방으로 들어가려다가 멈칫했다. 청년이 잠들어 있다는 서재가 궁금해서였다.

아빠는 살며시 문을 열고는 안으로 몇 발짝 들어갔다. 꼬마전등이 켜져 있어서 주위가 훤히 보이는데, 소파에 청년이 이불을 덮고 잠이 들어 있고 라비아가 그 옆에 앉아서 잠에 빠져 있었다. 그 모습을 보니 한편으로는 연민의 감정이 생겼다.

'둘이서 얼마나 좋아했으면 이렇게까지 되었을까.'

실연했으면 남자로서 그만두고 포기할 수도 있으련만 여기까지 와서 하루 종일 비를 맞아 가면서 탈진되도록 라비아를 기다리다니, 청년의 집념도 대단하다고 생각되었다.

좀 더 가까이 가서 청년을 얼굴을 얼핏 보고는 아빠는 깜짝 놀랐다. 어쩌면 자기가 젊어서의 모습과 흡사했기 때문이었다. 다소 길쭉한 얼굴에 진한 눈썹, 커다란 구레나룻. 눈썹이 자기보다 훨씬 두껍고 진했지만, 전체적인 윤곽이 비슷해 보였다. 자기처럼 콧수염을 길렀다면 누가 보더라고 친아들로 볼 것 같았다. 키도 커 보였다.

그러지 않아도 딸만 셋뿐이어서 자기와 같은 아들이 있었으면 했는데, 어찌 된 일인지 딸만 낳았다. 더 낳아보자고 하였으나 아내가 극구 싫다고 하여 아이는 더 이상 낳지 않게 되었다. 아빠는 속으로 '저 청년이 내 아들이었으면.' 하는 부질없는 망상을 잠깐 하고는 조용히 빠져나왔다. 돌아 나오면서 또 딸의 모습을 보니 갑자기 눈시울이 뜨거워졌다.

'얼마나 좋아 지냈으면 이렇게까지 되었나.'

살려 달라고 울면서 애원하는 딸의 모습을 회상하자, 마침내 눈물이 흘러내리고야 말았다.

다음 날 아침은 생각과는 달리 조용히 시작되었다. 엄마와 큰딸이 아침 준비를 하고 있었고, 라비아도 나와서 거드는 체했다.

잠시 후 아빠가 나와서 식탁에 앉았다.

"아빠, 저 용서하시는 거죠. 그 청년 데리고 나올까요? 겨우 정신이 들어서 깨어났어요."

"흐흠. 깨어났다니 아침을 먹어야지. 어제도 굶다시피 했다면서."

아빠가 약간 호의적으로 나오자, 언니와 동생도 나서서 어서 데리고 나와서 인사시키라고 채근했다.

곧바로 라비아는 패잔병같이 다 찌그러진 하사드를 데리고 나왔다. 하루 동안에 얼마나 죽을 고비를 넘겼는지, 두 눈이 퀭하니 쑥 들어가서 아프리카에서 기아에 허덕이던 사람처럼 생겼으나 눈망울만은 또렷했다.

"안녕하세요, 죽을죄를 지었습니다."

하사드는 고개도 제대로 들지 못한 채 죄인처럼 서 있기만 했다.

게다가 약간 큰 아빠의 트레이닝복을 입고 있으니 정말로 볼품없는 아프리카 난민 형상이어서, 더욱 힘없고 야위어 보였다.

모두 숨을 죽이면서 아빠의 눈치만을 보기 시작했고, 라비아는 양쪽을 번갈아가면서 쳐다보며 안절부절못하였다.

“거기 앉게. 어제 대강 이야기는 들었다. 이제껏 아무것도 먹지 못하였다니, 아침이나 먹고 이야기하지.”

아빠는 더 이상 가타부타 추궁하지 않으니, 다들 숨을 죽인 채로 조용조용히 식사하기 시작하였다. 하사드는 겨우 몇 점 넘기더니 속이 불편하다면서 식탁에서 일어섰고, 곧바로 라비아도 일어섰다. 하사드가 서재로 들어가려 하자, 이번에는 라비아가 막았다.

“거기 아무나 들어가면 안 돼, 아빠 식사 끝날 때까지 여기 소파에 앉아 있어. 힘들어도 조금만 참아, 아빠가 나오실 거야.”

“응, 미안하다. 라비아. 내가 괜히 왔어. 정말 미안해. 매번 네 신세를 진다.”

하사드는 고개를 떨구고 눈물을 뚝뚝 흘리었다.

그 모습을 본 라비아는 또 눈물이 전염되어서 아무 말 없이 눈물을 떨구고 있었다.

“너희들, 먼저 나와서 눈물 잔치하는 거냐?”

아빠가 반은 호통치다시피 말하니 둘은 금세 정신이 바짝 들어서 하사드와 라비아는 그 자리에 차렷 자세로 우뚝 섰다.

“앉아라. 앉아.”

둘은 죄인인 양 조심스럽게 소파에 걸터앉았다.

“하사드라고 했지. 부모님은 뭐 하시나?”

"예, 아버지는 콘야에서 고등학교 물리 선생님이시고 어머니는 집에 계십니다."

"으음, 그러면 빌켄트 대학의 학비 대기가 어려울 텐데."

"아빠, 그래서 장학금 받고 학교 다녀요. 공부 잘해요. 과도 비전 있고."

라비아가 얼른 나서서 말대답을 했다.

"너한테 안 물어봤다. 으음, 요즘 보기 드문 학생이군. 전공은 무엇인가?"

"정보통신과입니다."

"으음, 그 과가 앞으로 장래성이 좋지."

"그래요. 아빠, 광고학과보다는 훨씬 좋습니다."

라비아가 자꾸 좋게 미화시키면서 말대답을 가로채고 있으니 어느 사이에 언니와 여동생이 나와서 킥킥댄다.

'분위기가 화해되려나, 아빠가 용서하실 것 같은데.'

라비아는 속으로 이런 생각을 했다.

잠시 어색한 침묵이 흐른 후,

"그런데 옷은 어떻게 하고 내 트레이닝복을 입고 있지?"

"그 옷, 어제 다 젖어서 세탁하고 있어요."

이번에는 여동생이 대답했다.

"그래, 어제 비 다 맞았다고 했지. 라비아, 저기 옷장에 가서 아빠가 잘 안 입는 옷 한 벌 꺼내서 입혀라. 체격을 보니 대충 맞을 것 같다. 거기 셔츠도 있다."

"어떤 게 잘 안 입는 옷인데요?"

"옷장 열면 왼쪽으로 깊숙이 걸려 있는 옷들은 잘 입지 않는 것들이다. 다 새 옷이나 마찬가지야."

"예, 아빠."

라비아는 아빠가 용서하고 이해하시는 줄 알고는 얼른 대답하고는 하사드를 데리고 옷장이 있는 곳으로 갔다. 드레스 룸에는 고급 옷들이 행거에 가지런히 걸려 있었고, 그 한편으로는 장식장에 여러 기념품과 기물들이 놓여 있었다.

'과연 부잣집은 다르구나.'

하사드는 속으로 감탄을 하였다. 그 안에 옷장이 또 들어 있었는데, 그 문을 여니 고급스러운 남자 옷과 여자 옷이 즐비했다. 라비아는 이것저것을 고르다가 세로줄 무늬가 있는 회색 양복 한 벌을 꺼내 들고 왔다.

"이거 어때? 잘 어울릴 것 같은데."

"으응, 난 아무거나 괜찮아."

주눅이 들어 있는 하사드는 그저 고개를 끄덕이면서 좋다고 했다.

"너무 긴장하지 마. 아빠가 다 이해하고 용서하실 거야."

라비아는 그러면서 저편으로 가서 아빠 속옷까지 들고 와서는 이 옷으로 모두 갈아입고 나오라고 하였다. 하사드는 라비아가 시키는 대로 속옷까지 모두 라비아의 아빠 옷으로 갈아입고 나왔다.

"우와~ 너 양복 입은 거 처음 본다. 멋있다."

"그래? 멋있어? 내가 원래 옷걸이가 좋잖아."

"조금 크다. 헐렁한데 바지 벨트를 줄여 봐. 그래도 괜찮아, 좋아

보여.”

“응, 어제 하루 종일 다이어트 했더니 효과를 금방 보네.”

“호호호, 그래 이제 정신 나나 보다. 어서 아빠에게 가 보자. 사람 죽이시겠어? 딸자식인데.”

라비아는 엉거주춤하는 하사드를 데리고 거실로 나갔다.

거기엔 집안 식구들이 다 모였다. 다들 “멋있다.”라고 말하면서 칭찬을 했다.

“어머나, 아빠 젊었을 때와 비슷하네.”

엄마가 놀라움을 금치 못하였다. 아빠도 말씀은 하지 않으셨지만 같은 생각을 하고 있었다.

“죄송합니다. 죄송합니다.”

하사드가 여전히 고개를 못 들고 죄인처럼 굽신거렸다.

그러다가 아빠가 문득 일어나더니 서재로 들어갔다. 모두 무슨 일이 일어나나 하고 큰 눈을 더욱 크게 뜨고는 그쪽을 바라다보았다.

그때,

아빠가 선조 이스멧 장군이 쓰시던 긴 칼을 들고 나왔다. 칼날이 번득이는 것이, 보기만 해도 등골이 서늘하였으니 다들 혼비백산 하다시피 한다.

“아이고 여보, 뭐하려고 큰 칼을 가지고 나와요.”

엄마가 비명에 가깝게 소리치면서 칼을 빼앗으려고 다가갔다. 딸 셋과 하사드도 놀라서 벌떡 일어나 눈치만을 살피기 시작했다.

"살려주세요, 아빠."

라비아는 벌써 지레 겁을 먹고는 무릎을 꿇고 빌기 시작하였고, 다른 두 딸도 울음소리로 살려 달라고 애원을 했다. 엄마는 칼을 든 아빠의 손을 쥐고는 빼앗으려 했다.

"내가 언제 너희들 죽인다고 했어? 왜 이렇게 소란스러워?"

아빠가 다소 큰소리로 호통을 치자, 다들 움찔거리면서 눈치를 보기 시작하였다.

"너희 둘, 라비아와 하사드, 이리 와 봐."

"예."

"아이고 아빠, 무슨 일이에요?"

"글쎄 안 죽인다는데 왜 그렇게 벌벌 떨어, 내가 언제 사람 죽이는 거 봤어? 어서 이리와!"

마지못해 하사드와 라비아가 아빠 앞으로 가서 무릎을 꿇고 처분만을 기다렸다. 하사드는 고개를 숙이고 있었지만, 라비아는 고개를 들어 큰 눈을 두리번거리면서 아빠의 눈치만을 살피고 있었고, 엄마는 여전히 아빠의 칼 든 손을 잡고 있었다.

"이 칼로 말할 것 같으면 우리의 선조 이스멧 장군님이 당시 왕으로부터 하사받은 보검이다. 우리 집안의 귀중한 보물, 가보이다."

"아이고, 그 얘긴 벌써 수도 없이 했어요, 왜 이리 애들 겁을 주고 그래요? 어서 칼을 거두세요."

엄마가 그러거나 말거나 아빠는 말을 이었다.

"이 칼이 나왔을 때는 그만큼 엄숙한 순간이란 말이다. 조상님들에게 맹세할 정도로 엄숙한 순간이다. 알았느냐?"

세 딸은 일시에 "예." 하고 대답을 하고, 하사드도 얼떨결에 뭔지 모르지만 "예." 하고 대답하는 수밖에 없었다. 이윽고 큰 칼을 하사드 어깨에 올려놓으니, 모두 기겁을 했다.

"설마 목을 베려나."

언니와 여동생은 부들부들 떨면서 흐느끼는 소리가 났고, 라비아는 얼른 손으로 그 칼을 막는 시늉을 했다.

"가만 있거라, 라비아. 하사드, 잘 들어라. 너 진정으로 라비아를 사랑하고 평생 잘 살겠느냐?"

"예에? 예."

목을 베려는 줄 알았는데, 뭔가 다짐을 받으시는 모양이어서 하사드는 큰소리로 대답했다.

"내가 지난 밤새, 잠도 제대로 이루지 못하고 생각해 보았다. 그리고 지금 결정을 내린다. 하사드를 사위로 인정한다."

라비아의 아빠는 중세시대에 기사 서임식(騎士 敍任式, Accolade)을 하듯 사위를 임명하였다. 이러니 두 딸은 펄쩍 뛰어서 아빠에게 안기면서 좋아하고 라비아는 급한 김에 아빠의 바짓가랑이를 붙잡고 흐느끼기 시작하였다.

"아빠, 고마워요. 용서해 주셔서 고마워요."

엄마는 어안이 벙벙해서 이도 저도 못하고 있다가 아빠에게 달려들어 볼 키스를 연신 해가면서

"잘했어요, 잘했어."

말하고 손등으로 눈가를 닦았다.

곧바로 라비아도 아빠 품에 달려들었으니 아빠는 네 명의 여자에게 휩싸여 어쩔 줄 몰라 하였다.

"허허허, 됐다. 됐어, 그만해라, 다 너희들 위한 것이다. 허허허."

하사드는 무슬림이 알라신에게 경배를 하듯 무릎을 꿇고 머리를 바닥에 대고는

"감사합니다. 고맙습니다. 이 은혜 절대 잊지 않겠습니다."

하고 여러 번 말했지만 네 여자의 소란통에 아무 소리도 들리지 않았다.

그러지 않아도 라비아의 아빠는 이제 대학을 졸업하고 사회생활을 시작한 큰딸의 1등 신랑감을 은근히 알아보기 시작하던 참이었다. 그러다가 생각지도 않았던 둘째 딸 라비아가 이렇게 사고를 쳤으니, 처음에는 죽이고 싶은 분노감이 치밀었으나 이렇게 저렇게 곰곰이 생각해보니 순서가 달라지고 시기가 빨라졌을 뿐 하사드 같은 청년이라면 1등 신랑감이나 다름없다고 스스로 판단을 내린 것이다. 더구나 아들이 없는 집안에 어딘지 모르게 자기가 젊었을 때와 유사한 모습을 한 하사드가 은근히 마음에 끌리기도 하였다.

어찌 되었던 그 집안은 어제저녁부터 지옥과 천국을 오가고 있었다.

그들의 마음속에서 밤하늘에 불꽃놀이 하듯 화사한 불꽃이 "펑! 펑~" 하고 터지고 있었다. 살면서 이렇게 감동적이고 희열에 찬적이 있었던가? 기쁨의 눈물이 저절로 맺히었다.

그리고 대략 몇 가지를 정했다. 라비아는 원하는 대로 적당한 때에 1년 휴학하고 아이를 낳고 키우다가 복학한다. 둘은 졸업한 후에 정

식 결혼식을 올린다. 지금 있을 방이 마땅치 않으니, 아빠께서 살림할 만한 작은 아파트를 사 주겠다고 약속하셨다.

'아, 진정 라비아는 하늘에서 내려온 천사(엔젤)구나.'

하사드는 속으로 생각했다.

# [4]. 성령임신
Pregnancy by the Holy Spirit

## 1. 임신한 것 같아요
I may be pregnant

"신부님, 저에게 큰 걱정거리가 생겼습니다."

"무슨 일인데 그러냐? 어서 빨리 말해 보아라."

앳된 여고생인 엘도라(Eldora)는 울음 섞인 목소리로 고해성사하기 시작하였다.

"흐흐흑……."

"어서 말을 해 보아라. 너 카르로스(Karlos)의 둘째 딸 엘도라 아니냐?"

"네."

말이 비밀리에 고해성사하는 고해소이지, 여기 이 작은 마을에서는 목소리만 들어도 누구인지 다 알 수 있었다.

멕시코 시티에서 이백여 킬로미터 떨어진 '후(Hu)' 마을에 사는 엘도라는 카르로스의 둘째 딸이다. 엘도라 아래에 남동생이 하나 있고 위로는 언니가 한 명 있다.

엘도라는 아주 착한 여고생으로, 학교생활도 성실하여 성적도 우수하고 대체로 출결이 좋지 않은 시골 마을에서 단 한 번의 결석도 없는 매우 근면한 학생이었다.

부모님은, 이 마을이 대체로 그렇듯이 주로 옥수수 농사를 짓고 가축도 기르면서 생계를 이어 가고 있는 아주 평범한 집안이다.

그런데 엘도라에게 정말로 말 못 할 고민이 있었으니, 엘도라는 죽고 싶은 심정뿐이었다. 그래서 참다못해 신부님에게 고해성사하러 온 것이다.

"어서 말을 해 보아라, 울지 말고. 얘야, 밖으로 나와서 얘기해 보자. 도대체 무슨 이유로 그렇게 훌쩍이기만 한단 말인지, 나도 몹시 궁금하다."

"네에."

엘도라는 힘없는 목소리로 대답하고는 밖으로 나와서 성당 뒤편으로 갔다. 그곳에는 커다란 나무들이 줄을 지어 서 있는 가운데 허름한 벤치 의자가 하나 있었는데, 이곳은 일반 사람들은 잘 오지 않고 가끔 신부님이 산책 겸 휴식을 취하러 오는 곳이었다.

"엘도라야. 여기도 고해소나 다름없다. 아무도 없으니 어서 말을 해 보아라. 주님께서는 모두 너를 이해하고 용서해 주실 것이다."

"신부님, 저는 요즘 죽고 싶어요."

"뭣이라고? 대체 무슨 일이길래 그렇게 극단적인 생각을 하는 게냐. 평소의 너답지 않구나."

"으흐흐흑……."

"어허, 울지 말고, 어서 말을 해 보아라. 어서."

"신부님, 저는 정말로 죽을죄를 지었나 봐요. 제가 지금 임신을 한 것 같습니다."

"뭐라고? 임신? 남자 친구와 같이 잤느냐? 아니면 어떤 못된 놈들에게 겁탈이라도 당했느냐?”

“아닙니다. 아녜요. 모두 아니에요. 흐흐흑.”

“그럼 도대체 무슨 일이냐? 임신한 것이 맞긴 맞느냐?”

“아무래도 그런 것 같아요. 생리를 안 한 지가 벌써 3개월이나 되었고, 지금은 배가 불러오는 것 같아요.”

“뭐어? 어허 대관절 이게 어떻게 된 일이냐. 그래, 아무하고도 관계하지 않았는데도 배가 부르다고?”

“예.”

청천벽력 같은 엘도라의 대답에 신부님도 갈피를 잡지 못하고 어쩔 줄을 몰라 했다. 이게 도대체 무슨 일인가. 성경에 나오는 성령임신이라도 했단 말인가. 신부님의 머릿속이 복잡해지면서 혼란스러워졌다.

“세상에 이런 일이. 정녕 성경에 나오듯이 성령임신이라도 했단 말이냐. 성모 마리아님께서 예수님을 잉태하듯이. 어허.”

신부님은 혼자서 중얼거리면서 정신을 가다듬고 엘도라의 손을 잡았다.

“얘야, 너무 걱정하지 말아라. 네 스스로 죽을 일은 아니다. 성모 마리아님께서도 남자 없이 성령임신을 하여 예수님을 낳으셨지 않으냐?”

“아니에요. 그건 어디까지나 전설 같은 성경 속 이야기입니다. 그건 아니에요.”

“왜 성경이 전설이냐? 진실로 기록된 역사서나 마찬가지란다. 아무튼, 너무 걱정 말아라. 그런데 진짜 배가 불러오는 것은 맞느냐?

혹시 배탈이라도 나서 부어오른 것은 아니냐?"

"아닙니다. 아니에요. 하루에도 몇 차례씩 만져 보고 남몰래 거울을 들여다보고 있어요. 먼저 입던 치마와 바지가 맞질 않아요."

그러면서 엘도라는 벌떡 일어나더니 신부님을 손을 잡아서 자기의 아랫배에 대어 본다.

"어어, 왜 이러느냐?"

"신부님, 한번 만져 보세요. 이건 그냥 배탈이 나서 배가 부른 것이 아니라, 배 속에 아기가 들어 있는 것 같아요."

얼떨결에 신부님은 엘도라의 배를 만져 보긴 했지만, 배가 불러온 건지 아닌지는 알 수 없었다. 엘도라의 말대로 배가 약간 커진 것도 같았지만, 신부님은 확신할 수가 없었다.

"알았다. 주님께서는 모든 것을 다 알고 계시니 너무 걱정하지 말아라."

신부님은 엘도라를 한참 동안 진정시키고는 집으로 돌려보냈다. 그리고는 은밀히 전화하여 엘도라의 부모님을 성당으로 나오게 하였다.

신부님이 초조한 마음으로 성당 밖에 나와서 엘도라의 부모님이 오기를 기다리고 있었다. 그때 마침 엘도라의 부모님은 털털거리는 오토바이를 타고 뿌연 먼지를 일으키며 도착했다.

"이렇게 나오시라고 해서 죄송합니다."

"예에? 우리 집안에 무슨 일이라도 있나요?

"예, 무슨 큰일은 아니고…… 아니, 큰일이랄 수도 있겠네요."

엘도라의 엄마와 아빠는 두 눈을 크게 뜨게 뜨고는 신부님을 바라다보았다.

“놀라지 마시라고 미리 말씀드립니다. 절대 놀라면 안 됩니다. 이건 신의 축복입니다. 주님의 은총입니다.”

“아이고, 무슨 일이 일어났나 보네. 이를 어째.”

엄마가 먼저 지레 겁을 먹고는 금방이라도 울 듯한 표정으로 안절부절못하였다.

“울지 마세요. 울 일이 아니라 축복입니다.”

“무슨 축복인지 어서 말씀해 보세요.”

“그러니까. 따님, 둘째 따님.”

“엘도라요? 그 아이에게 무슨 일이 났나요? 조금 전에도 집에 있는 것을 보았는데.”

“무슨 일이 일어났습니다. 엘도라가 아무래도 성령임신을 한 것 같습니다.”

“뭣이라고요? 세상에. 오, 이런 일이.”

엘도라의 부모님은 동시에 비명을 지르다시피 했다.

“신부님, 지금 세상에 누가 성령임신을 했다고 믿나요? 어떤 놈에게 당한 모양이지.”

“아닙니다. 절대로 그런 일 없습니다. 엘도라에게 단단히 다짐을 받았습니다.”

“아이고, 백주대낮에 어찌 그런 말씀을. 씨앗 없이 어떻게 임신을 한단 말입니까?”

“그러니 성령임신이지요. 성모 마리아께서 예수님을 잉태하듯이 말입니다."

"신부님이 미쳐 가는 모양이네요."

엘도라의 아빠가 벌떡 일어나더니 신부님을 무섭게 쏘아보았다.

"내 이년의 입을 열어서 놈팡이를 찾아내겠소이다."

"아이고, 아이고, 흐흐흑~"

엘도라의 엄마는 그야말로 청천벽력 같은 말에 억장이 무너지듯 소리내어 울기 시작하였다.

"신부님, 성령임신이라는 말씀은 그만두세요. 어서 빨리 어떤 놈인지 찾아내어 나쁜 놈이 아니라면 차라리 결혼을 시키는 것이 옳은 일이죠."

그 마을에서는 여자 나이 열대여섯 살에 결혼하는 사례도 있었으므로 이제 막 16살이 된 엘도라도 아예 이참에 결혼을 시키는 것이 나을 것이라고 아빠는 생각했다. 그런데 엘도라는 단 한 번도 남자 친구 얘기나 결혼 얘기를 꺼낸 적이 없었다. 학교 성적도 매우 우수하여 졸업하고는 대학에 가서 이다음에 학교 선생님이 되겠다고 늘 말해 왔었는데, 이게 도대체 무슨 말인가. 아무리 생각해도 앞뒤가 맞질 않는 사태가 벌어진 것이다.

엘도라의 아빠는 급히 오토바이를 몰고 집에 왔다. 나올 때 엘도라가 집에 있었던 것을 보았기 때문이었다. 엘도라는 수심 가득한 멍한 눈으로 거실에서 TV를 보고 있었다.

"엘도라, 너 지금 무슨 일 있지?"

"예에? 아무 일 없는데요."

"이런 나쁜 년을 보았나. 바른대로 말해. 지금 신부님을 만나고 오는 길이다."

"신부님을요?"

엘도라는 대번에 울상을 짓고는 안절부절못하기 시작하였다.

"너 임신했다는데, 대체 어떤 놈인지 알고나 있자. 엉?"

"아니에요. 임신 같아서 신부님에게 상담 했어요. 흐흐흑."

"얘야, 자초지종을 말해 보아라. 네가 좋아하는 남자가 있다면 사실대로 이야기하고 이담에 결혼을 하면 되잖니? 혼자서 고민한다고 해결되는 게 아니란다."

엘도라의 엄마는 조금은 자상하게 엘도라를 설득하고 있었다.

"엄마, 엄마, 저 죽고 싶어요. 몇 달째 생리도 없고 입던 치마나 바지가 작아지고 있어요. 이를 어떻게 해요? 흐흐흑, 저 남자 친구도 없어요."

"너 그러면 어떤 놈한테 밤길에 겁탈이라도 당했단 말이냐?"

"아니에요. 절대로 그런 일 없어요. 주님께 맹세합니다. 그리고 아빠, 저 나쁜 여학생 아니라는 거 아빠도 알고 계시잖아요, 네?"

아빠는 평상시 엘도라가 공부 잘하고 품행이 단정하다고 주변에서 늘 들어오던 터라 마구 혼낼 수도 없었다.

"아이고, 여보, 진짜 신부님 말씀대로 성령임신이 된 것 같아요."

"이런 맹추 같으니라고, 그걸 믿어? 그건 전설이야. 성경에 적힌 전설이라고, 어떻게 씨앗 없이 아이가 생겨? 나 원 참, 요즘 세상에도 그런 것을 믿고 있다니 한심스럽소."

"그럼 우리 엘도라를 의심하는 거예요? 공부 잘하고 품행 좋다고 학교에서나 동네에서나 입소문이 자자한데, 뭘 의심하나요?"

엄마와 아빠가 티격태격하는 사이에 엘도라는 아무 말도 못 하고 훌쩍이고만 있었다.

엄마와 아빠는 몇 번을 그렇게 갑론을박하다가 시내에 큰 병원으로 가 보는 것이 확실하겠다고 결론을 내렸다.

다음 날 오후,

엘도라가 일찍 하교하여 아빠와 엄마와 함께 거의 1시간 거리에 있는 큰 병원에 갔다. 그곳에서 엘도라는 난생처음 여성으로서의 여러 가지 검사를 받았으나 임신은 분명하였다. 그러나 처녀성은 그대로였다.

"아이고, 여보, 진짜 성령임신인 모양이에요. 당신이 믿거나 말거나, 엘도라는 성처녀입니다. 여기 사진도 있고 의사 소견서도 있어요."

"뭐어? 이런 황당한 일이 있나."

엄마는 두 줄이 선명하게 나타난 임신테스트기와 12주가 조금 넘었을 것이라는 의사의 소견서, 그리고 초음파 사진을 보여 주었다. 태아 모습이 분명한 사진이었다.

"아아~ 세상에 이런 일이, 남자 없이 임신이라고? 의사는 뭐래? 어떻게 임신하였다고 말 안 해?"

"그건 의사도 모른답니다. 어떻게 임신이 되었는지는 몰라도 지금 임신은 확실하답니다."

"아이고, 이를 어쩌나."

그 옆에선 엘도라가 죄인처럼 고개를 숙이고 손수건으로 눈물을 훔쳐내고 있었다.

"이거 큰일이다. 어찌 된 노릇인지 신부님과 상의해 보자."

아빠는 역정을 내면서도 믿기진 않지만 의사의 진단 결과에 더 이상 엘도라를 추궁할 수 없었다. 왜냐하면 엄마가 극구 성령임신이라고 주장을 자꾸 하니 반신반의(半信半疑: 반은 믿고 반은 의심함)하게 되었던 것이다. 그러면서 성령임신이 분명하다는 아내의 말에 조금씩 마음이 기울기 시작했다.

하지만 아무도 모르고 있던 일이 4개월 전, 여름이 시작되던 때 일어났었다.

그날은 엘도라가 성당에 갔다가 밤늦게, 아마 10시가 넘어서 혼자서 걸어오는데, 시골이라 길을 밝히는 가로등 하나 없이 어둡기만 하였다. 밤하늘에는 밝은 별들이 총총 떠 있었다. 그때였다. 아주 밝은 별똥별이 기다란 꼬리를 남기면서 떨어지고 있었다.

'어머나! 큰 별똥별이네. 소원을 빌어야지.'

엘도라가 감탄을 하면서 하늘을 쳐다본 순간,

"아악~"

그만 엘도라는 허방(땅바닥이 움푹 패인 구덩이)을 짚어서 앞으로 고꾸라지고 말았다,

"아이고, 아파라."

발을 접질리고 무릎이 깨져서 피가 나왔다.

"아이고, 이걸 어째, 무릎에서 피가 나네, 발목도 너무 아파서 걸

을 수가 없네, 아야, 아야."

엘도라는 그 자리에 주저앉아서 이러지도 못하고 저러지도 못하였다.

"아이참, 지금도 늦었는데, 빨리 가려다가 넘어져서 더 늦게 가게 되네."

엘도라는 아픈 중에 혼자만의 걱정을 할 수밖에 없었다.

"조금 쉬면 통증이 가라앉겠지."

주저앉아 있던 엘도라가 무심코 밤하늘을 쳐다보니, 하늘에 무수한 별들이 반짝이고 있었다. 이따금 꼬리별이 또 보였다.

"와아~, 여긴 불빛이 없어서 그런지 별들이 훨씬 더 밝게 보이네."

엘도라는 통증도 잊은 채 하늘의 별들을 바라보다가 무의식중에 뒤로 스르르 누워 버렸다.

"누워서 보니까 훨씬 편하다. 한 십 분만 쉬었다 가자. 발 아픈 것도 조금 나아질 거야."

바닥에 누워 밤하늘의 별들을 바라보던 엘도라는 밤하늘에 취했는지 피곤에 치진 몸에 취했는지, 자신도 모르게 깜박 잠이 들었다.

이때,

근처에서는 소리 없이 낙하한 흑구체에서 나온 수많은 에이리언 씨드가 맹렬하게 엘도라에게 접근하고 있었다. 그런 중에 제일 먼저 도착한 에이리언 씨드가 엘도라의 몸속으로 파고들었고, 곧바로 나머지는 먼지처럼 분해되어 없어졌다. 그 느낌은 모기 한 마리가 아주 살짝 피부에 내려앉는 느낌보다도 적었기에 엘도라는 눈치챌 수 없었다. 에이리언 씨드는 곧바로 자궁까지 진입하여 그대로 착상하였던 것이다. 이날부터 엘도라는 임신이 된 것이었으나 그 어느 누구도 이런 사실을 알 턱이 없었다.

얼마 후, 깨어난 엘도라는 아픈 다리를 절룩거리면서 간신히 집에 도착하였다.

집에 오니 엄마가 크게 걱정을 하면서 무슨 약초를 절구에 빻아서 엘도라의 접질린 발목에 감싸고는 천으로 감아 주었다.

"얘야, 큰일 날 뻔했다. 그러지 않아도 네가 성당에서 오지 않길래 걱정을 하면서 가 보려고 했었는데, 이렇게 다쳐서 오다니. 얼마나 아팠냐?"

엄마가 근심 어린 목소리로 물었다.

"늦어서 빨리 오다가 그만 구덩이에 발을 헛디뎌서 넘어졌어요. 너무 아파서 한동안 쉬다가 오다 보니 더 늦어졌네요."

"그래, 그래, 그만하니 다행이다. 어서 자거라. 마침 내일이 일요일이니 성당 갈 생각 말고 집에서 쉬어라."

"예."

그런데 발 없는 말이 천 리를 간다더니, 동네 사람들이 알음알음으로 이런 얘기를 듣게 되었다.

"아이고, 망측해라. 엘도라가 임신을 했다는데 남자 없이 임신했다네요."

"원 세상에, 그런 일이? 속일 것을 속여야지."

"신부님도 아는데, 성령임신이라고 한답니다."

"신부님이 늙어서 노망이 들었나 보네. 요즘 세상에 누가 성령임신을 믿어?"

"그러게요. 얌전한 고양이가 부뚜막에 먼저 올라간다더니 공부 잘하고 품행 좋다고 하더니 먼저 사고를 치네요. 호호호."

"맞아요, 맞아, 세상에 믿을 사람 없다니까. 이런 망측스러운 일이 있나."

이렇게 먼저 여자들 입에 오르내리니, 자연히 남자들도 해괴한 엘도라의 임신 소식을 듣게 되었다.

## 2. 여고생의 성령임신
### A high school girl becomes pregnant

그로부터 한 달 후.

엘도라의 언니가 결혼하게 되었다. 성당에서 마카리오(Macario) 신부님의 주례로 결혼식을 올린 것이다. 이때만 해도 별다른 일이 일어나지 않았었다.

결혼식을 하고 저녁에 집에서 피로연을 하는데, 참석한 사람이 족히 이백여 명은 되었다. 어른만 참석한 것이 아니라, 어른이나 아이 할 것 없이 집안 식구들 모두 온 것이다. 모처럼 먹어 보는 진귀한 음식을 맛보기 위해서였다. 당연히 좋은 자리에 술, 그것도 멕시코의 대표적인 술인 데킬라가 빠질 수 없었다(데킬라 : 용설란의 수액을 만든 증류주로 주정도 40도 정도의 무색투명하다). 대부분의 남자가 독한 술인 데킬라를 마시는데 그때 누군가의 입에서부터 엘도라의 이야기가 나왔다.

"엘도라가 성령임신을 했다고 하네."

"뭐야? 과학기술이 발달한 지금도 그런 허무맹랑한 이야기를 믿어?"

"그럼 어떻게 해? 신부님도 인정했다는데. 성모 마리아가 성령임신을 하듯이 남자 없이 아이를 잉태했다고 하네."

"아이고, 이 사람 이거 완전히 미쳤구먼? 미쳐도 단단히 미쳤어."

"뭣이라고? 농담 그만하게. 내가 왜 미쳐, 사실대로 말했는데."

"진짜 미쳤네. 미쳤어, 정신 차려."

"이런 사람을 봤나, 생사람을 잡네."

이렇게 시작된 언쟁이 벌어지니 피로연에 참석했던 사람들은 금세 두 편으로 갈리어 언쟁을 벌이기 시작했다.

"성령임신이다.", "아니다."

이렇게 패가 갈린 것이다.

그러다가 마침내 성령임신이냐 아니냐를 놓고 오가는 언쟁 속에 급기야는 고성이 오가고 누군가 술병을 집어 던진 것이 빌미가 되어서 여기저기서 술병과 음료수병이 던져지고 먹다 남은 음식들도 마구 던져지며 순식간에 아수라장이 되었다.

"그만하세요. 그만하세요."

엘도라의 부모님이 나서서 말렸으나, 고성과 병이 깨지는 소리에 묻혀 그 소리는 들리지도 않았다. 마침내 보다 못한 누군가가 전화를 하여 경찰들이 와서 겨우겨우 진정되었다.

"아이고, 결혼식 피로연에 이게 웬 난리야?"

엘도라는 어딘가에 숨어 있다가 사태가 진정되자 부모님에게로 와서 울먹거리기 시작하였다.

"엄마, 아빠, 죄송해요."

"나보다는 언니에게 말해. 언니 결혼식 날, 이게 웬 난리법석이냐."

진땀을 다 뺀 엄마가 탈진하다시피 해서 의자에 털썩 주저앉으면서 한마디 하였다.

그때였다. 누군가 소리를 치면서 술병을 엘도라에게 던졌다.

"사탄이다, 사탄!"

이 한마디는 엘도라, 엄마와 아빠에겐 벼락을 맞은 듯 충격을 받았다.

그러지 않아도 엘도라의 아빠는 성령임신이라는 말에 완전히 수긍하지 않은 채 아직도 반신반의하던 중에 그야말로 큰 충격이었다. 그러나 이 자리에서 귀여운 딸을 때릴 수도 죽일 수는 더더욱 없었다.

깊은 쌍꺼풀에 큰 눈을 가진 엘도라는 금세 눈물을 방울방울 흘리면서 안절부절못하였다. 충격을 받은 건 엘도라의 부모님도 마찬가지였다.

그때 어떤 할머니 두 분이 오시더니, 엘도라의 앞에 성호를 긋고는 경배를 하였다.

"어어, 이러시면 안 됩니다."

"성모 마리아님이 재림하신 겁니다. 성경에도 쓰여 있잖아요. 지금 이 고난을 이겨 내셔야 합니다."

"어이쿠, 그게 아닙니다. 아닙니다."

엄마 아빠가 사양했지만, 두 분의 할머니는 공손하게 두 손을 합장하여 경배하였다. 그 모습은 마치 성당에서 성모마리아에게 경배하는 것과 같았다.

"어어~"

"엄마나~"

엄마와 아빠는 놀라움을 금치 못하였다. 이런 중에 엘도라는 다소 안심이 된 모양이었다.

"주님께 맹세하건대 저는 남자 없이 성령임신을 하였나이다."

엘도라는 스스로 만족해가면서 조금씩 안정을 찾기 시작하였다.

하지만 일은 보이지 않게 점점 커지고 있었다. 엘도라의 이야기는 입에서 입으로 퍼져 나가서 이제 그 동네 사람들은 물론 학교에까지 알려졌다. 동네 사람들이야 안 보면 되지만, 학교에선 모두 피할 수 없는 사람들이었다. 선생님까지 나서서 반신반의하면서 물어보는데, 그 말속에는 '네 말은 다 거짓이다.'라는 뜻이 숨어 있었다.

무엇보다 견디기 어려운 것은 친한 친구로 지내던 디노라(Dinora)와 세날다(Senalda)의 태도였다. 평상시 죽기 살기로 친했던 친구들이 이번에는 친구라는 이름으로 은근히 엘도라의 뒤를 캐 보려고 하였다.

"얘, 우리 사이에 숨길 게 무엇 있어? 다 그냥 얘기해 봐. 남친이 있었지?"

"우리에게만 살짝 얘기해 봐. 남친 없으면 누구에게 당했어? 밤길에 당했어?"

"그래, 말 못할 사연이 있겠지만 우린 괜찮아. 어서 말해 봐."

틈만 나면 이런식으로 추궁하는 친구들의 태도에 엘도라는 더 이상 할 말도 없이 정신적인 고문으로 느껴졌다. 이런 상황이니 다른 학생들은 엘도라만 보면 동물원의 원숭이 보듯 몰려들어 에워싸기도 하면서 빈정거렸다. 이런 학교 아이들의 태도에 결국 엘도라는 보름도 못 가서 더 이상 학교에 나갈 수 없다고 선포했다.

"아이고, 이게 웬 날벼락이냐, 모범생이라고 칭찬받고 상장받아 올 때는 언제고, 인제 와서는 고등학교도 졸업 못 하다니……."

엄마도 울고 엘도라도 울었다.

## 3. 사탄으로 몰리어 피신

### Escaping due to being branded as Satan

일은 여기에서 그치지 않았다. 마을 사람들의 태도였다. 나이 먹은 할머니 몇 명은 엘도라가 성령임신을 하였다면서 성모 마리아가 재림하였다고 생각하였으나, 대부분의 사람은 그러한 사실을 인정하지 않았다. 게다가 극단적인 사람은 사탄을 임신하였으니 세상의 종말이 오기 전에 엘도라를 강제로 낙태시켜야 한다고 주장하였다.

"사탄입니다, 사탄. 세상의 종말이 올 때 사탄이 온다고 성경에도 적혀 있습니다."

"맞습니다. 사탄입니다. 세상의 종말이 곧 올 겁니다."

세상의 종말이 온다는 말은 사람들에게 크게 공감이 되는 말이었다. 이러니 겁을 먹은 많은 사람이 미리 사탄을 제거하지 않으면 우리는 모두 불의 심판을 받아서 죽게 된다고 믿으며 동요하기 시작하였다.

마을 사람들이 이렇게 흉흉하게 말을 하는 것이 이제는 엘도라의 부모님도 다 알게 되었다.

"이거, 이러다가 큰일 나겠어. 마을 사람들이 달려들어서 엘도라를 죽일지도 몰라."

"에구머니, 큰일이네요. 이를 어떻게 하죠. 아이고머니, 불쌍한 엘도라."

"지금 징징댄다고 해결될 일이 아니잖아, 해결책을 생각해 보자구."

엘도라의 아빠가 심각하게 말을 하였으나 뾰족한 해결책을 찾을 수 없었다.

그날 밤이었다.

집 밖이 왁자지껄하는 듯하더니, 쿵쿵대는 소리가 요란하게 들렸다. 돌을 던지기 시작한 것이었다.

함석지붕이니 그 소리가 너무 크고 요란하게 들려서, 식구들이 모두 잠에서 깨어나 엄마 아빠가 있는 안방으로 와서는 겁에 질려 부들부들 떨기 시작하였다.

"사탄은 물러가라, 사탄은 물러가라."

"사탄은 화형에 처해야 한다."

You are satan! Get out!

"악마야! 어서 물러가라!"

집 밖에서 이런 소리가 들려오니 식구들 다섯 명은 온몸이 오싹 거리면서 두려움에 떨기만 했다.

"아 마을 사람들이 너무하는구먼."

마지못해 아빠가 한마디 하였으나 섣불리 나가지 못하고 있었다.

아빠는 나가서 이 일에 대한 책임을 물으며 한마디 하려 했지만, 가족들이 만류했다. 지금 나갔다가는 자칫하다가 돌에 맞아 죽을지도 몰랐기 때문이었다.

다행히도 그 사람들은 십 분도 채 안 되어서 소란스럽게 떠들면서 돌아갔다.

"안 되겠다. 엘도라를 다른 곳으로 피신시켜야겠어."

"어디로요?"

"마카리오(Macario) 신부님은 엘도라를 이해하시니까 성당으로 갑시다. 여보, 당신도 같이 가요. 어서 옷가지 몇 개 챙깁시다. 엘도라, 너부터 준비해라. 이러다간 마을 사람들에게 맞아 죽게 생겼다. 어서 일어나."

"예, 아빠."

엄마와 엘도라는 급히 옷가지를 주섬주섬 챙겨서 커다란 낡은 가방에 넣고 아빠의 오토바이에 올라탔다.

그들은 얼마 되지 않아서 성당에 도착하였다.

"신부님! 신부님! 마카리오 신부님!"

"……."

"신부님! 신부님!"

엄마 아빠가 동시에 큰소리로 신부님을 부르고, 신부님은 다급한 목소리에 잠에서 깨어 현관 전등을 켜면서 문을 열었다.

"아니, 한밤중에 무슨 일이요? 무슨 큰일이 났나요?"

"예, 이대로 가다간 엘도라가 마을 사람들에게 맞아 죽게 생겼습니다. 저희들도 죽게 생겼어요."

"뭐라고요?"

이에 엄마와 아빠는 그동안의 일을 대강 말씀드렸다. 여차여차해서 엘도라가 학교에도 못 가고 있다고 했다. 그렇게 해서 한밤중에 피신을 왔다고 했다. 엘도라의 부모님으로부터 그동안의 이야기를 들은 신부님은 몸을 바들바들 떨며 말했다.

"아이고, 세상에 이런 일이. 마을 사람들도 너무하는구먼. 신앙심이 부족한데 어쩌나. 우선 저기 일 도와주시는 할머니랑 같이 있게 해야겠네."

"아이고, 고맙습니다."

이렇게 해서 신부님은 자고 있는 할머니를 깨워서 엘도라와 함께 있게 하였다. 그 할머니는 성당 일을 도와주며 신부님의 식사를 준비해 주시는 분이었는데, 젊어서 수녀가 되려다가 무엇 때문인지 수녀가 되지 못하고 결혼도 하지 않은 채 평생 성당에서 살고 있었던 분이었다. 그 할머니도 엘도라의 일은 다 알고 있었기에 망설임 없이 엘도라를 맞이하였다.

"엘도라야. 너무 걱정하지 말아라. 네게는 지금 고난의 행군이란다. 주님께서는 다 알고 계신단다."

할머니가 이렇게 위로하자, 엘도라는 안도의 한숨과 함께 감격의 눈물을 흘리고야 말았다.

이렇게 하여 한밤중의 대혼란은 일단 막을 내렸다. 엄마와 아빠는 다시 오토바이를 타고 집으로 갔고, 엘도라는 이때부터 성당 할머니와 함께 생활하기 시작하였다.

그러나 그것도 얼마 가지 못하였다. 극성맞은 사람들은 엘도라가 성당 할머니와 함께 있다는 것을 알고는 밤에 또 찾아와서 돌을 던지며,

"사탄은 물러가라, 사탄은 물러가라!"

하고 소리치면서 한바탕 소란을 피우다가 돌아갔다. 그때마다 신부님과 할머니가 나서서 설득하고 그들에게 자중하라고 했건만, 그들의 귀에는 단 한마디도 들어가지 않았다.

결국, 일주일도 채 안 되어 신부님은 엘도라의 부모님을 불렀다.

"이거 아무래도 안 되겠소. 여기도 안전하지 않아요."

"예에? 성당이 안전하지 않으면 어디가 안전한가요?"

엘도라의 엄마와 아빠는 크게 놀라면서 되물었다.

"이 사람들이 미쳤나, 꼭 밤이면 떼로 몰려와서 돌을 던지며 '사탄은 물러가라!' 하고 한바탕 소란을 떱니다. 내가 나가서 아무리 설득하려 해도 듣질 않아요. 오히려 엘도라를 옹호하는 나와 할머니까지 사탄으로 몰아붙이려 하니 이 일을 어쩌면 좋겠습니까. 아무래도 다른 곳으로 피신해야지, 안 그러다간 애가 죽든지, 나중에 출산한다 해도 그대로 잡아다 죽일 사람들입니다. 세상에 이런 일이 있나, 아

무래도 마을 사람들이 사탄인 모양이네요."

"성당이 이러니, 어디로 가야 할까요?"

엘도라의 엄마가 울상을 지으면서 말했다.

"저 사람들이 잘 찾지 못하게 어디 깊은 산 속으로 가는 것이 좋을 겁니다. 아니면 다른 도시에 친척들이 있으면 그리로 보내는 것도 방법이겠지만, 그곳 사람들도 알면 아마 마찬가지일 거요. 제일 좋은 방법은 사람들이 찾아가지 못할 곳으로 피신하는 겁니다."

"아이고, 그럼 어린애 혼자서 어떻게 지내나요. 무서워서…… 이를 어쩌나."

엄마와 아빠는 낙심하여 어쩔 줄을 모르다가 아빠가 무겁게 입을 열었다.

"신부님, 잘 알겠습니다. 좋은 방법이 없네요. 제가 돌아다니면서 저 먼 곳에 오래되어 폐허가 된 집터 하나를 알고 있으니, 그리로 데려가 보겠습니다. 당분간 아내와 함께 있도록 하는 것이 좋을 것 같네요."

"어허, 정말 좋은 생각이요, 어서 준비하세요. 오늘 밤에 또 무슨 난리를 치르기 전에 마을 사람들 모르게 은밀히 가야 합니다. 차로 가면 금방 갈 테지요."

"차길 없는데요. 그냥 척박한 산길로 들어가야 합니다."

"그러면 고생될 텐데. 얼마나 걸어 들어가나요?"

"아마 세 시간도 넘게 걸어야 할 것입니다. 거긴 진짜 마을 사람들이 안다고 해도 찾아오기 어려워요. 그리로 가 보겠습니다."

"그런 데가 있나요? 어서 그럼 어서 그리로 가세요. 짐도 있을 테니 엄마와 아빠 함께 가도록 하세요."

이렇게 하여 엘도라를 깊은 산중으로 옮기기로 하였다.

엄마와 아빠, 신부님이 이렇게 큰 걱정을 하고 있는 사이에 엘도라는 예배당에 혼자 앉아서 조용히 기도하고 찬송가를 부르고 있었다. 아마 누군가가 그 모습을 보면 영락없는 성모 마리아로 혼동할 정도로 차분히 앉아 있었다. 엘도라는 그만큼 자신을 믿고 있었던 것이다.

이렇게 하여 엘도라는 아빠의 오토바이를 타고 집에 와서 다시 짐을 챙겨야 했다. 이번에는 지난번과 같이 옷가지만 챙기는 것이 아니라, 취사도구에 옥수수, 반찬거리 등의 식량도 챙겨야 했다. 그리고 세 시간 넘게 짐을 들고 걸어야 했기 때문에 열 살배기 남동생도 동원되었다.

그들은 남들 모르게 짐을 꾸려서 한참 동안 아빠의 오토바이를 타고 산자락 어딘가에 내렸다. 거기서부터는 찻길 없이 척박한 산길이 이어졌으므로 짐을 들고 걸어야 했다. 곧 겨울이 되기에 짐이 많았다.

네 사람은 각자 짐을 이고 지고 한 사람에 두세 개꼴로 들고 가야 했다. 그러니 아빠의 말대로 세 시간 거리인 그곳은 거의 네 시간도 더 되어서 도착했다.

주변은 크고 작은 돌들이 드문드문 박혀 있고, 비가 제대로 오지 않아서 마른 풀들이 듬성듬성 나 있는 가운데 그사이로는 흙들이 맨

살을 드러내고 있었다. 집은 돌을 쌓아서 만들어졌는데, 수십 년간 사람이 살지 않아서 그야말로 폐허가 되었다. 그나마 다행인 것은 지붕이 다 부서지지는 않아서 내리는 비를 가릴 수는 있었다. 사실 비가 잘 내리지 않는 이곳 기후에 비하면 비 걱정은 하지 않아도 되었으나, 고산지대라 밤에는 기온이 내려가서 상당히 추웠다.

엘도라의 아빠는 도착하자마자 지붕부터 손보고, 바닥에는 되는대로 마른풀을 모아다가 깔고 그 위에 모포를 올려놓았다. 그러니 제법 푹신한 게 그럭저럭 지낼 만하였다. 엄마는 엄마대로 한쪽에 화덕을 걸고 작은 솥단지를 걸어 놓았다.

그나마 천만다행인 것은 예전에 사람이 살던 곳이라 그런지 얼마 떨어지지 않은 곳에 옹달샘이 있었다는 것이었다. 물론 이런 것들은 모두 예전에 아빠가 보아 두었던 것이다.

"아이고, 여기서 얼마나 지내야 할까?"

엄마가 먼저 지레 겁을 먹고 있었다.

"엄마, 너무 걱정 마세요. 주님께서 다 알아서 해결해 주실 겁니다."

뜻밖에 엘도라는 침착하게 대답했다.

"알폰소(Alfonso), 네가 고생이 많다. 집에서 애들이랑 놀아야 하는데……. 미안해."

"괜찮아, 누나, 잘될 거야. 난 알아, 누나가 천사 같은 사람이라는 것을."

"호호호, 그래 고맙다. 네 말이 힘이 되는구나."

그러고서도 한동안 이것저것 정리를 한 후에 아빠와 남동생 알폰소는 돌아가고 이제부터 엄마와 엘도라 둘이서 생활해야 한다. 기약도 없다. 아이를 낳으면 해결될까? 그것도 지금으로써는 의문이었지만, 일단은 엘도라를 지켜야 했다.

다음 날부터 아빠와 알폰소는 몇 번을 더 먼 거리를 왔다 갔다.

왜냐하면 이제 곧 겨울이 오기 때문이었다. 눈이 많이 오진 않지만 매서운 바람이 불어서 사람들이 나다닐 수가 없다. 아빠는 엄마의 부탁으로 가스렌지를 가져오고 가스통도 가져왔다. 그 먼 거리를 어깨에 메고 왔으니, 엘도라는 아빠에게 미안하고 감사한 마음에 어쩔 줄을 몰랐다. 아빠가 올 적마다 어린 동생 알폰소도 손에 무엇인가를 들고 와서 누나를 위로하고 엄마를 보고 갔다.

"자, 이만하면 겨울나기는 충분할 거다."

"네, 고마워요. 아빠, 이 은혜 잊지 않을게요."

"그건 나중 문제이고, 몸 관리나 잘해라. 신부님도 네 안부 묻더라, 잘 있느냐고."

"예, 신부님께도 감사드려요."

"에구구, 그럼 신부님에게 우리 여기 있다고 말했나요?"

엄마가 기겁하고는 되물었다.

"아니야, 걱정 마. 여기에 엘도라가 있는 줄 알았다간 이제 진짜 오도 가도 못하고 돌에 맞아 죽을 판인데. 걱정 마, 우리 식구들만 알고 있어. 시집간 큰애에게도 말 안 했어."

큰애는 지난번에 시집간 큰딸을 말하는 것이다.

"아이고, 다행이네요."

"하하하, 자기 입이나 잘 지키라고, 내 입은 무거우니까."

"에그그, 남의 말은 쉽죠. 하여간 고마워요. 여기까지 오느라 큰 고생 하니."

"괜찮아, 괜찮아. 운동 삼아 와야지. 여기 공기가 얼마나 좋은데."

점심때가 되어서 엄마와 엘도라는 식사준비를 하여 모처럼 만에 네 식구가 함께 먹었다. 식탁이 없어서 맨바닥에 앉아서 먹었지만, 그 맛은 어디에도 비길 수가 없었다. 엘도라는 괜스레 눈시울이 붉어졌으나 애써서 감추고 조용히 밥을 먹었다.

얼마 후부터 서서히 추워지기 시작하더니 곧바로 겨울이 찾아왔다.

엘도라와 엄마는 집안에만 있다시피 했다. 간간이 날씨가 덜 추우면 옷을 여러 겹 입고 나와 돌아다니면서 땔나무를 주워 오곤 했다. 아빠도 제대로 못 오고 알폰소 동생만이 엄마가 보고 싶어서 먼 거리를 혼자서 왔다.

"엄마~"

"아이고, 이게 누구야? 알폰소 아냐?"

"엄마, 나야, 알폰소야."

"옴마나, 우리 애기가 이 추운데 혼자서 왔네."

알폰소는 겨울 방학도 된데다 집에 엄마도 없고 누나도 없으니 너무 쓸쓸하여 그냥 집에서 나왔다고 했다.

"너 그냥 왔으면 아빠가 알고 얼마나 너를 찾을까, 어서 집에 가야겠다. 오더라도 아빠에게 말씀을 드렸어야지."

"괜찮아, 아빠가 안 찾아. 내가 커다란 글씨로 '엄마한테 간다.' 라고 써서 놓았거든."

"뭐라고, 호호호, 우리 애기가 다 컸네. 호호호."

엄마는 알폰소가 귀여워서 어쩔 줄 몰라 하면서 품 안에 꼭 안았다.

"나 이제 방학이라 집에 안 가도 돼, 여기서 엄마랑 누나랑 있을 거야."

"아이구 그래라, 그런데 아빠 혼자서 어떡하니. 집을 비울 수도 없고."

"그러게요. 아빠 혼자서 너무 적적하시겠어요."

엘도라가 같이 걱정을 했다.

다음날은 또 아빠가 왔다. 알폰소가 여기 온다고 써놓긴 했지만 걱정이 되어서 온 것이다.

"겨울나기가 좀 어려울 거야."

"괜찮아요, 땔나무 넉넉하게 주워 왔어요. 근데 저기 옹달샘이 겨울에 얼어붙지 않을까요?"

"글쎄, 땅에서 솟아나는 물이라 얼지 않을 거야. 언다 해도 얼음 깨면 되니까 물 걱정 안 해도 될 거야."

"그러면 천만다행이지요."

엄마와 아빠는 이렇게 담소를 하고 아빠는 여기서 주무실 수가 없어서 점심만을 먹고 집으로 다시 돌아갔다.

그렇게 겨울이 시작되었으나 그해는 그리 춥지도 않고 바람도 많이 불지 않아서 엄마는 늘 "신의 은총이다."라며 감사의 예배를 올렸다. 그동안 아빠는 몇 차례 오가며 필요한 것들을 가져다주었다. 알폰소는 개학에 맞추어 집으로 돌아갔다.

얼었던 눈과 얼음이 녹으면서 따스한 봄바람이 부는 것 같더니, 얼마 안 되어 새싹이 돋아나는 봄이 왔다. 이제 엘도라의 배는 커질 대로 커져서 금방이라도 출산할 것만 같았다. 엄마는 이제껏 아이를 낳아만 봤지, 아이를 받아 본 적은 없어서 전전긍긍하고 있었다. 누구에게 부탁하고 싶었지만, 엘도라가 여기에 있는 줄 알면 무슨 큰 곤경을 치를까 걱정되어 그럴 수도 없었다.

"에구, 큰일이다. 내가 아기를 받아 본 적 없는데, 이를 어쩌나."

이렇게 혼자서 큰 걱정을 하다가는

"짐승들도 저 혼자 새끼 낳던데 무슨 큰일이야 있겠어? 제 운명이지."

하고 자신에게 위로하면서 하루하루를 보냈다.

## 4. 엑타 베이비 출산
### Giving birth to Ekta baby

봄비가 부슬부슬 내리던 날, 엘도라에게서 출산의 징조가 보였다. 그날 저녁부터 진통이 시작되었으나 좀처럼 아기가 나오진 않았다.

엘도라의 엄마는 초주검이 되어 가는 엘도라를 부여잡고 똑같이 초주검이 다되었다.

그저 예전에 자기가 출산할 때의 기억을 더듬으면서 엘도라를 조력

할 뿐이었다.

"얘야, 배에다 힘을 줘. 그냥 주지 말고 하나, 둘, 셋 속으로 세어 가면서 힘을 주는 거야."

"엄마, 안 돼요. 이제 힘이 다 빠져서 죽을 것 같아요. 엄마, 흐흐흑……."

"울지 마라, 울지 마. 짐승들은 혼자서도 새끼 잘 낳잖니. 우리 집 염소들도 혼자서 새끼 낳았잖아. 밤새 혼자 새끼를 낳고선 아침에 나가 보니 혓바닥으로 핥아 주더라. 그러니 조금 쉬었다가 힘을 내 봐."

엘도라는 초산인데다 나이가 어려서 출산하는 데 매우 힘이 들었다. 엄마 역시 별다른 대책 없이 밤새 함께 고생하였다.

그렇게 밤을 새우고 새벽이 되었는데, 느닷없이 엘도라가 힘을 주는 것 같더니 아기의 머리가 나왔다.

"얘야, 아기 머리가 나왔다. 한 번만 더 힘을 주어라, 곧 나온다."

"엄마 ,알았어요. 끄으응, 아악! 죽을 것 같아요, 엄마!"

그 순간이었다. 아기가 한 번에 다리까지 쑤욱 나왔다.

"됐다, 아기다! 아이고, 고추다. 사내아이야."

엄마는 기쁨에 눈물을 흘리며 탯줄을 자르고, 곧바로 따뜻한 물에 목욕을 시키었다. 엘도라는 온몸에 땀을 흘리면서 기진맥진하여 정신이 오락가락하는 중에 건강한 사내아이의 울음소리를 들었다.

"엄마, 고마워요. 엄마 때문에 살아났어요."

"지금 그런 말 할 사이가 있니? 어서 아이를 안아 봐라."

엄마는 아이를 강보(어린아기의 작은 이불, 포대기)에 쌓아서 엘도라에게 주었고, 엘도라는 기쁨의 눈물을 흘리면서 아이를 받아 안았다.

우연의 일치일까, 새벽같이 아빠가 왔다.

“여보, 아기를 낳았어요.”

“어엉, 그래? 간밤에 마음이 초조하여 밤새 잠을 못 잤어. 그래서 새벽같이 왔더니 아기를 낳았구먼. 잘했다, 잘했어. 그래, 뭐 낳았어?”

“사내예요. 건강한 사내예요.”

“어허, 잘되었다.”

아빠는 크게 만족하면서 엘도라에게 가서 위로하였다.

“큰 고생하였다. 의사도 없이 엄마에게 의지하여 순산하였구나.”

“아이고, 순산은 무슨 순산이에요. 어제저녁부터 진통하느라 죽는 줄 알았어요. 오늘 새벽에 겨우 낳았답니다.”

“그랬어? 어찌 되었든 지금 보면 별 탈 없었으니 순산이나 마찬가지야. 산모도 건강하고 아기도 건강하고, 정말로 주님의 은총을 받은 아이인가 보다.”

“그럼요.”

그러는 사이에 엘도라는 조용히 감사의 기도를 올리기 시작하였다.

그러나 기쁨도 잠시였다. 또다시 걱정되기 시작하였다. 극성맞은 사람들이 이를 알면 어떻게 하나 하고 부모님과 엘도라는 전전긍긍하였다. 뾰족한 해결책도 없었고 어디 의지할 만한 사람도 없었다. 아~ 과연 이 아기는 어떻게 될 것인가, 그 누구도 예측할 수가 없었다.

아빠는 아기 이름을 '페페(Pepe)'라고 지었다. 하나님이라는 의미가 들어가서였다.

어찌 되었던 아빠는 곧바로 돌아가야 했다. 염소들을 돌보기 위해서였다. 이제 막 싹이 올라오는 풀들을 찾아서 온종일 염소들을 몰고 다녀야 했다.

## 5. 기적이다! 척박한 땅이 초지로
## It's a miracle. A barren land to a grassland

엘도라가 페페를 낳고 이틀째 되던 날.

저 하늘 높이 떠 있던 엑타 외계인의 모선에서는 급히 원로회가 소집되었다.

지구에서 태어나는 엑타 베이비를 모니터하던 엑타인이 수장에게 보고를 드렸기 때문이다.

"수장님, N10지역 멕시코 구역에서 우리 엑타 베이비가 태어났는데 그전부터 지금까지 이러저러한 일이 있었습니다."

하고 그동안의 일을 대략 보고했다. 결론은 그 아이를 보호해야 한다는 것이다.

(엑타 외계인들은 지구를 경도와 위도에 따라 북반구 32개 지역, 남반구 32개 지역으로 똑같이 나누어서 관리 및 관찰을 하고 있었다. 필자는 편의상 뒤에 나라 이름을 붙이어 구역이라고 정하고 이글을 이끌어나간다.)

"어허, 이거 태어나자마자 큰일이로군. 자칫하다 마을 사람들에게 알려지면 죽은 목숨이네."

"그렇습니다. 어떻게든 아이를 보호해야 합니다."

"그럼 무슨 좋은 대책이라도 있나요?"

"글쎄요."

총 6명으로 구성된 원로회의는 별다른 대책을 찾지 못하고 전전긍긍하고 있었다.

그때 원로회의의 구성원은 아니지만 지구를 모니터하던 엑타인이 거들었다.

"저들은 처음에 엑타 베이비를 임신했을 때부터 여러 사람이 '성령임신'이라고 했습니다. 신부님도 그런 줄 알고, 부모님도 성령임신이라고 믿고 있습니다. 그럼 이걸 이용해서 우리가 하늘에 있는 신이라는 것을 보여 주면 되지 않을까요?"

"좋은 발상(發想: 어떤 생각을 해냄)이요. 그런데 구체적으로 어떻게 하면 저들이 우리를 신으로 알게 하겠소?"

잠시 침묵이 흐른 후, 비교적 젊은 여자 엑타인이 조심스럽게 입을 열었다.

"그거야 어떻게 보면 간단합니다. 지구인들이 하지 못하는 것을 실행하면 됩니다."

"아, 그렇지요. 지구인들이 못하는 것을 우리가 보여 주면 신이라고 여길 겁니다."

또 다른 원로가 거들었다.

"좋은 방법입니다. 그러면 지금 저 지구인에게 어떤 것을 보여 주면 되겠습니까? 거기 모니터 요원도 의견 있으면 말하시오."

"예, 제가 느낀 대로 말하겠습니다. 지금 엑타 베이비를 출산한 여자는 아주 젊은 여자입니다. 지구에선 고등학교에 다니는 나이인데, 지금 학교도 못 다니고 있지요. 불쌍하게 되었습니다. 게다가 극성맞은 사람들에게 언제 죽을지도 몰라요. 우리 엑타 베이비도 똑같은 운명이고요."

"흐흠, 그래서요?"

"게다가 그 지구인의 부모님은 염소를 키우면서 몹시 어렵게 근근이 살아가고 있습니다. 그런데 마침 지구인 여자가 피신한 곳이 아주 척박한 땅입니다. 비도 잘 오질 않고, 땅에는 풀도 몇 포기 없습니다. 그저 돌멩이들과 마른 흙뿐입니다. 이곳에 염소를 키울 수 있는 초지를 조성해 주면 그들에게도 좋고, 점차 마을 사람들에게 알려져서 신의 아들이라고 믿게 될 것입니다."

이렇게 발언을 하니 거기에 모여 있던 원로들은 모두 좋은 아이디어라면서 크게 칭찬을 하였다.

"하하하, 그거참 좋은 생각이요. 그게 좋겠소이다. 지구인들이 모르게 밤사이에 비를 내리고 초지를 조성하면 다들 깜짝 놀라고 신의 아들이라고 믿을 것입니다."

수장과 원로들은 크게 기뻐하면서 앞으로 지구에서 엑타 베이비들에게 문제가 있을 때는 모니터 요원도 꼭 참석시키자고 결정을 내렸다.

결정된 사항으로는 처음에서 면적이 그리 넓지 않으니, 셔틀접시

(Shuttle plate, 지구인들은 UFO라고 부른다) 두 대가 나가서 비구름을 몰고 오고, 초지 조성을 위해 녹색광을 발사하자고 했다가, 면적이 그리 넓지 않으니 셔틀접시 한 대가 나가기로 했다.

초지 조성은 당장 하룻밤 만에는 안 되고 3일 정도면 지구인 손으로 한 뼘만큼 자라게 할 수 있다고 하여, 일단 3일 밤 동안 셔틀접시가 내려가고 다음에는 적당한 때에 밤에 비구름을 몰아다 주자고 의견일치를 보았다. 시행은 바로 오늘 밤부터였다.

엘도라가 페페를 낳은 지 이틀째 되던 날 밤.

비가 부슬부슬 내리기 시작하더니, 빗줄기가 점점 굵어지고 있었다. 그때 저 하늘 높은 곳에 거대한 셔틀접시(UFO)가 나타나서 강력한 녹색광을 땅에다 비추고 있었다. 엘도라가 사는 집을 중심으로 점차 면적을 넓히면서 순식간에 녹색광을 쪼였지만, 이 같은 사실을 아는 지구인은 아무도 없었다. 만약 누군가 멀리서 보았더라도 그저 빗속에 번갯불이 번쩍이는 줄 알았을 것이다.

그리고 다음 날 새벽, 엘도라의 엄마는 비명을 지르면서 엘도라를 깨웠다.

"얘야, 엘도라야. 기적이 일어났다. 밤새 비가 오더니 온통 새싹이 자라기 시작하였다. 어서 나와 봐라."

"예에? 그게 사실이에요?"

엘도라가 아픈 몸을 이끌고 간신히 밖에 나와 보니 온통 갈색의 흙뿐이었던 땅이 밤새 비가 내려 촉촉해졌고, 크기가 1~2㎝ 정도 되는 풀의 새싹들이 자라나기 시작했다.

"오오~ 이건 기적이다. 주님께서 보살피시는구나."

"예, 맞아요. 엄마."

가랑비는 여전히 내려서 척박한 땅을 계속 적시고 있었다. 엄마와 엘도라는 그날 하루 내내 감탄하면서 지냈다. 그렇게 하루가 가고 밤이 되고 다음 날 새벽이 되었다.

엘도라의 엄마가 어제처럼 또 비명을 지르면서 엘도라에게 나와 보라고 했다.

풀은 밤사이에 계속 자라나서 손가락 마디 3개 정도 자라나 있었으니, 이제는 주위를 둘러보아도 흙은 보이지 않고 온통 초록 풀밭이었다. 게다가 집 둘레에 울타리처럼 세워 둔 바싹 마른 나무에도 싹이 자라나서 잎사귀가 여기저기 달려 있었다.

엄마는 하늘에 대고 미친 듯이 외쳤다.

"주님! 감사합니다."

엘도라도 역시 깊은 감명을 받아서 하늘에 대고 성호를 긋고는 기도를 하기 시작하였다. 감격의 눈물이 그칠 줄을 몰랐다. 여전히 가랑비가 내리고 있었다.

"얘야, 아빠에게 가서 알려야겠다. 세상에, 주님께서 이런 기적을 주시는구나."

"엄마, 지금 비가 오는 데 비 그친 후에 갔다 오세요. 집이 멀잖아요."

"아니다. 이 정도 비는 맞을 만하다."

엄마는 고집을 피우면서 우산도 없이 염소 가죽 쪼가리를 머리에 쓰고 헐레벌떡 집으로 뛰다시피 갔다. 얼마 가지 않아서 슬리퍼 끈이 끊어지자, 할 수 없다는 듯이 맨발로 집으로 향했다. 얼마간을 그렇게 가니 거기부터는 비도 오지 않고, 더 이상 초지가 형성되지 않았으나 엄마는 그거와는 상관없다면서 허겁지겁 집으로 걸어갔다. 발은 금세 부르트고 돌에 짓찧어져 피가 배어 나왔지만, 엄마는 그걸 볼 시간도 통증을 느낄 새도 없이 무조건 집으로 향했다. 마치 실성한 사람처럼 마구 집으로 달려갔다.

아빠는 막 우리에 있는 염소를 몰고 풀을 찾아서 떠날 참이었다.

"아이고, 여보! 여보!"

엄마는 저 멀리에서부터 목청껏 아빠를 불렀다.

"어엉? 웬일인가, 이거 무슨 일 났구나. 큰일이 난 게야."

아빠는 지레짐작으로 걱정부터 앞서서 심장이 벌렁거리면서 엄마에게로 마구 뛰어갔다.

"아이고, 무슨 일이야? 엘도라가 어떻게 되었어?"

"아니에요, 여보. 기적이 일어났어요, 기적이요."

"어엉? 무슨 기적이야, 무슨 기적?"

"어서 갑시다. 돌투성이 땅이 하룻밤 사이에 풀밭이 되었어요. 비도 계속 옵니다. 여긴 지금 비가 안 와도 거기는 계속 비가 와요."

"뭐라고? 하룻밤 사이에 풀밭이 되었다고? 어서 가 보자구."

이리하여 아빠는 염소들을 다시 우리에 몰아놓고는 엄마와 함께 헐레벌떡거리면서 엘도라가 있는 곳으로 황급히 발걸음을 옮겼다.

죽을힘을 다하여 엘도라가 있는 곳에 보이는 작은 산에 올라갔을 때였다.

저편으로 푸른 풀밭이 아주 넓게 생겼는데, 멀리서 보니 마치 밀밭처럼 보였다. 그 크기는 족히 축구장의 수십 배 넓이는 되어 보였다.

"아, 저게 진짜인가? 여보."

"맞아요, 어서 가 보세요. 지금도 풀이 마구 자라나고 있습니다."

"뭐어? 세상에, 오 마이 갓!"

엄마와 아빠는 또 숨이 넘어갈 듯이 뛰다시피 걸으며 가 보니 모든 게 사실이었다.

"엘도라야, 아빠가 왔다."

"어머나, 아빠가 어떻게 왔어? 요즘은 염소 떼 몰고 다닐 때인데."

"네 엄마가 소식 전해서 왔다. 이게 웬 기적이냐? 네가 성령임신을 했다더니 모든 게 사실이구나."

"네, 아빠 사실이에요. 아빠가 이름 지어 준 페페는 앞으로 인류를 위해서 큰일을 할 것입니다."

"그래, 그래, 네 말이 맞다. 어쩌면 페페가 재림예수인지도 모르겠다."

아빠는 이제 전적으로 엘도라가 성령임신을 했었다는 사실을 믿게 되었다.

"여보, 아침 식사는 했어요?"

"요즘 제대로 먹지 못해. 당신이 여기 와 있으니 사람 꼴이 안 되네."

"아이참, 미안해요. 내가 빨리 식사를 준비할 테니 얼른 먹고 집에 가서 염소 떼를 몰고 와요."

"어엉, 그렇지. 염소를 여기로 몰고 와야지. 맞아 맞아 주님께서 우릴 살려 주시는 거야."

아빠는 또다시 성호를 긋고는 하늘에 대고 경배를 했다.

엄마는 아침때가 넘어서 점심이 다 되어간다면서 급히 간단하게 요깃거리를 만들어서 엘도라와 아빠에게 주었다.

"어서 빨리 집에 가서 염소를 몰고 와요. 멀어도 오늘 저녁이면 올 겁니다."

"그럼 아예 여기로 이사하자는 건가?"

"그렇지 않으면 어떻게 해요. 저기 옛날에 쓰던 돌담으로 만든 우리도 있으니, 거기에다 나무로 문만 만들면 되겠어요. 우리 문은 내가 만들 테니 어서 빨리 집에 갔다 와요."

"어어, 그러면 막둥이 알폰소는 어떻게 하나? 학교에 다녀야 하는데……."

"아 참, 알폰소가 있지! 내가 염소만 생각하고 내 자식 생각은 못 했네요. 호호호."

"이 노릇을 어떻게 하나. 알폰소를 여기로 데리고 오면 학교가 너무 멀어서 못 다닐 텐데, 이걸 어쩌나."

아빠가 큰 걱정을 하자, 엘도라가 해결책을 제시했다.

"아빠, 그럼 언니에게 맡겨 봐요."

"엉? 그렇지, 네 언니에게 부탁해야겠다. 그러면 이런 사실을 말해야 하나, 말아야 하나."

"아이고 여보, 그걸 몰라서 물어요? 절대로 함구하세요, 마을 사람들 알면 여기까지 쫓아와서 사탄이네 뭐라고 하면서 죽일 듯이 달려들 겁니다. 큰애에게도 절대로 말하지 말고 그냥 어디에 다녀온다고 하면서 알폰소나 학교 다니게 하면 될 겁니다. 어서 가요, 여보."

"알았소. 그러면 되겠다. 빨리 가서 큰애에게 말하고 염소를 몰고 오리다."

아빠는 숨 돌릴 틈도 없이 급히 다시 집으로 갔다.

알폰소는 학교에 가서 없길래 큰 글씨로 '아빠가 어딜 다녀올 테니 큰누나에게 가서 한동안 학교에 다녀라.' 하고 써서 방문 앞에 붙여 놓고는 큰애에게 전화하여 이러저러하니 알폰소를 당분간 학교에 다니게 하라고 부탁했다. 다행히 지난번에 결혼한 큰딸은 남편과 함께 작은 식당을 운영하고 있어서 흔쾌히 수락했다.

엘도라 아빠는 칠팔십 마리나 되는 염소 떼를 몰고서 엘도라가 있는 곳으로 가야 했다.

집에서 기르던 닭들도 그냥 놔둘 수가 없어서 닭 다리에 끈을 길게 매어 모두 묶었다. 혼자서 이동하려니 이럴 수밖에 없었던 것이다. 닭 아홉 마리는 다리를 끈으로 묶인 채 마치 커다란 나뭇가지처럼 엮였다.

이렇게 엘도라 아빠는 한 손에는 닭들을 맨 끈을, 또 다른 한 손에는 기다란 막대기를 들고서 염소 떼를 몰고 가기 시작하였다.

'이러고선 오늘 중으로 갈 수 있으려나? 염소들이 제멋대로만 돌아다니지 않으면 시간 많이 안 걸릴 텐데. 흐휴 참. 아내를 데리고 올걸 그랬나?'

아빠는 혼잣소리해가면서 가고 있었다. 이런 와중에 집에서 기르던 흰 강아지 한 마리는 주인을 따라 쫄레쫄레 따라나섰다.

그러나 곧바로 문제가 생겼다. 염소 떼는 전에도 늘 몰고 다녀서 별문제가 없었는데 다리를 묶어 놓은 닭들이 문제였다. 아홉 마리가 제각각 아홉 방향으로 가려다가 묶인 다리 때문에 엎어지고, 그런 중에 어떤 놈들은 날아 보려고 퍼뜩대다가 뚝 떨어지니 그야말로 대혼란이었다.

'아이크~ 이런, 난생처음 닭을 몰아 보려니 이거 큰일이군.'

그러지 않아도 평상시에 닭을 운반할 때는 작은 닭장이나 아니면 닭 다리를 전부 묶어서 오토바이나 자전거 뒤에 매달고 다니는 건데, 이번에는 살아 있는 닭들을 염소처럼 몰아서 가려니 도무지 되는 일이 없었다. 그렇다고 닭들을 포기할 수도 없었다. 당장 반찬거리로 먹어야 할 계란이 필요했기 때문이었다.

'이런, 커다란 망태기가 있다면 거기다 넣고 지고 갈 텐데……. 이를 어쩌나.'

하지만 망태기가 있다 한들 큰 닭 아홉 마리의 무게를 감당하기도 어려웠을 것이다.

아빠는 이런저런 고민을 하면서 다시 길을 재촉하였다.

닭 들은 질질 끌리기도 하고 걷기도 하고 여전히 날개를 퍼덕이면서 따라오긴 했다.

그렇게 죽을힘을 다해 가면서 한 삼십여 분 갔을까, 안간힘을 다하여 퍼덕이던 닭들이 이제는 지쳐서 모두 땅에 주저앉고야 말았다. 이대로 끌고 갈 힘도 없을뿐더러 닭들은 금세 죽을 시늉으로 입을 벌리고 "꼬~꼬~"거리면서 혓바닥을 길게 내밀고 가쁜 숨을 몰아쉬고 있었다.

'아이고, 이거 닭들이 죽으면 안 되는데. 이를 어쩌나.'

엘도라 아빠는 크게 낙심을 하면서 잠시 또 넓적돌에 주저앉았다. 염소들은 그런대로 앞서 가다가 잠시 쉬는 틈을 타서 풀을 찾아서 여기저기 흩어지기 시작하였다.

"휘익~ 휘익~"

아빠가 휘파람을 불어가면서 염소를 불렀으나 들은 척도 않는다.

아~ 정말로 난처한 일이 벌어지고 있었다. 닭들은 주저앉아 있지, 염소들은 제각기 흩어지고 있지. 정말로 정신을 차릴 수가 없었다.

그때, 엘도라의 아빠의 머릿속에 섬광이 스치듯 묘한 생각이 떠올랐다.

'맞아, 염소들은 몰고 갈 만하다. 닭들은 제각기 가려고 하다가 지쳐서 주저앉고 있으니, 염소 등에 닭을 묶으면 편하게 염소만 몰고 가면 된다.'

느닷없이 이런 생각이 들자마자, 아빠는 벌떡 일어나서 바로 닭 한 마리씩을 붙잡아서 양발에 끈으로 묶고 튼실한 양의 등 위에다 묶었다. 그러니 닭은 억지로 발이 양의 몸통에 묶인 채 날개만을 퍼덕이면서 "꼬꼬댁~" 거리고 야단들이었다.

"희유~ 처음부터 이랬으면 좋았을 것을, 이제라도 생각해 낸 것만도 다행이다. 흐흐흐."

엘도라 아빠는 혼자서 히죽거리면서 닭 한 마리씩을 묶기 시작하여 여섯 마리나 묶었는데 이번에는 끈이 부족하였다. 염소의 몸통을 둘

# *Let’s go to the grassland!*

러서 닭의 양다리를 묶다 보니 끈이 턱없이 부족한 것이었다. 주변에는 구할 만한 넝쿨도 없어서 난감했다.

그러다가 아빠는 셔츠를 벗어서 늘 가지고 다니는 맥가이버 칼로 찢어서 끈으로 만들었다. 이렇게 하여 두 마리를 더 묶고 나머지 한 마리만 남았는데, 아뿔싸, 방심한 틈에 용감한 닭 한 마리가 "푸드덕~" 하면서 공중으로 날아올랐다.

"어어어~"

아빠는 매우 놀라면서 허둥지둥 닭을 쫓아가긴 하는데, 길도 없는데 중간에 커다란 돌이 있지 도무지 날아다니는 닭을 잡을 수가 없었다. 그 용감한 닭은 저만큼 날아서 가다가 잠시 내렸다가 엘도라의 아빠가 쫓아오자 또 날아올랐다.

"아이고, 이걸 어쩌나, 에잇~, 돌을 던지자."

아빠는 되는 대로 돌을 던졌으나 하나도 맞추지 못하고 이에 크게 놀란 닭은 소리를 치면서 또 날아올랐다.

"아이고, 더 이상 못 쫓아가겠다. 포기하자."

아빠는 한숨을 쉬면서 염소들이 있는 곳으로 오니 이번에는 염소들이 또 제각각 풀을 찾아서 흩어졌다. 다행히도 염소 등에 묶어놓은 닭들은 더는 발광을 하지 않고 있었다.

아빠는 간신히 흩어져 있는 염소들을 모아서 길을 재촉하였다.

"이거 내가 꼭 코미디언 배우 노릇을 하네. 흐흐흐, 나 원 참."

아빠는 혼자 웃음을 짓고야 말았다.

"이러다간 오늘 해전에 가기 어렵겠다. 어서 가자."

그렇게 삼사 분도 안 갔는데 이게 웬일인가, 저 앞에 아까 도망친

닭이 앉아서 뭘 쪼아 먹고 있었다. 아빠는 이 틈을 놓치지 않고 염소들 틈에 숨어서 살금살금 다가가서 일시에 몸을 날려서 그 닭을 잡았다. 닭은 죽는 줄 알고는 큰소리를 치면서 버둥대었다. "꼬꼬댁, 꼬꼬댁, 꼬꼬댁!" 이렇게 울어대었는데 인간 말로 번역을 하면 "닭 살려~ 닭 살려~" 이런 뜻이었다.

"하이구야, 잃어버리고 포기한 닭을 잡았네."

아빠는 크게 안심을 하면서 그 닭도 염소 등에 묶었다. 온몸에 땀이 줄줄 흘러내려서 손으로 되는 대로 훔치고는 길을 재촉하였다. 그래도 이제는 염소 떼만 몰고 가면 되었기 때문에 아까보다 훨씬 수월하였다. 그런 다음 쉬지 않고 걸음을 재촉하여 아내와 엘도라가 있고 풀밭이 있는 곳으로 향하였다. 아까보다 훨씬 수월했다.

엘도라의 아빠는 염소 떼를 몰고 오느라 해가 넘어갈 즈음에 겨우 엘도라가 있는 집에 도착하였다.

"아이고, 사람 오기도 힘든데, 염소 떼를 몰고 오느라 죽을 뻔했소."

"여보, 고생하셨어요. 오늘만 참으면 됩니다."

그러다가 문득 염소 떼를 보았는데 그중에 몇 마리의 등에 닭이 올라타 있었다.

"어머낫, 저게 뭐예요? 닭이 염소 등에 있네요?"

"하이구, 그놈들 때문에 큰 곤경에 처했소. 제멋대로 달아나려고 해서, 할 수 없이 염소 등에 묶어 놓고 간신히 왔어요."

"호호호, 그거 기가 막힌 생각이네요. 아무튼, 잘 왔어요, 여보. 저거 보세요, 지금도 가랑비가 부슬부슬 내리고 있잖아요. 다른 데는 비가 오지 않는데 말이죠."

"맞아, 정말 그러네? 이 근처만 비가 오고 풀이 자라나네. 성경 속에 기적이 있다고 하더니만, 정말인가 보오."

"그럼요, 맞아요. 우리 엘도라가 성령임신을 했던 게 분명해요. 그리고 페페가 재림예수인가 봐요."

"그러게 말이야. 세상이 이런 일이……."

이렇게 되니 엘도라도 크게 기뻐하고 엄마 아빠도 기적이라면서 크게 기뻐하였다.

그러나 그들보다 더 기뻐한 것은 염소들이었다. 다른 곳은 이제 막 풀싹이 돋아나는데, 여긴 벌써 손가락 세 마디만 하게 자랐으니 여기저기에서 "음매~ 음매~" 소리를 내면서 풀을 뜯어 먹기에 정신이 없었다. 그러지 않아도 여기까지 오느라 온종일 굶다시피 했는데 얼마나 맛있을까.

그날 밤도 비가 계속 내렸다. 한밤중에는 거의 소나기 수준으로 비가 많이 내렸다.

다음 날 새벽같이 일어난 두 부부는 두 눈이 커지다가 접시만 해졌다.

"아악, 이게 꿈인가 생시인가?"

간밤에 또 풀들이 자라나서 이번에는 한 뼘씩이나 자라나 있었다. 부부는 저도 모르게 무릎을 꿇고 성호를 긋고는 하늘에 대고 감사의 기도를 올렸다.

그 시각, 엘도라도 잠에서 깨어나서 밖으로 나와서는 침착하게 아주 경건히 감사의 기도를 올리고 있었다. 엄마와 아빠처럼 호들갑을 떨지 않고 담담히 기도하고 있었다.

그날 하루 종일 엄마 아빠는 매우 바쁘게 움직였다. 이곳에서 살기로 하였으니, 집수리를 해야 했기 때문이다. 헛간처럼 쓰던 빈방도 깨끗이 치우고 방으로 만들었다. 무너져 있던 돌 담벼락에 닭장을 만들고 임시로 횃대도 만들고 지붕도 올렸다. 예전에 쓰던 가축우리는 별로 손 볼 곳이 없이 엉성한 나무문짝만 해 달았으니, 훌륭한 염소우리가 되었다.

그들은 이렇게 행복한 나날을 보내기 시작하고, 시간이 날 때마다 예배를 드리고 찬송가를 부르며 지냈다. 일주일 후쯤에는 가스가 떨어져서 아빠가 빈 가스통을 메고 마을에 내려갔다가 집을 보고 왔다. 올 때 옆집에 이따금 집을 보아달라고 부탁을 하고 자물쇠를 채워놓았는데 별 이상이 없었다. 아빠는 충전된 가스통으로 바꾸고 다른 필요한 물품을 몇 개사서 배낭에 넣어 등에 짊어지고 돌아왔다.

그런데 엘도라 가족의 행방에 의문을 품은 한 남자가 있었다. 이 사람은 마테즈(Martez)라는 사람인데, 늘 콧수염을 기르고 얼굴에는 젊어서 싸운 흔적으로 칼자국 흉터가 있었다. 겉보기에도 매우 불량스러운 인상이었는데, 실제로도 사사건건 부정적인 성격을 가지고 있었다.

지난번 밤에 돌을 던지며 '사탄은 물러가라!' 하고 외치던 사람들의 주동자가 바로 마테즈였다.

'사탄무리들이 여기를 떠나 어디에서 무슨 짓거리를 하고 있나?'

Miracle! A barren land
changed to a grassland

마테즈는 밤낮으로 이게 고민이었다. 다른 사람들은 어디론가 떠났으려니 생각했지만, 마테즈는 끝까지 찾아 나설 작정을 하였다.

'흐흠, 염소 떼를 몰고 갔으니 분명히 이 근방일 거야. 한두 시간 거리 어디에 풀밭을 발견한 게지.'

염소를 키우는 마을 사람은 예전에도 좋은 풀밭이 있으면 염소 떼를 몰고 가서 한동안 살다 온 경험이 있다는 것을 알고 있는 마테즈는 시간만 나면 근처를 헤매기 시작하였다. 그러나 한두 시간 거리에는 풀밭도 없었고, 엘도라 아빠도 찾을 수 없었다.

'대관절 어디까지 간 거야? 사탄들이 지옥에라도 떨어졌나?'

마테즈는 다른 사람들에게도 말하지 않고 반드시 찾아내어 사탄을 처결할 작정이었다. 왜냐하면, 지금쯤이면 엘도라가 아이를 낳았을 것이기 때문이었다. 마테즈는 그 아이가 바로 이 세상을 궤멸시킬 사탄이라고 멋대로 추측했다.

'내가 사탄을 무찔러서 세상을 지옥으로부터 구해 내야 한다.'

이렇게 마음을 먹으니, 자기에게 주어진 큰 사명처럼 느껴졌다.

'이건 하나님이 나에게 주신 임무이다. 반드시 내가 이를 해결하리라.'

마테즈는 작은 가게를 운영하고 있었는데, 거기에는 생필품을 비롯하여 과자류, 식료품류, 술까지 팔고 있었다. 이 마을에선 없어서는 안 될 상점이었던 것이다. 염소는 키우지 않고 열두어 마리의 닭을 키워서 계란을 얻고 있었다. 마테즈는 늘 상점을 비워 둘 수가 없어서 시간이 나는 대로 아내에게 맡기고 혼자서 엘도라 가족을 찾아 나섰다.

그렇게 또 보름가량 지나서였다.

'흐음, 그래 오늘은 멀리 가 보자. 예전에 우리 조상들이 살았었다는 폐허가 된 집터 근처까지 가 보자. 집터가 있으니, 지붕만 올리면 사람이 살 만할 것이다.'

그날따라 마테즈는 자신감에 차서 일찌감치 가게를 아내에게 맡기고 배낭을 메고 떠났다. 멀리 떠나는 길이기에 배낭에는 물과 간식인 빵과 과자를 챙겨 넣었다.

마테즈는 그곳으로 가는 지름길을 잘 몰랐기에 여기저기 작은 산들을 넘나들면서, 해가 중천에 떴을 때야 겨우 그 근처에까지 갔다.

"희유, 이쪽으로 온 지가 하도 오래되어서 어디가 어딘지도 모르겠다. 이 산만 넘어가면 집터가 보이겠지."

그러면서 마테즈는 넓적돌에 앉아서 빵도 먹고 물도 마시었다.

그곳에서 한숨을 돌린 마테즈는 거기에서 한참을 더 쉬고는 뒤편으로 있는 작은 산에 올랐다.

"으와~ 저게 뭐야? 저기 저게 다 풀밭이네."

저편으로 푸른 풀밭이 아주 넓게 펼쳐져 있는데, 멀리서 보니 마치 밀밭처럼 보였다. 그 크기는 족히 축구장의 수십 배 넓이는 되어 보였다.

"수백 년 전에 조상들이 살았던 저곳은 비가 오질 않아 돌과 흙만 남아 있던 척박한 땅이었는데, 이게 대체 웬일인가?"

마테즈는 자기가 서 있는 발아래를 내려다보았다. 그 자리는 여전히 돌과 흙뿐이고, 풀과 나무도 거의 없지 않은가. 그런데 저편에는 마치 목장의 초지를 조성해 놓은 듯했다.

그뿐만이 아니었다. 여기는 햇볕이 쨍쨍 내리쬐는데, 그곳만 가랑비가 계속해서 내리고 있었다.

"아~ 이게 꿈인가, 생시인가. 정녕 엘도라는 성령임신을 하고 재림예수를 잉태하였던가?"

마테즈는 갈피를 잡을 수 없이 한동안 정신이 멍하였다. 잠시 후, 정신을 조금 가다듬은 마테즈는 그쪽으로 가 봐야 했기에 허덕거리면서 그곳을 향해 걷고 또 걸었다. 그렇게 어렵사리 도착한 그곳은 풀이 한 뼘씩이나 자라나 있었고, 한가로이 염소들이 풀을 뜯고 있었다. 마을에서 보던 염소와는 판이 다르게 살이 올라 있었고 털도 반들반들 윤이 났다.

마테즈는 공연한 두려움에, 아니 그동안 자기가 한 행적에 죄책감이 생겨서일까. 아주 조심스럽게 폐허가 된 집터에 다가갔다. 그곳은 이제 폐허가 아니었다. 지붕도 얹었고 그 옆으로는 닭장도 만들어 놓았다. 더 이상 따져 볼 것도 없이 엘도라 식구들이 모여서 사는 곳이었다.

## 6. 재림예수가 맞습니다
It is certain to be the second coming of Jesus

마테즈는 발걸음을 죽여 가면서 그쪽으로 다가갔다. 흰 강아지가 나타나서 몇 번 "멍! 멍!" 하고 짖다가 마테즈를 알아보고는 이내 꼬리를 흔들면서 반기었다. 마테즈는 조용히 강아지를 쓰다듬으면서 집안을 살피기 시작하였다.

집안에서는 아기가 칭얼거리는 소리가 났고, 식구들이 모두 모여서 예배를 드리더니 곧바로 찬송가를 부르기 시작하였다. 마테즈는 저절로 숙연(肅然: 고요하고 엄숙하다)해져서 성호를 긋고는 "성모 마리아님이 다시 오셨네." 하고 중얼거리면서 조용히 그 자리를 떠났다.

마테즈는 정신줄을 놓은 사람처럼 멍한 표정에다 다리 힘까지 풀려서 쉬다 걷다를 반복하면서 간신히 마을로 돌아왔다. 이제 해가 서편으로 기울기 시작하여 얼마 안 되면 넘어갈 것이다. 마테즈는 자신의 집이나 가게로 간 것이 아니라, 곧바로 성당으로 갔다.

"마카리오 신부님, 저의 죄를 용서해 주세요."

"왜? 또 무슨 사고를 쳤나?"

마을에서 은근히 골칫거리인 마테즈가 와서 용서를 빌고 있으니 신부님은 속으로 무슨 사건이 일어났구나 하고 지레짐작을 했다.

"마테즈, 주님은 다 용서하신다네. 그래 이번에는 무슨 사고를 친겐가?"

"그게 아닙니다. 그게 아니에요. 엘도라가 성령임신을 한 것이 맞습니다."

"뭐라고? 자네가 사탄이라고 할 때는 언제고. 나중에 알고 보니 자네가 사람들을 선동하여 밤에 돌아다니면서 돌을 던졌다고 하더구먼."

"예, 맞습니다. 그랬지요. 하지만 이제 모든 사실을 알게 되었답니다."

마테즈는 후회의 눈물을 흘리면서 엘도라가 살던 그곳에 다녀왔다며 그간 있었던 일을 대략 말씀드렸다. 이에 신부님 역시 매우 놀랐다.

"뭐어? 그런 기적이 일어났어?"

신부님은 즉시 성호를 긋고 합장을 하고는 하늘에 간단히 감사의 예배를 올렸다.

"거기 내가 가 볼 수 있나?"

"있긴 한데, 너무 멀어요. 오늘은 못 가십니다. 내일도 못 가요, 제가 지금 너무 지쳐 있습니다."

"어허, 진정으로 재림예수가 태어난 모양이네. 그런데 이 사실을 자네 말고 또 누가 알고 있나?"

"없을 겁니다. 제가 오늘 처음으로 가 보았거든요. 사실은 전부터 찾아보고 있어서 이 근처는 다 가보았는데 찾질 못하여 오늘은 갑자기 선조들이 살던 폐허 집 자리를 가보다가 거기에서 본 것입니다. 그들은 그 집을 수리하여 가족들 모두가 거기에 있습니다. 거긴 이제 지상 낙원으로 변모했습니다. 아담과 이브가 살던 곳으로 바뀌었습니다."

“어허, 주님께서 기적을 보여 주셨구나, 그럼 자네 언제쯤 기력을 회복할 수 있을 텐가? 우리 둘이 은밀히 다녀오지.”

“예, 그렇게 해요. 제가 집에 가서 쉬다가 회복되면 전화 드리겠습니다.”

“그럼, 그렇게 하게나.”

마테즈는 흔들거리는 걸음으로 겨우 집에 왔다. 마테즈는 몸의 기력이 빠진 것이 아니라 정신적인 충격으로 온몸의 기운이 빠져서 탈진 상태처럼 되어 버렸던 것이다.

“여보! 하루 종일 어딜 쏘다는게요? 그러려면 남들처럼 염소를 키우던지 해야 할 것 아니에요?”

저녁때가 되어서야 마테즈가 집에 돌아오니 아내가 불평을 늘어놓기 시작하였다.

“미안해요, 여보, 앞으로는 나돌아다니지 않을게.”

“허구한 날 허송세월하니 집 꼴이 이게 뭡니까?”

마테즈의 아내는 한참 동안 푸념을 늘어놓고는, 그래도 배가 고프다는 마테즈에게 저녁 식사를 차려주었다. 마테즈는 어찌어찌하여 아내를 달랬다.

저녁 식사를 하고 난 다음,

마테즈는 아내 대신 가게도 볼 겸 가게 앞의 의자에 힘없이 앉았다. 오늘 보았던 일이 도무지 이해가 가질 않았으나 현실이 그런 것을 안 믿을 수도 없었다.

'아~ 정말로 주님은 계시구나.'

마테즈도 성당에 다니고는 있었지만 깊은 신앙심은 없이 그저 남들이 가니까 가서 예배도 드리고 찬송가도 부르고 있었던 것이다.

마테즈는 의자에 앉아서 한동안 얼이 빠진 채 있다가 휴대폰을 꺼내들었다.

"엘마노(Ermano)? 나야, 마테즈야."

"엉, 알아, 오늘 하루 종일 어디 갔었어? 아까 네 와이프에게 전화 왔었어."

"응, 어딜 다녀왔지."

"전화도 안 되던데?"

"그럴 거야. 휴대폰 연결 안 되는 산골짝에 다녀왔거든."

"그으래? 무슨 좋은 일 있어?"

마테즈가 전화하는 엘마노라는 사람은 마테즈의 가장 친한 친구로, 지난번에 엘도라 집에 같이 가서 "사탄이다!"라면서 돌을 함께 던진 사람이다. 그는 어려서부터 친하게 지내 왔는데, 마테즈보다는 건실한 사람으로 사는 형편도 조금 나았다.

"그래서 너에게 전화했다. 할 말이 있어. 지금 잠깐 나올래?"

"그러지, 뭐."

"그럼 기다린다."

전화를 끊고 십여 분이 조금 지나자, 엘마노가 오토바이를 타고 나타났다.

"어, 그래. 무슨 좋은 일이야?"

"아이고, 지금도 심장이 벌렁거린다. 이거 누구에게 말을 해야 하나, 말아야 하나. 절대로 함구한다고 했는데. 고민이다."

"뭔데 그래? 말해 봐. 너와 나 사이에 말 못할 게 뭐 있냐?"

"하참, 술이나 한 잔 먹고 말해야겠다."

그러면서 마테즈는 자기 가게에 들어가서 알코올 도수가 높은 데킬라 한 병과 소시지 두 개를 들고 나왔다. 그리고 작은 컵도 두 개 가져와서는 한 잔씩 따랐다.

"자, 일단 마시자. 내가 제정신으로는 말 못하겠다. 그런데 너 절대로 다른 사람에게 말해선 안 돼."

"아이참, 뭔데 자꾸 그렇게 뜸을 들이냐? 하늘 아래 맹세하마. 너에게 들은 얘기는 절대로 발설하지 않는다."

"그래, 그러자, 너나 하니까 내가 믿고 부른 거다. 절대로 아무에게도 말하면 안 돼."

"어엉, 알았다니까. 얘가 오늘따라 사람 속을 태우네. 자 술이나 한 잔 더 따라."

"응, 한잔 더 마시자."

술이 서너 잔 들어가서 정신이 조금 몽롱해지자 마테즈는 입을 열었다.

"너, 카르로스 둘째 딸 엘도라 알지?"

"알지, 성령임신을 했다고 해서 네가 사탄이라고 했잖아. 밤에 집에 가서 돌도 던지고."

"맞아, 걔야. 근데 알고 보니 진짜로 성령임신을 한 모양이야."

"뭐야? 진짜로 성령임신을 했다고? 그럼 성모 마리아가 다시 태어났단 말이야?"

"암만 생각해도 그런 모양이야. 나도 믿기 어렵지만, 사실인 것 같아."

"어어~, 진짜인 모양이네. 엘도라 사라진 지 한참 되었는데 어디에서 봤어?"

"응, 봤어. 아니, 확인했어, 아기도 낳았더라고."

"아이고, 그럼 네 말대로 사탄이 아니라 재림 예수란 말이냐?"

"나도 잘 모르지만, 기적이 일어났더라. 정말이야! 내 눈으로 보았어. 이건 기적이야, 기적!"

갑자기 마테즈의 목소리가 조금 커졌다. 이러니 엘마노 역시 눈을 크게 뜨고 놀라워한다.

"대체 뭘 보았는데 그래? 어서 말해 봐."

"그래, 너 절대로 다른 사람에게 말하면 안 된다. 너만 아는 거다."

"엉, 맹세한다고 몇 번이나 말했잖아. 사람 속 태우지 말고 어서 말해봐."

이렇게 하여 마테즈는 오늘 보았던 일을 대략 엘마노에게 이야기했다.

"뭣이? 진짜 그런 일이 있단 말이야?"

"그렇다니까. 내가 지금도 가슴이 벌렁벌렁한다."

"우리 가 보자."

"안 돼, 함부로 가면 안 돼. 거기 잘못 갔다가 진짜로 하나님에게 벌 받으면 어쩌려고 그래? 난 조심스러워서 함부로 못 가겠어."

“어, 그래. 그럼 나 혼자라도 가 보지. 거기가 여기서 멀잖아.”

“안 된다니까 그러네. 그러다가 네게 무슨 저주라도 내리면 난 책임 못 진다.”

“뭐어? 저주라고? 그런 너는 어떻게 갔다 왔어?”

“하하하, 나야 막 나가는 놈이잖아, 너하곤 달라. 근데 생각하면 무섭다. 가더라도 멀찍이서 구경만 해라.”

“엉, 그러지, 거기 멀잖아. 난 가 보지 않았어, 어디쯤이라고 말만 들었지, 아주 멀지?”

“맞아 멀어, 나도 어려서 아빠 따라 한번 그 근처까지 갔다가 찾느라고 엄청나게 고생했다.”

“근데 나 말고 또 누구에게 말했어?”

“아니, 있다. 있어, 오자마자 신부님에게 말했어. 신부님은 알아야 할 것 같아서. 그리고 너에게만 말하는 거야.”

“그래, 그건 잘했다. 일단 우리 셋만 알고 지내자.”

“엉, 그래. 너에게라도 말하니 속이 풀린다.”

“네 와이프에게 말 안 했냐?”

“우리 와이프. 하하, 입이 좀 가볍잖아. 여기 가게에 오는 사람도 많고. 아무것도 몰라. 날더러 하루 종일 돌아다니고 늦게 왔다고 쫑알대어서 간신히 달랬다. 지금 거실에서 TV 보고 있을 거야.”

“하하하, 그렇긴 하지. 너도 정신 차리고 살림 잘하고 돈 벌 궁리나 해라, 오늘 네 와이프가 하루 종일 벌어들인 돈 데킬라 한 병 마셔서 오히려 손해났겠다. 하하하.”

“아이고 그런 셈이다. 우리 와이프는 날더러 염소라도 키우라는데 난 질색이다, 염소 키우면 하루 종일 염소만 쳐다보고 있어야 하는데 난 죽어도 못한다."

"그래서 이 가게 운영한다고 했잖아, 이 가게라도 잘 운영해 봐. 시간 많으니 집에서 닭이나 더 키워라, 그건 돌아다니지 않아도 되잖아."

"그래, 맞아, 이번 기회에 마음 고쳐먹고 닭이라도 더 키워서 내다 팔아야겠다."

둘은 죽이 맞아서 한동안 더 떠들다가 밤 10시가 넘어서 되어서 엘마노는 오토바이를 타고 집에 갔다.

다음 날, 마테즈는 닭장을 수리하고 몇 칸을 더 짓더니 오토바이를 타고 나가서 병아리 삼십여 마리를 사 왔다. 마테즈의 아내는 "무슨 일 있었나?"고 몇 번이나 물으면서 고개를 갸우뚱거렸지만, 마테즈는 아무 말도 하지 않고 "앞으로 염소는 못 키워도 닭은 키울 수 있으니까 더 키운다."고 둘러대고 말았다. 마테즈는 아내에게 말하지 않는 것에 대하여 스스로 만족하였다.

"내 입이 무겁지."

이렇게 혼잣말을 하고는 히죽거렸다.

한편, 엘마노는 마테즈를 만났던 그날 밤.

엘마노는 자기 아내의 입을 단단히 닫으라고 하고선, 저녁때 마테즈에게 들은 얘기를 다 해버렸다. 엘마노의 아내 역시 놀라움을 금치 못하였으나 들은 대로 믿을 수밖에 없었다.

다음 날 아침, 엘마노가 일하러 간 사이에 엘마노의 아내는 휴대폰을 꺼내 자기가 절대적으로 믿고 있는 친구에게 이 말을 전하고는 역시 단단히 입조심을 하라고 했다.

“너만 알고 있는 거야. 절대로 말하면 안 돼.”

“응, 알았어, 내 입이 무겁잖아, 한번 들은 것은 그대로 굳어 있으니 걱정 마.”

엘마노의 친한 친구는 그렇게 대답하고 전화로 친정엄마에게 말하였다. 세상에 엄마를 믿지 못하면 누굴 믿나. 엄마 역시 함구하겠다고 몇 번이나 다짐을 하고는 그 엄마는 남편에게 말했다. 결국 친한 친구는 엄마, 아빠에게 다 말한 셈이었다.

이런 식이었으니 입소문이 얼마나 무서운 것인가.

결국, 사흘도 채 안 되어서 마을 사람들 알 만한 사람들은 다 알게 되었고 그다음 날은 동네 꼬마들도 알게 되었다. 이런 말이 맨 처음 누구 입에서 나온 지도 모르고, 또 엘도라가 어디에서 사는지도 모르고, 그저 “엘도라가 성령임신을 했다가 재림예수를 낳았단다.” 이런 식으로 퍼져나갔다. 다만 어디에 있는 줄만 모르고 있었다.

일요일,

성당에서 예배를 보기 위해서 마을 사람들 대부분이 나왔다. 이날은 다른 때보다 훨씬 많이 나와서 신부님도 놀랐다. 예배를 보기 위한 의자가 사람들로 다 차서 여러 사람이 뒤에 서 있었는데, 모두 수군대기 시작하더니 하는 이야기 중심은 엘도라의 성령임신과 재림예수의 탄생으로 옮겨졌다.

“엘도라가 성령 임신했다가 재림 예수를 낳았단다.”이 얘기였다.

당황한 마테즈는 엘마노에게 너 누구에게 이 얘기 말했냐고 추궁했으나 엘마노는 아무에게도 말하지 않았다고 잡아떼었다.

마테즈는 혼자서 고민하다가 '그럼 신부님이 누구에게 말했나?' 하고 의심을 했다.

예배가 끝나고 신부님의 설교 끝에 누군가 벌떡 일어나서 질문하였다.

"신부님, 엘도라가 성령임신을 했다가 재림예수를 낳았다는데, 사실인가요?"

"예에? 어디서 그런 얘기를 들었나요?"

곁에 있던 마테즈는 깜짝 놀랐다. 신부님도 당황한 표정이 역력하였다.

"누군지는 몰라도 여기 온 사람들은 다 알아요. 그래서 오늘 이렇게 많이 성당에 나온 것입니다. 신부님의 설명을 들으려고요. 신부님께서는 처음부터 엘도라가 성령임신을 했다고 말씀하셨잖아요."

이렇게 조목조목 다그치듯 어떤 중년 남자가 질문하고, 이어서 그곳에 모인 모든 사람이 설명해 달라고 하자, 마지못해 신부님이 입을 열고야 말았다.

"맞습니다. 엘도라는 성령임신을 하여 재림예수를 낳았습니다."

그러자 그곳에 모인 모든 사람이 놀라며 웅성대는 소리가 점차 커졌고, 몇몇은 놀라움을 참지 못해 큰소리로 비명을 지르다시피 하였다.

"오 마이 갓!"

"오 마이 갓!"

"그럼 엘도라는 지금 어디에 있나요?"

"그건 모릅니다. 아주 외딴 곳에 있습니다. 저도 가 보지 못했습니다."

"오오~ 주님의 기적이란 게 정말로 있구나."

그곳에 모인 사람들은 경악을 금치 못하였으나 신부님이 사실이라는데 믿을 수밖에 없어서 저마다 성호를 긋고는 하늘에 대고 경배를 했다.

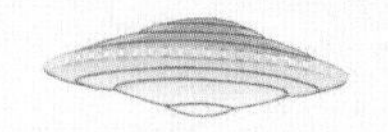

# · 2부 ·
# 신 지구인(엑타 베이비)의 성장

에이리언 씨드(Alien's Seed)에 의하여 잉태되어 태어난 아이들을 '엑타 베이비(Ekta baby)'라고 부르는데, 이들이 태어나거나 성장하는 데에는 여러 난관이 놓여 있었다. 굶주림에 죽어 가거나 사탄으로 몰리는 등의 여러 문제를 엑타 에이리언(Ekta Alien)이 기적 같은 방법으로 해결해 준다. 사막을 초지로 바꾸어 주거나, 큰 호수를 만들어 주는 등 Ekta baby들을 모니터하면서 적극적으로 도와준다.

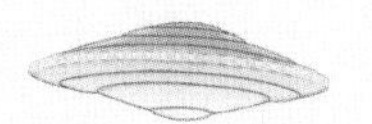

## · Part 2 ·
# Growth of a New Earthman(Ekta baby)

The children, conceived and borne by Alien's seeds, are called Ekta baby. However, there were several difficulties placed on the process of the birth and growth of them. Alien solves these several difficulties such as going to die on hunger or being branded as Satan in a miraculous way. With converting a desert to a grassland and making a big lake and so forth, alien monitors Ekta babies and helps them actively.

# [1]. 척력기*(반중력체)로 큰 호수를 만들다
Making a big lake by using a repulsion force machine(Anti-gravity body)

## 1. 굶주림에 죽어 가는 사람들
People going to die on hunger

"사라이(Sarai)! 사라이! 눈을 떠 봐, 눈을 뜨라고!"

움푹 들어간 두 눈과 볼, 제멋대로 헝클어진 몇 올 되지 않은 머리카락, 앙상하게 마른 몸은 그야말로 미이라 같았다. 까만 피부의 아프리카 여자의 이름은 '사라이'였다.

사라이는 힘겹게 실눈을 뜨더니 아무 말도 없이 눈을 감고야 말았다.

"사라이! 사라이!"

사라이를 에워싼 칠팔 명의 사람들이 오열하기 시작하였다.

"아이고, 우리 사라이가 죽었네, 죽었어. 먹지 못해 죽었어."

"사라이! 사라이!"

어떤 남자가 사라이를 끌어안고 무릎에 올려놓고는 안타깝게 울음을 터트렸다. 사라이의 남편 아브라함(Abraham)이다.

"아이가 들어서지 않는다고 원망하다가 간신히 임신이 되니, 이젠 먹지 못해 죽는단 말이냐."

*척력(斥力: 두 물체가 서로 밀어내는 힘)

"아이고, 하늘도 무심하네. 여호와 주님은 왜 이런 가혹한 시련을 주신단 말인가."

"흐흐흐흑."

사라이는 19살로, 14살에 결혼하여 이제껏 임신이 되질 않아 온갖 방법을 동원하여 간신히 임신이 되었다. 그걸 알게 된 날, 사라이와 남편 아브라함은 마을 성당에 가서 성모마리아와 하나님께 무수히 감사기도를 드렸던 것이다.

그런데 지금 몇 년째 계속되는 가뭄 때문에 농작물은 모두 말라죽고, 근처에 있는 티모강도 말라붙어서 마실 물조차 없었다. 가축들도 보름에 한 마리꼴로 죽어 나가서 그걸 가져다 마을 사람들이 먹어야 했으니, 고기 한 점을 먹을 때마다 피눈물을 흘려야 했다.

사라이뿐만 아니라 오지의 이 마을 사람들 사십여 명도 똑같은 고통 속에서 하루하루를 연명하고 있었으니, 언제 어느 때 죽을지 몰라서 안절부절못하기는 매한가지였다.

이들이 살고 있는 와오디 마을(Waodi village)은 몇 년째의 가뭄으로 이렇게 다들 힘겹게 하루하루를 연명하고 있었다. 식량도 식량이지만 물을 길어 오는 것도 큰 고역이었다. 전에는 30여 분 거리의 우물에서 물을 길어 왔지만, 그곳이 마르는 바람에 한 시간도 넘는 거리의 웅덩이에서 흙탕물을 길어 왔다. 하지만 그곳도 말라붙어서 이제는 거의 두 시간 거리의 웅덩이까지 걸어가야 했다.

원래 물을 길어 오는 것은 오직 여자뿐이었으나, 그곳에는 사람뿐만 아니라 사자, 하이에나 같은 맹수들도 물을 먹기 위해 모이기 때문에 위험하기 짝이 없었다. 그래서 남자들이 총이나 창을 가지고 매일같이 그곳까지 가서 흙탕물을 떠 와야 했다.

이러한 상황에서 사람의 힘으로 할 수 있는 일은 아무것도 없었다. 오직 할 수 있는 일이란 주님께 기도를 드리는 것뿐이었다. 이 마을은 대부분의 아프리카 사람들과는 달리 언제부턴가 기독교가 들어와서 기독교를 믿고 있었다.

그렇게 사라이는 임신 4개월째에 영양실조로 죽고 말았다.

그런데 여자들이 그리 많지 않은 이곳에서 동시에 세 명의 여자들이 임신하였다. 그때는 당연히 성령의 은총을 받았다고 좋아했었는데, 영양이 가장 필요한 산모에게는 가장 먼저 죽음의 그림자가 서서히 찾아오고 있었으니 불안감이 더욱더 엄습했다. 그들도 사라이 옆에서 흐느끼면서 언제 자기들도 죽을지 모른다는 공포에 몸을 떨어야 했다.

사라이와 같은 때에 임신한 여자는 아마레(Amare)와 로잔(Lozan)이었다. 아마레는 사라이와 같은 동갑인 19살로, 이미 아들 둘을 두고 있었는데 이번에 임신이 또 되었으나 사라이와 마찬가지로 살아 있는 시체나 다름없이 미이라 형색이었다.

15살인 로잔은 이제 막 정식 결혼을 할 셈인데, 임신이 된 것이었다. 하지만 신랑 될 사람과는 여러 번 잠자리를 같이한 터여서 그리 문제 될 것은 없었다. 로잔도 먹지 못해서 영양실조로 뼈에 살가죽만 붙어 있는 그야말로 피골(皮骨)이 상접(相接)하였다. 인체에 뼈가 몇 개나 될까 하고 세어 보라면 로잔의 몰골을 보면 몇 개인지 알 수 있을 정도였다.

이러한 로잔도 죽음을 눈앞에 두고 있어서 가끔 정신이 오락가락 하였다. 다행히도 신랑 될 남자인 테후티(Tehuti)가 어떻게든 먹을거리를 구해 오긴 하는데, 그것은 딱정벌레나 또 다른 어떤 벌레, 작은 도마뱀, 쥐 같은 것뿐이었다. 그런 것들은 날로도 먹고 불에 살짝 익혀서 먹기도 하는데 영양분이 가장 많이 필요할 시기인 산모에겐 턱없이 부족한 영양이었다.

"로잔, 로잔, 이걸 먹어 봐."

"뭔데?"

로잔이 움막 밖의 그늘에 누워 있다가 힘겹게 두 눈을 떴다.

"조금 전에 내가 뱀을 잡았어. 어서 나와, 저쪽으로 가서 구워 먹자."

"으응, 그래."

"어서 나와 봐! 다른 사람들이 알면 안 돼. 어서 나와."

로잔은 힘겹게 일어나 테후티의 부축을 받으면서 한참을 걸어서 어느 큰 나무 아래로 갔다. 이 나무는 웬만한 가뭄에도 살아남는다는 바오밥나무였다. 나뭇잎도 별로 없어서 큰 그늘을 만들진 못했지만, 이제 막 뜨거운 햇살이 퍼져 오는 해를 피해 바오밥나무가 만들어 주는 그늘로 가서 털썩 주저앉았다.

"테후티, 사랑해."

"응, 사랑해."

"테후티, 나 죽기 싫어. 사라이처럼 죽기 싫단 말이야."

"왜 죽어? 내가 있잖아. 죽지 않아, 로잔."

"그래도 꼭 죽을 것 같아. 하루에도 몇 번씩이나 정신을 잃거든. 이

대로 죽는 거 아닐까?"

"아니야, 절대 안 죽어. 죽지 않아."

테후티는 정말로 죽어 가는 로잔을 끌어안았다. 느닷없이 테후티의 눈에는 눈물이 맺히더니 로잔의 가슴에 떨어졌다. 로잔도 메말라서 눈물도 없어 보이는데도 눈물이 흘렀다.

이제 막 피어오르는 꽃다운 15세 처녀. 공처럼 탱글탱글해야 할 유방은 쪼그라 붙어서 할머니처럼 늘어져 버렸다. 이대로 아이를 낳는다 해도 젖이 나오지 않아 죽을 것이다. 배는 쑥 들어가고 허리도 말라붙어서 골반 뼈가 그대로 드러났다. 다리는 동양의 젓가락처럼 가느다란 것이 걷기도 힘들고 바싹 마른 몸을 겨우 지탱하고만 있는 모양새였다.

남자인 테후티도 별반 다름없었다. 임신 중인 로잔보다 좀 나을 뿐이지, 두 눈은 움푹 파였고, 양 볼은 홀쭉하게 들어가서 살아 있는 시체나 다름없었다.

로잔은 다 떨어져 해진 짧은 치마를 입었는데 언제쯤 세탁을 했는지 원래 그 색이었는지 흙색이었고, 테후티 역시 반바지를 입었는데 흙색에 꼬질꼬질하게 때가 절어서 그게 천으로 만든 것인지 가죽으로 만든 것인지 분간을 못 할 지경이었다.

로잔을 내려놓은 테후티는 주변의 나뭇가지들을 모아서 금세 불을 붙이고, 능숙한 솜씨로 뱀 껍질을 벗겨서 나뭇가지에 꽂아 굽기 시작하였다. 고기 굽는 냄새가 코를 진동하였고 뱃속에서는 꼬여 있던 창자가 다시 펴지는지 아니면 다시 꼬이는지 뱃속 전체가 경련을 일으키듯 아파 왔다.

"자, 일어나. 로잔, 이제 다 구워졌어."

"응, 그래. 테후티, 정말 고마워."

테후티는 그렇게 로잔에게 구운 뱀 한 마리를 거의 다 먹이고 자기도 몇 점을 먹었다.

로잔은 또 눈물을 흘리면서 훌쩍이기 시작하였다.

"테후티, 너도 좀 먹어. 너를 위해서 살아날게. 우리 아이도 낳고……."

"그럼, 그럼, 힘내. 내가 어떻게든 먹을 것을 구해 올게."

그래도 젊고 체력이 좋은 테후티는 남들보다 일찍 일어나 멀리까지 가서 되는 대로 먹을 것을 가져왔다. 운이 좋으면 아침 햇살에 몸을 덥히러 나온 뱀을 그냥 줍다시피 잡을 수 있었고, 그것도 없으면 땅바닥이나 나무에 기어 다니는 곤충들을 보이는 대로 잡았다. 전갈은 맨손바닥으로 때려잡아서 꼬리를 떼고 그냥 먹어 버리기도 하고, 가죽 주머니에 넣었다가 로잔에게 갖다 주기도 하였다. 전갈은 겉보기와는 달리 아작거리면서 씹히는 게 처음에는 쓴맛이 났지만 몇 번 씹다 보면 고소한 맛이 나기에 아주 좋은 식량이었다. 살아남긴 위해선 사람이 아닌 짐승처럼 살아가야 했다.

잠시 후,

목사이자 주술사이자 추장이 마을 사람들을 모두 바오밥나무 아래로 모이게 했다. 오늘도 또 주님께 기도를 하기 위해서였다.

하루도 빠짐없이 목이 터져라 기도와 찬송가를 불렀지만, 주님께서는 아직도 응답하지 않고 있지만 오늘도 예외일 수는 없었다.

"오늘은 다 같이 엎드려 기도합시다.

은혜와 사랑이 풍성하신 하나님, 저희들의 죄를 용서하시고 구원해 주신 아버지 하나님, 언제나 함께하시는 아버지 하나님께 감사와 영광을 올립니다. 허물 많은 저희들을 돌보시며 이제까지 인도해 주신 아버지 하나님께 간절히 기도 드리는 것은 아직 저희들에게 물이 부족함입니다. 몇 년 동안 비가 오지 않아 식물이 마르고 가축들이 죽어 가고 있습니다.

주님, 저희들에게 부족함과 어리석음을 부디 용서하여 주시옵소서. 혹시라도 주님께 노엽게 한 일이 있다면 저희가 회개하길 원합니다. 이렇게 주님께 엎드려 간절히 구하오니 부디 용서하여 주시고 생명의 비를 내려 주시옵소서. 주님께서 이 땅에 비를 허락하여 주셔서 이 땅의 생명들이 다시금 생명력을 되찾아 주님께 기쁨의 찬양과 찬송을 올리게 하여 주옵소서!

만물을 창조하시고 다스리시는 하나님, 이 가뭄에 어려움을 겪고 있는 저희를 불쌍히 보시고 비를 내리시어, 모든 사람이 평화로이 주님을 섬기며 열심히 살아가게 하시옵소서. 아멘!"

"아멘!"

모든 사람은 정말로 간절한 마음으로 기도를 드렸다.

"이어서 다 같이 찬송가를 부르며, 주님께 찬송 드리겠습니다.

주님은 나의 목자 아쉬울 것 없노라 파아란 풀밭에 이 몸 뉘어 주시고 고이 쉬라. 물터로 나를 끌어주시니 내 영혼 싱싱하게 생기 돋아라. 주님은 나의 목자 아쉬울 것 없노라 내 원수 앞에서 상을 차려 주시고 향기름 머리에 발라 주시니 내 술잔 넘치도록 가득하외다."

그날따라 헌신적으로 기도를 올렸건만 주님은 여전히 아무런 응답이 없었다.

12시를 조금 넘어서 모두 뜨거운 햇볕을 피해서 얼기설기 엮어 놓은 나무 움막집이나 바오밥나무 그늘 아래에서 눕기도 하고 앉기도 하면서 쉬고 있을 때였다.

날카로운 비명과 함께 여인의 울음소리가 마른하늘에 천둥 치듯, 땅바닥이 찢어지듯이 들렸다. 7살짜리 남자아이 비니암(Biniam)이 죽은 것이다.

한 달 전쯤부터 무엇을 잘못 먹었는지 아니면 배가 고파서 아무거나 마구 주워 먹었는지, 뼈만 남은 몸에 배만 자꾸 불러 왔다. 머리, 가슴, 팔, 다리는 바싹 마른 나뭇가지 형태인데, 배는 임신한 여자처럼 불러서 마치 커다란 공이 들어간 것 같았다.

비니암의 엄마와 아빠는 배가 아프다는 비니암을 위해서 마을 목사 겸 주술사를 불러서 여러 번 주문을 외웠으나 아무런 효과도 없이 시름시름 앓기만 하다가 아예 며칠 전부터는 아예 하루종일 눈을 감고 있다시피 하였다.

그러더니 오늘은 아침부터 아예 눈도 제대로 못 뜨고, 다 타고 난 후 저절로 꺼지는 촛불처럼 말 한마디 못하고 숨이 멈춘 것이었다.

마을 사람들이 모두 모여서 애통해했지만, 이미 숨을 쉬지 않는 아이를 다시 살려낼 수는 없었다.

"아이고, 아이고, 비니암, 비니암! 이렇게 가 버리면 어떡하냐."

"비니암, 비니암! 눈을 떠 봐라, 눈을 떠 봐."

비니암의 아빠가 무릎 위에 비니암을 올려놓고 흔들면서 살려내려고 노력했다. 아빠의 두 눈에선 눈물이 마구 떨어져 비니암의 얼굴에 떨어지고 있었다.

이런 중에 누가 "할렐루야"를 외치면서 찬송가를 부르고 있었지만 늘 그랬듯이 주님은 아무런 응대를 하지 않았다.

이 마을에는 비니암처럼 피골이 상접하고 배만 공처럼 튀어나온 아이들이 여러 명 있었으니, 이 아이들도 언제 또 죽을지 몰라 부모님들은 전전긍긍하였다. 할 수 있는 일이라고는 기도를 하면서 손으로 배를 밀어주는 것뿐이었다.

그날 오후, 햇살이 서쪽으로 많이 기울어졌을 때, 비니암을 땅에 묻기 위해 비니암의 부모님과 마을 사람들이 모였다.

메마른 땅은 깊이 파기도 힘들어, 되는 대로 무릎 깊이까지 간신히 파고 비니암을 눕혔다. 거기에 있던 십여 명은 눈물을 비 오듯 흘려야 했다. 비가 그렇게 왔으면 얼마나 좋을까.

흙으로 덮고 짐승들이 파헤치지 못하게 돌을 날라서 겹겹이 쌓았다. 그렇게 비니암은 돌무덤에 들어가고야 말았다.

그럭저럭 그날 하루도 가고, 저녁 식사로는 멀건 옥수수죽이나 수수죽으로 겨우 입술만을 축일 뿐이고 그것도 없으면 나뭇잎을 끓여 수프(Soup)처럼 만들어 먹고는 오지도 않는 잠을 억지로 청해야 했다. 마을 사람들은 너 나 할 것 없이 그렇게 하루하루를 연명할 수밖에 없었다.

그렇게 잠이 겨우 들었을까 말까 했는데, 느닷없이 총소리가 "탕! 탕! 탕!" 하고 들리면서 다급하게 외치는 소리가 들려왔다. 이어서 양쪽에서 총을 쏘는지 연거푸 수십 발의 총소리가 들려왔다.

"소도둑이다. 소도둑!"

마을 사람들은 일제히 자리를 박차고 나와서 소 우리로 갔다. 갑자기 큰소리로 떠드는 소리가 나면서 소란스러워졌다.

"누구야? 어떤 놈들이 왔어?"

"어떤 놈들인지 몰라. 혹시 카라(Kara)족인가?"

누구인지는 몰라도 아주 살금살금 소 우리에 와서 나무 울타리를 뜯어내고 소를 두 마리나 훔쳐서 달아났다.

마을에서는 소 우리를 공동으로 쓰고 있었다. 왜냐하면, 사나운 짐승인 사자나 하이에나의 접근을 조금이라도 막을 수 있기 때문이었다. 아주 오래전에는 사자나 하이에나들이 공격하는 수가 있어서 그런 맹수가 적이었는데, 지금은 가장 무서운 적이 바로 인근에 사는 같은 아프리카 사람이었다. 가까운 이웃 마을 사람이 아니라 적어도 걸어서 두세 시간이 넘는 거리에 있는 다른 부족 사람들이 주로 밤에 와서 몰래 소를 훔쳐 가는 것이었다.

삼 년 전에도 카라(Kara)족이 와서 소를 세 마리나 훔쳐간 모양인데, 추장이 가서 거세게 따지고 항의를 해 보았으나 아무런 소용이 없었다. 자기들이 훔쳐 갔다는 증거가 없다는 식으로 오리발을 내고 있으니 더 이상 뾰족한 해결책이 없었다.

그래서 마을 사람들이 번갈아 가면서 소 우리를 지키자고는 하였으나, 그것도 밤새워 지켜지지는 않았다. 소도둑이 매일 밤 오는 것도 아니어서, 돌아가면서 밤에 보초서는 일이 세월이 흐르면서 있는 둥 없는 둥 흐지부지되었기 때문이었다.

지금도 그렇다. 누군지 모르지만, 소를 두 마리나 끌고 가는 바람에 이제 소 12마리밖에 남질 않았다. 한때는 구십 마리 가까이 되었던 소들이 먹지 못해 영양실조로 죽고 병들어 죽어서 겨우 열네 마리가 남았는데, 지금 두 마리를 잃고 보니 열두 마리밖에 안 되었다. 사실 남아 있는 열두 마리도 언제 죽을지 모르는 뼈와 가죽뿐이고 간신히 숨만 붙어 있을 뿐이었다. 비가 많이 와서 목초지가 좋을 때는 매일같이 소젖을 짜서 마을 사람들이 먹었지만, 지금 젖이 나오는 소는 단 한 마리도 없다.

마을 사람들은 어떤 놈인지 찾아서 그 마을 사람들 모두 죽여 버려야 한다고 큰 소리로 떠들었지만 그렇게 될지는 의문이었다. 어찌어찌하여 소란스러웠던 마을 사람들의 목소리가 조금 낮아지고, 나무 울타리를 다시 묶어 매고 나무 움막집으로 다시 들어갔다.

다음 날 새벽 일찍이 테후티가 일어나서 밖으로 나왔다.

사랑하는 로잔에게 먹을 것을 갖다 주기 위해 일찍 일어나서 마을 멀리 나가 볼 작정이었다. 운이 좋으면 어제처럼 뱀을 한 마리 잡을 수 있겠지만, 그렇지 않으면 땅속에 숨어 있는 쥐라도 한두 마리 잡을 생각이었다.

테후티가 그런 다짐을 하면서 한 이십여 분 거리를 걸었을 때였다. 저쪽 편에 무언가 아니 무슨 짐승이 누워 있는 것이 보였다. 테후티는 헐레벌떡거리면서 달려가 보니, 간밤에 빼앗긴 소 두 마리가 거기에 죽어 있었다.

어찌 된 일인가. 한 마리는 총에 맞아서 피를 흘리다가 죽었고 한 마리는 조금 떨어진 곳에 쓰러져 죽어 있었다.

밤에 총격전이 있을 때 어쩌다가 한 마리는 총에 맞은 것이고, 또 한 마리는 뛰어서 도망치면서 억지로 끌려가다가 탈진해서 그대로 쓰러져 죽은 것이었다. 그러지 않아도 기운이 없어서 죽을 판인데 마구 끌고 갔으니 기운이 빠져 죽어 버린 것이다. 그런데 마을 사람들이 총을 마구 쏘면서 쫓아오니, 죽은 소를 가져가지도 못하고 여기에 버려둔 것이었다.

테후티는 곧바로 마을로 뛰어가 이 사실을 알렸고, 마을 사람들 대부분이 그리로 와서 죽은 소를 가져가려고 하였다. 그러나 기운 없는 그들이 아무리 뼈와 가죽만 남았다고 해도 죽은 소를 가져갈 수가 없었다. 그래서 할 수 없이 추장의 지시대로 그 자리에서 소를 잡고 고기와 뼈다귀 등을 모두 나누어 마을 사람들에 골고루 분배하여 가지고 가게 했다.

죽은 소는 뼈와 가죽만 있는 줄 알았는데, 그래도 여기저기 살점이 있었고 내장도 많았다. 그날부터 며칠 동안 마을 사람들은 눈물을 흘리며 쇠고기를 먹어야 했다.

산모인 아마레(Amare)와 로잔(Lozan)은 고기를 조금 더 많이 분배받았다. 테후티는 로잔곁을 떠나지 않으면서 고기를 구워 주고, 창자는 물에 끓여서 주었다. 그러면서 테후티도 몇 점 먹긴 했는데 가슴이 아픈 것은 다른 사람과 매한가지였다.

'얼마 안 가서 이 마을 사람들은 모두 굶어 죽을 것이다.'

테후티의 머릿속에선 이러한 생각만이 뱅뱅 맴돌았다.

'살아남으려면 이 마을을 떠나야 한다.'

그런 생각을 한 테후티는 사람들 모르게 고기를 조금씩 비축해 두면서 햇볕에 말려두기 시작하였다. 먼 길을 떠나려면 먹을 것이 필요했기 때문이었다.

## 2. 사막이 초지로 바뀌다
### A desert is converted to a grassland

"수장님, 수장님, 큰일 났습니다."

지구의 엑타 베이비를 모니터링 하던 엑타 외계인이 다급하게 소리치면서 수장을 찾아왔다.

"뭔데 그러나? 대체 무슨 일인가?"

"어서 원로회의를 소집하셔야 합니다. 지구의 N05 지역의 에티오피아 구역에 우리 엑타 베이비 세 명을 임신 중이었는데, 그중 지구인 산모 한 명이 영양실조로 죽고 말았습니다. 나머지 두 명도 곧 죽을 판입니다. 어서 조치를 취해야 합니다."

"뭐라고? 그런 일이 있었단 말인가?"

곧바로 6명의 원로회의가 소집되었다.

"어찌하여 척박한 땅인 N05 지역(에티오피아)에 에이리언 씨드를 내려보냈단 말이요. 지금 지구인 산모 한 명이 영양실조로 죽었다 합니다."

"수장님, 아시다시피 무작위로 골고루 에이리언 씨드의 흑구체를 내려보냈기에 어쩔 수 없었습니다."

"맞습니다. 그런데 그렇게 척박한 땅에 힘들게 사는 마을에 한꺼번에 우리 엑타 베이비들이 세 명이나 생길 줄은 몰랐습니다."

"아, 그럼 이 일을 어떻게 하면 좋겠습니까?"

수장이 비통한 심정으로 원로들에게 물었다.

"우선 당장 우리가 먹는 식량을 내려보낼까요?"

"아닙니다. 그건 안 됩니다. 우리가 먹는 것은 고단위 영양체인데, 지구인들이 그걸 먹고 소화할 수 없을 겁니다. 만일 소화를 시킨다 해도 양이 너무 적어서 허기질 것입니다. 만약에 고단위 영양체를 많이 먹는다면, 여러 가지 부작용으로 사망할 수도 있고요. 그리고 지구인 산모에게만 어떻게 전달하나요? 아니면 그 마을 사람들 전체에게 주어야 하나요? 전혀 현실성이 없습니다."

"어허, 그 말도 맞소. 그렇게 할 수는 없습니다. 다른 의견을 내 보십시오."

엑타 외계인들이 먹는다는 고단위 영양체는 크기가 계란만 한데, 말랑말랑한 연한 갈색의 젤리 형태로 되어 있다. 이것을 보통 2~3일에 한 개씩 씹어 먹는 것이다. 그러니 지구인에게 맞을 리가 없었다. 상황이 이러하니, 거의 전지전능한 수장도 이런 상황에 적절한 해결책이 떠오르지 않는 모양이었다.

원로회의장에는 잠시 정적이 감돌았다. 무슨 뾰족한 대책이 없을까?

"수장님, N05 지역의 에티오피아 구역이 척박하게 된 것은 비가 오지 않기 때문입니다. 다른 지역처럼 비가 내려서 풀이 자라고 강에 물이 많다면 고기들이 살 것입니다. 그러면 식량 문제나 영양실조 문제는 자연히 해결될 겁니다."

"오호라, 그렇소. 그럼 그 지역에 비가 오게 하면 되는데, 이건 우리 힘으로도 당장은 어려운 일이요. 어떻게 하면 좋겠습니까?"

"그 마을에서 멀리 떨어진 곳에 큰 호수가 있습니다. 거긴 바다와 같이 아주 넓지요. 그 지역의 상류에선 비가 잘 내리고 있어서 호숫물은 그득합니다. 이 물을 우리 셔틀접시(UFO)로 끌어올려서 엑타 베이비들이 있는 곳에 내리면 됩니다."

원로가 말하는 큰 호수는 빅토리아 호수를 말하는 것이었다.

"그거참 좋은 아이디어입니다. 셔틀접시로는 충분히 가능한 일이지요. 그럼 그렇게 하기로 하고 구체적인 계획을 세웁시다."

이렇게 하여 엑타 원로회의에서는 와오디 마을을 살려내기로 결정을 내렸다.

그 방안은 이랬다.

일단 지구인들이 모르게 밤에만 셔틀접시를 내려보내야 한다. 빅토리아 호수의 가운데쯤에서 셔틀접시를 이용해 엄청난 물을 구름층까지 빨아올린 다음 소나기구름으로 바꾸어서 와오디 마을까지 구름을 끌고 간 다음에 그곳에 비를 내리게 하는 것이다.

그리고 근처에 있는 메마른 티모강에 커다란 호수를 만들어서 여기에 빨아올린 물을 가득 담는다. 그때 물고기들도 같이 딸려 올 것이니, 자연히 식량 문제가 해결될 것이다. 호수를 만들 때는 강력한 반중력체(反重力體: Anti-gravity body, 척력기와 같은 의미)를 이용해서 흙을 걷어낸다.

대략 이런 순서로 와오디 마을을 살려내기로 결정했다. 엑타 베이비들을 위해서라면 한시가 시급했기에 당장 오늘 밤부터 시행한다고 하고, 셔틀접시를 내려보내기로 했다.

## 3. 하늘에서 물고기가 떨어지다 The fish falls from the sky

그날 밤, 빅토리아 호수에서는 소나기가 내리고 있었다.

그때, 거대한 셔틀접시(UFO)가 나타났다. 한 대가 아니라 세 대가 빅토리아 호수 상공 5~600m쯤에 아무런 빛도 소리도 없이 나타나더니, 곧바로 지름이 5~6m나 되는 물줄기가 하늘로 치솟아 올라가기 시작하였다. 정확히 세 개의 물줄기였다. 세 개의 물줄기는 소나기구름에까지 올라가서 곧바로 구름으로 변하여 북쪽으로 향하였다. 이런 과정은 거의 동시에 이루어지고 있었다.

소나기구름은 한 시간도 채 안 되어 와오디 마을 상공에 도착하자마자 소나기를 내리기 시작하였다.

"우와~ 비다! 비다. 비가 내린다."

"와~ 비다. 비가 내린다."

잠이 들었던 늦은 밤, '후두두' 떨어지는 빗소리에 놀라 잠에서 깬 와오디 부족 사람들은 한 사람도 빠짐없이 밖으로 나와서 두 손을 벌리고 미친 듯이 펄쩍펄쩍 뛰기 시작하였다. 그중 몇몇은 하나님께서 감응을 하셨다면서 “할렐루야!”를 외치고 눈물을 흘렸다.

마을 사람들이 한마음으로 기쁨과 환희에 차서 눈물을 쏟아내어 소나기와 뒤섞이고 있을 때였다. 번갯불이 번쩍하면서 일순간 주변이 대낮처럼 밝아졌다.

그때 누가 무엇을 본 모양이었는지 비명처럼 소리를 질렀다.

“물고기다, 물고기! 하늘에서 물고기가 떨어진다.”

“뭐어? 물고기가? 오우, 하나님 감사합니다.”

“물고기 비다, 하늘에서 물고기도 떨어져.”

마을 사람들이 어둠 속에서 이리저리 살펴보니, 많지는 않지만 곳곳에 떨어진 물고기들이 하얀 배를 드러내 놓고 펄떡이고 있었다.

몇몇이 재빨리 움막으로 들어가 망태기를 가져와서 여기저기 떨어져 펄떡이는 물고기들을 주워 담기 시작하자, 곧바로 어른이나 아이 할 것 없이 나와서 망태기에 물고기를 주워 담았다.

소나기와 물고기는 거의 새벽 동틀 무렵까지 내렸다. 하지만 그렇게 많은 비가 밤새 내렸지만, 몇 년 동안 가뭄에 땅바닥이 너무나 메말라 있던 터라 물이 고이지도 못하고 모두 땅속으로 스며들었다.

하지만 이번 비로 풀들이 자라날 것이다. 우리에 있던 소들과 염소들도 비가 반가워서 “음메에~”, “음매~” 소리가 끊이질 않았다.

이렇게 와오디 마을에 비가 내릴 때, 근처에 있는 메마른 티모강에

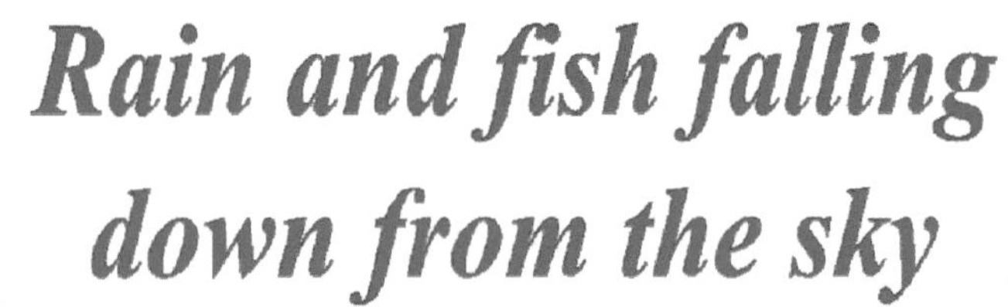
Rain and fish falling
down from the sky

거대한 흑구체 세 개가 조용히 낙하했다. 반중력체(척력기)였다. 이는 모든 물질을 끌어당기는 중력과는 달리 모든 물질을 반발시켜 내치는 장치로, 오직 엑타 외계인만이 이를 가질 수 있고 조종할 수 있었다. 척력기가 낙하하자마자 높은 상공에 셔틀접시가 나타났다.

"여기가 맞지?"

"예, 여기가 와오디 마을에서 제일 가까운 곳입니다."

"마을 사람들이 우리가 온 걸 알지는 않을까?"

"모를 겁니다. 지금 비가 내려서 마을 사람들 모두 나와 환호성을 지르고 있습니다."

"그럴 테지. 오늘 밤엔 세 시간만 작업하고 가자고."

"예, 그렇게 하지요. 세 시간이면 아마 바닥이 꽤 많이 파일 것입니다."

"그럴 거야. 우리가 애초에 6일을 목표로 했는데, 어쩌면 3일 밤이면 바닥을 다 파서 작은 호수를 만들 수 있을 거야."

"그럼요. 여기 티모강 바닥이 모래나 자갈로 되어 있어서 어쩌면 3일 밤도 안 걸릴지도 모릅니다."

"하하하, 그렇군. 그럼 시작하세."

셔틀접시를 타고 온 엑타 외계인들의 대화가 끝나자, 티모강 바닥에 떨어진 세 개의 척력기는 삼각형 모양으로 자리를 잡더니 곧바로 미세한 진동을 일으키기 시작하였다. 그러다가 그 진동은 점점 커지기 시작하면서 곧바로 모래와 자갈들이 주변으로 날아가기 시작하였다. 때마침 그곳에도 비가 내리기 시작하여 먼지도 날리지 않았다.

"우우우웅~"

세 개의 척력기는 가속도가 붙었는지 굉음을 내면서 모래와 자갈들을 들어 제쳐내어 수십 미터 밖으로 마구 떨어졌다. 집채만 하게 큰 돌덩이들도 마구 날아가 내동댕이쳐졌다.

셔틀접시에 타고 온 두 명의 엑타 외계인은 이를 대형 디스플레이에 모니터하면서 척력기를 조작하고 있었다.

"수장님, 이렇게 비만 내리게 하면 마을 사람들이 사는 흙이 모두 쓸려나가서 후에 더욱 황폐해집니다. 적어도 앞으로 6년간이라도 살도록 환경을 조성해야 합니다."

하루도 안 되어 또 원로회의가 소집되었다. 일 년에 한두 번 소집될 원로회의가 또 소집된 것이다. 그만큼 긴박한 안건이기 때문이다.

"으음, 그것도 맞는 말이요. 그럼 무슨 대책이라도 있습니까?"

"지금 땅속에 풀의 종자는 있겠지요. 지구에서도 씨앗은 생명력이 끈질기니까요. 그래서 바이오 빔(Bio Beam)을 쏘아서 씨앗이 발아하게 하여 싹을 틔우면, 비가 어느 정도 많이 와도 땅이 훼손되지 않을 것입니다."

"아하, 그런 방법이 있었군요. 그럼 우리 셔틀접시 한 대면 되겠소?"

"한 대 가지고는 시간이 오래 걸립니다. 대략 구역을 나누어서 세 대 정도면 될 것 같습니다."

"하하하, 세 대요? 당장 내려보내시오. 다만 낮에는 안 됩니다. 지구인들이 눈치 채지 못하게 밤으로만 작업해야 합니다."

"지당하신 말씀이십니다."

이렇게 하여 두 번째 날 한밤중에는 엑타 베이비를 임신 중인 와오디 마을 높은 상공에 세 대의 셔틀접시(UFO)가 나타났다. 그날 밤도 여전히 소나기가 내렸고, 마을 사람들은 환호성과 함께 떨어진 물고기를 줍기에 정신이 없었다.

세 대의 셔틀접시는 각각 구역을 담당하여 녹색광의 빔(Bio Beam)을 골고루 쏘아대었다. 셔틀접시에는 108개의 빔 창이 있어서 108개의 녹색광의 빔이 땅으로 쏘아졌다. 손바닥만 한 빈 구석도 없이 아주 고르게 바이오 빔을 쏘았다. 당연히 와오디 사람들이 소리치면서 돌아다니는 곳에도 녹색광이 쏘아졌으나, 아무도 이를 눈치 채지 못하였다. 그저 번갯불이 번쩍하고 빛나는 줄로만 알았던 것이다.

그날 밤은 모든 씨앗이 발아하여 뿌리를 손가락 두 마디만 하게 내렸으며, 더러는 파란 잎의 싹을 틔웠다.

다음 날 밤은 셔틀접시가 나타난 지 3일째 되는 날이었다.

총 7대의 셔틀접시가 활동하고 있었다. 빅토리아 호수 위 3대, 와오디 마을 위 3대, 티모강에서 호수를 만들고 있는 셔틀접시 1대였다.

그리고 한밤중인 오전 2시경, 셔틀접시는 예상보다 빨리 작업을 완료하였다. 제일 먼저 호수를 만들던 셔틀접시는 3대의 척력기를 끌어올려서 모선으로 보냈다.

세찬 비는 아직도 내리고 있어서 호숫물을 채우고 있었으며, 같이 딸려온 물고기들이 물속에서 헤엄치고 있었다. 호수의 크기는 깊이 30여 미터, 지름은 1슈리(Suri: 외계인 단위로 대략 12.6㎞ 정도)의 큰 호수

An anti- gravity machine
making a lake

가 단 3일 밤 만에 만들어졌고, 양쪽 강둑에는 거의 90여 미터나 되는 작은 동산이 생겼다.

와오디 마을 근처에서 풀을 자라게 하였던 셔틀접시들도 얼마 후 모선으로 돌아갔다.

초지는 가로 3슈리(37.8km 정도), 세로 3슈리 정도의 크기였으니, 와오디족 사람들이 살기에는 지상 낙원이었다.

비는 여전히 내리고 있었고, 풀들은 어른 손가락만 한 게 자라고 바싹 말라 있던 나뭇잎도 마구마구 솟아났다. 쇠똥이 있는 곳은 느닷없이 씨앗이 발아하고 풀잎이 쑥쑥 자라서 이틀 만에 한 뼘씩이나 컸다.

이에 놀란 것은 사람뿐만이 아니었다. 소들도 놀라서 그러지 않아도 큰 눈을 사발만 하게 크게 뜨고는 연신 "음메~" 소리를 내면서 풀을 뜯어 먹고 있었고, 염소 역시 "음매애~" 소리를 내면서 마구 풀을 뜯어 먹고 있어서 입술이 닳아 없어질 지경이었다.

더욱 놀라운 것은 바싹 말라서 손만 대도 부서질 것 같은 움막의 나무들이었다. 어느 집은 나무 움막집을 지은 지 삼사 년이 된 것도 있고 오래된 집은 십여 년도 넘었는데, 이런 나무들에서도 이파리들이 돋아나서 순식간에 녹색 집으로 바뀌어 버렸다. 땅바닥도 마찬가지여서 뿌연 먼지만 날리던 흑갈색의 땅을 지금은 어디에서도 찾아볼 수 없이 모든 새파란 초지로 바뀌어 버렸다.

녹색 바이오 빔은 풀들만 자라게 하는 것이 아니었다. 사람에게도 큰 영향을 미치었다. 관절통이 있어서 제대로 걷지도 못하는 사람들이 벌떡 일어나서 겅중겅중 뛰기도 하고, 요통으로 고생하면서 기역

자로 몸을 구부리고 간신히 다니던 사람들도 허리를 벌떡 세우고 캥거루 뛰듯 뛸 수 있었다. 피부에 부스럼이나 종기로 고생하던 어린이나 어른을 막론하고 순식간에 다 나아서 새살로 변해 버렸다.

마을 주민들은 기적이라고 하면서 찬송가를 부르기도 하고 하늘을 바라보면서 울면서 감사의 기도를 올리기도 했다.

빅토리아 호수 위의 셔틀접시도 잠시 후 모선으로 회귀하였다.

그리고 앞으로 6년간은 이따금 내려와서 호숫물을 끌어올려 와오디 마을과 새로 만든 호수에 소나기로 내려 보내기로 하였다.

## 4. 크롭 서클과 나스카 문양
Crop-circle and Nazca lines

"예상보다 일찍 호수를 만들었다. 이제 올라가자."

"예."

삼천 살이 훨씬 넘은 기장과 이제 막 600살쯤 된 부기장이 흡족하다는 듯이 말했다.

"부기장, 그냥 올라갈까? 아니면 그림을 그리고 갈까?"

"예? 무슨 말씀이신지요."

"하하하, 이제 올라가면 당분간 아마 적어도 몇 년 동안은 지구에 내려올 일이 없을 거야. 별일 없다면 앞으로 6년쯤 지난 후에 우리 엑타 베이비들을 데리러 올 때나 내려올 거야. 그러니 지구에 온 기념으로 그림이나 한두 장 그리고 올라가자고.”

“전, 무슨 말씀이신지 전혀 이해를 못 하겠습니다.”

“하하하, 그럴 테지. 지구에 처음 왔으니까. 그리고 아직 경륜도 얼마 안 되니 전혀 모를 거야. 우리 엑타 외계인들이 어쩌다 지구에 올 때면 기념으로 멋있는 그림을 밀밭이나 벼가 잘 자란 논에 그려 놓는다네.”

“아, 예. 그렇군요. 그런데 어떻게 그림을 그리나요?”

“사실 그림을 그린다기보다는 빔으로 프린트한다고 보는 게 낫겠네.”

지금 기장이 말하고 있는 것은 지구인들이 ‘크롭 서클(Crop Circle)’ 또는 ‘미스터리 서클(Mistary Circle)’이라고 불리는 기하학적 문양을 말한다. 크롭 서클은 주로 곡물 밭에 많이 나타난다고 해서 붙여진 이름이다.

“아하, 그렇군요. 그럼 저도 그림을 그려 보고 싶습니다.”

“그야 아주 간단해. 이미 만들어 놓은 문양이 아주 많이 있다네. 거기 꽃무늬를 터치해 봐.”

“예.”

젊은 부기장이 꽃무늬를 터치하자, 대형 스크린에 삼십여 개의 여러 가지 문양이 나타났다.

“그중에 마음에 드는 것 하나만 터치해서 고르면 된다네. 화면을 좌우로 스크롤 하면 문양이 또 나와.”

“아주 멋있는 문양이 많네요. 그럼 이게 다 이제까지 지구에 그린 문양인가요?”

“지구에 그렸던 문양도 있고, 아직 그리지 않은 문양도 있다네. 거기 문양 위에 동그라미 표시가 된 것은 이미 밀밭에 그렸던 문양이네. 그러니 아직 그리지 않았던 문양을 고르면 된다네."

"예, 그런데 많네요. 너무 많아서 뭘 고를지 모르겠습니다."

부기장이 그렇게 화면을 스크롤 하면서 문양을 고르려고 하는데, 이제까지 기하학적인 복잡한 문양과는 달리 무슨 새나 거미 같은 아주 단순한 문양이 나타났다.

"기장님, 이 문양은 아주 단순하네요. 이것도 이미 그려 놓았었다고 동그라미 표시가 되어 있습니다."

"하하하, 그게 바로 S09 지역(페루)에 있는 문양인데, 아직도 남아 있네. 지구인들이 페루의 나스카 문양이라고 부른다네."

"어떻게 이 문양은 지금까지 남아 있을 수 있을까요?"

"그 문양 몇 천 년 전에 내가 그렸다네. 그때만 해도 지구인들이 지적 수준이 낮아서 복잡하고 기하학적인 문양을 이해할 수도 없었고, 우리가 그림을 그리는 것도 초창기라 많은 디자인을 가지고 있지 않았지."

"밀밭에 그렸다면서 어떻게 지금까지 남아 있나요? 궁금합니다."

"그때는 지금처럼 대규모의 밀밭이 없었다네. 그런데 S09 지역(페루)에 자갈들이 깔려 있는 사막이 있더라고. 그때 그 지구인(나스카)인들이 그런 사막에서 살다 보니 물이 없는 거야. 물이 부족해서 하루하루를 겨우 연명하다시피 했지. 그래서 우리가 지하수가 있는 자리를 강력한 적색 빔으로 표시를 한 거야. 적색 빔은 뭐든지 순식간에 태워 버릴 만한 아주 강력한 빔인데, 이 빔을 쏘아서 동그라미나 삼각형이나 이런 문양을 돌 위에 쏘았지. 그러니까 돌이 약간 불에 탄

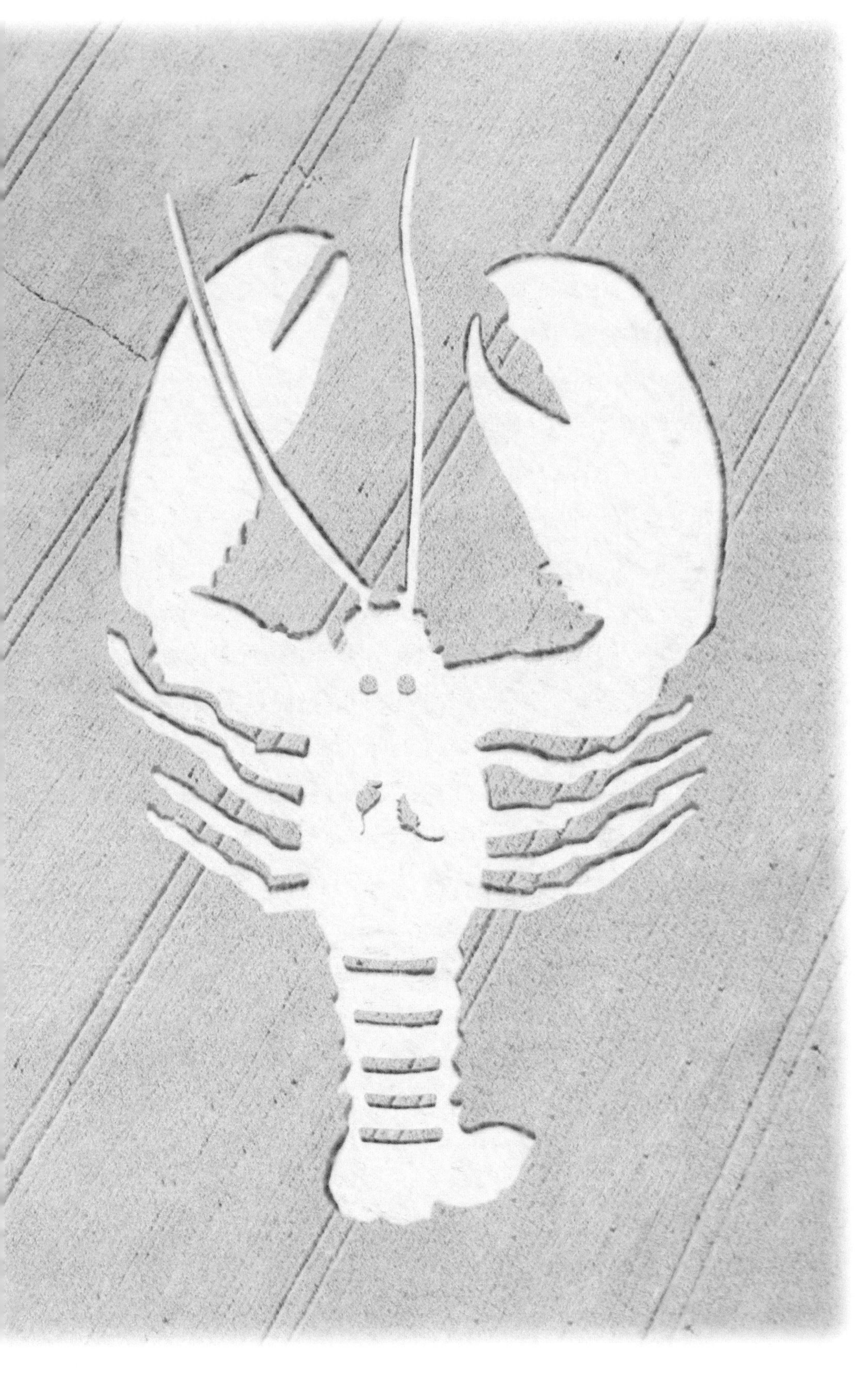

듯한 진한 갈색의 문양이 나타난 거야. 지구인(나스카인)들이 그게 뭘까 하고 궁금해하다가 누군가 그 자리를 파 보니까 물이 나왔어. 그때부터 하늘에서 우물 자리를 알려 주었다고 하늘에 대고 무한히 감사의 표시를 하더라구."

"아, 그럴 수 있겠네요. 그럼 그다음에 그림을 그렸나요?"

"그랬지. 지구인들이 너무 좋아하니까 우물 자리를 여러 개 알려 주고 당시의 지구인들이 알아볼 만한 새나 거미나 또는 아주 쉬운 기하학적인 그림을 빔으로 쏘아서 그렸지. 역시 돌 위에 진한 갈색의 흔적이 남았지. 지구인들은 그게 너무 신기해서 그냥 바라만 보고 감탄을 하다가 세월이 지나서 그 흔적이 사라지려고 하니까, 모든 사람이 나와서 그 자리의 땅과 자갈을 퍼 올려서 도랑같이 만들더란 말이야."

"아, 이해가 되네요. 빔으로 쏘아서 갈색 흔적의 그림을 만들었던 것이 세월이 지나면서 햇볕에 없어지려니까 그 자리의 땅을 파서 도랑처럼 만들었군요. 그러니까 도랑처럼 만든 것이 지금껏 남아 있다는 말씀이지요?"

"하하하, 그렇다네. 그런데도 이것을 모르는 지구인들은 지금도 그게 별자리네, 우물 자리네 하며 왈가왈부하고 있다네. 어떤 여자 지구인은 평생을 그곳에 살면서 연구를 했다는데, 모두 헛다리를 짚은 거지. 그냥 제멋대로 생각하고 연구하는 거야. 하하하."

"하하하, 정말 그럴 수도 있겠습니다."

"그 후로 한동안 지구에 그런 문양을 잘 만들지 않다가 몇백 년 전부터 가끔 문양을 만든다네. 지금은 자갈 사막이 아니라 주로 밀밭에 그리고 있지."

"예, 모든 게 이해가 되었습니다. 그럼 이 많은 문양 중에 선택만 하면 금방 그려지나요?"

"그렇지. 우리 셔틀접시에 광선이 나가는 창이 108개 있는데, 문양을 선택만 하면 108개의 창에서 동시에 녹색 광선이 나가서 3~5초 정도면 다 프린트된다네."

"어서 고르게. 두 개를 고르게. 두 곳을 찾아갈 거야. S02 지역(호주)과 N19 지역(영국)으로 갈 거야."

"예, 예."

이런 대화 중에 부기장이 문양 두 개를 고르자, 기장은 순식간에 호주로 날아가서 어느 넓은 밀밭 위로 갔다. 그러나 밀을 수확하여 크롭 서클을 그릴 수 없었다.

"기장님, 여기 밀을 수확해서 멋진 그림을 그리기 어렵겠네요."

"어허, 그러네. 그럼 다른 목초지를 찾아갈까?"

"예, 꼭 그려 보고 싶어요."

셔틀접시(UFO) 순식간에 여러 군데를 찾아보았으나 온통 갈색의 초지뿐이었다. 그러다가 문득 노랗게 핀 무엇이 보여서 급히 그쪽으로 가 보았더니, 샛노란 유채꽃이 끝이 가물거릴 정도로 피어서 장관을 이루었다.

"기장님, 여기 유채꽃이 굉장한데, 여기에도 그릴 수 있나요?"

"아, 당연하지. 사막 자갈밭에도 그리는데. 여기 썩 마음에 드네. 어서 문양을 고르게나."

셔틀접시는 상공 300여 미터에 떠서 자리가 좋은 곳을 하나 골랐다.

"부기장, 여기가 아주 좋소. 아까 고른 것 중 하나를 어서 선택하시오. 지구인들이 눈치채면 안 되네."

"예, 여기 지구의 바닷속에 있다는 로브스터(Lobster: 바닷가재)가 마음에 듭니다."

"그럼 그 그림을 터치하게."

"예."

그 순간,

셔틀접시의 108개 창에서 동시에 녹색광이 번쩍이더니, 유채꽃밭에 그림이 그려졌다. 시간으로 보면 3초도 채 안 되었을 것이다. 멀리서 보면 하늘에서 번갯불이 잠깐 보일 정도였다.

"와아~ 멋있습니다."

유채꽃밭에 그려진 로브스터 문양을 보고 부기장이 소리쳤다.

"하하하, 그런 재미에 문양을 그리고 올라간다네."

"아, 그렇군요. 그런 다음엔 어디로 가시나요?"

"N19 지역(영국) 사람들이 아주 좋아하니, 그리로 가세."

셔틀접시는 또 순식간에 날아가서 영국의 어느 밀밭의 상공에 떠 있었다.

그곳은 아주 저편에 차들이 지나다니고 있었지만, 기장은 크게 개의치 않았다.

"아직 밤이고 저들이 우리를 본다고 해도 그저 밤하늘에 번갯불이 번쩍하는 정도로만 알 거요."

이렇게 해서 두 번째 그림은 원이 팔랑개비처럼 디자인된 문양을 역시 3초 정도에 만들고, 셔틀접시는 튕겨지듯 하늘 높은 곳으로 사라졌다.

이를 알아챈 지구인은 단 한 명도 없었으나 날이 밝자마자 누군가 이를 알아보고 아는 사람들에게 전화하고 휴대폰으로 촬영을 했고, 또 누군가가 매스컴에 전화하여 각 TV 방송국에선 헬리콥터를 타고 와서 취재하고 온통 야단법석을 떨었다.

그런데 이런 크롭 서클은 그들만 만든 것이 아니었다. 총 7대의 셔틀접시가 내려와서 작업을 마치고는 제각기 한두 개씩 크롭 서클을 만들고 모선으로 돌아갔다. 그들 역시 지구에 온 기념으로 그림을 그리고 올라간 것이다.

그렇게 해서 호주에 1장, 미국에 2장, 캐나다 2장, 중국에 1장, 영국에 1장을 그렸다. 이러니 전 세계는 밤새 외계인이 UFO가 타고 왔다 갔다는 둥 온통 크롭 서클 이야기로 들썩였다. 이들은 이런 미스터리 서클이 어떻게 만들어졌는지 알지도 못한 채 온갖 제멋대로의 억측만을 마구 떠들어 대어서 위아래 입술이 붙어 있을 틈이 없이 달싹거렸다.

와오디 마을이 그렇게 지상낙원으로 변한 지 3개월도 채 되질 않아서 또 다른 문제가 생겼다.

"탕! 탕! 탕!"

"으악! 어떤 놈들이 쳐들어왔다. 어서 빨리 총을 들고나와라!"

아직 해가 뜨려면 멀었는데, 와오디 부족 마을에 총성이 울려 퍼지고 순식간에 비명이 터져 나왔다. 마을 남자들은 총을 들고 움막에서 뛰쳐나오면서 아무 데나 일단 총을 쏘아댔다.

여기저기서 총소리가 "탕! 탕! 탕!" 하고 나는 가운데, 와오디 마을 추장은 "소 우리를 지켜라!" 하고 소리를 쳤다. 분명히 소를 강탈해 가려고 온 놈들이라고 생각했기 때문이었다.

그러나 그놈들은 소 우리가 아니라 마을 사람들을 상대로 총질을 마구 해대었다. 그러한 가운데 누가 총에 맞았는지 비명이 새벽 밤공기를 갈랐다.

몇몇 부족이 연합하여 오륙십여 명이 총을 들고 와서 무조건 싸움을 걸어왔다. 이들은 소를 강탈하러 온 것이 아니라, 느닷없이 비가 내리고 초지가 생긴 이 땅을 빼앗으러 온 것이었다.

그들은 마구 총을 쏘았으나 와오디 마을 사람들도 만만치 않았다. 여기저기 은신처에 숨어서 다가오는 놈들에게 총을 쏘아 몇 놈은 총에 맞아 죽은 모양인지 그놈들도 비명을 지르고 어느 놈은 "도망가자." 소리를 내고 어느 놈은 "계속 싸우자!"고 소리를 내었다.

"수장님, 수장님, 또 큰일 났습니다."

지구의 엑타 베이비를 모니터링 하던 엑타 외계인이 다급하게 소리치면서 수장을 찾아왔다.

"이번에는 어딘가? 지구 어느 구역에서 문제가 생기었나?"

"아닙니다. 수장님, 지난번 N05 지역 에티오피아 구역에서 지금 서로 총을 쏘아 자칫하다가는 우리 산모들이 죽게 생겼습니다."

"어허, 이런, 이런. 어서 원로회의를 소집하게."

"아이고, 수장님, 그럴 시간 없습니다. 지금 마구 총을 쏘아서 다 죽게 생겼습니다. 어서 명령을 내리세요."

"그리 다급한가? 그렇다면 이러한 상황에서 어떤 명령을 내려야 하는가? 지금 마구 총을 쏘아댄다면서."

"어서 셔틀접시(UFO)를 출동시켜서 살인 광선으로 와오디 마을을 괴롭히는 놈들을 처단해야 합니다."

"그러면 안 됩니다."

어느 사이에 원로 한 명이 옆에 와서 가로막았다.

"수장님께서도 절대로 지구인에게 살인 광선을 함부로 쓰면 안 된다고 하셨습니다. 다른 방법을 써서 그놈들을 물리쳐야 합니다."

"아니, 이렇게 촌각을 다투는데 어떤 방법이 있단 말인가?"

"지금 마침 와오디 마을 위에 비구름이 있으니, 이 비구름을 이용해서 천둥, 번개, 벼락을 내리면 아마 놀라서 달아날 것입니다."

"오호라, 좋은 묘책입니다. 그러다가 벼락에 맞아 죽는 사람도 생길 텐데……."

"그럴 수도 있겠지요. 물론 몇 명이 희생될 수는 있겠지만, 그래도 그게 가장 최선의 방법으로 생각됩니다."

"그래, 그럼 어서 빨리 시행하게. 셔틀접시는 몇 대면 되겠나?"

"한 대면 됩니다."

"그럼 지금 당장 시행하게."

당장이라도 엑타 베이비를 임신한 산모들이 죽을 수도 있는 워낙 다급한 사안이라 원로회의를 소집하지도 못하고, 수장의 직권으로 셔틀접시를 내려보냈다.

잠시 후.

해가 막 뜰 무렵인데 와오디 마을은 검은 구름으로 뒤덮이기 시작하더니, 곧바로 세찬 소나기와 함께 천둥 · 번개가 번쩍였다. 그리고는 와오디 마을로 쳐들어온 외부 부족들 앞에 벼락이 마구 떨어졌다.

"아악, 이게 웬 날벼락이냐."

"우선 피하자."

그러나 그곳은 막힘없이 탁 트여 있는 개활지여서 피할 데도 없이 그냥 비를 맞는 수밖에 없었다. 침략자들이 있는 곳으로만 여기저기 벼락이 떨어지고, 그중에 몇 명은 벼락에 맞아서 순식간에 숯덩이가 된 채 죽고 말았다.

"아악, 하늘이 노했다. 어서 도망치자!"

"하늘이 노했다. 와오디 부족은 신의 자손이다. 어서 도망치자."

별안간 내리친 천둥 · 번개에 놀란 침략자들은 30여 분도 안 되어 허둥대며 모두 도망쳤다. 다행히도 와오디 마을에 엑타 베이비를 임신하고 있던 산모들은 모두 무사했다.

그렇게 얼마 후,

비구름이 개고 와오디 마을엔 다시 평화가 찾아왔지만 그들 나름대로 근심이 더 생겼다. 왜냐하면, 저 멀리 다른 부족들이 사는 곳은 아직도 비가 오지 않는 척박한 땅에서 힘겹게 살아가고 있는데 와오디 마을 주변만 새파란 초지가 생겨서 살기 좋아졌기 때문이었다. 그런 땅에 사는 부족들이 이 땅을 빼앗으러 언젠가는 또다시 쳐들어 올 것이라는 생각이었다. 이러니 추장을 비롯한 마을 사람들은 별다른 대책도 없이 근심 · 걱정만 더 생겼다.

“아무리 궁리해도 이 땅을 지키기에는 총밖에 없소이다. 다들 항상 총을 소지하고, 여차하면 대항을 해야 합니다. 그리고 소 우리를 지키기 위해 시작되었던 야간 보초도 다시 제대로 시행하여 외지 침략자를 막아 내야 합니다.”

“아이고, 하늘이 도와서 먹고살 만하니까 이번에 인간들이 우릴 괴롭히네.”

“괴롭히기만 하면 다행이게요. 아예 우릴 모두 죽이고 이 땅을 뺏을 작정인데.”

“이번에도 하늘이 도와줘서 천둥 번개 벼락으로 그놈들을 물리쳤지만, 이다음에도 똑같이 하늘에서 도와줄 것이라고 믿기는 어렵습니다.”

“그렇지요. 우리 힘으로 막을 수 있는 데까지 막아야지요.”

마을 사람들은 또 다른 방법으로 목숨걱정을 해야 했다.

한편, 모선에서는 정식으로 원로회의가 소집되었다.

“원로들께서도 이미 알다시피 이번에는 와오디 마을에 외부 침략자들이 와서 땅을 빼앗으려 했습니다. 임시방편으로 천둥 · 번개 · 벼락으로 물리치기는 했지만, 이것이 항구적인 방법은 되질 않기에 좋은 대책이 있으면 의견을 내놓으시기 바랍니다."

"그것도 좋은 방책이 있습지요."

지난번에 초지를 마련해 주어야 한다는 의견을 내놓은 원로가 제일 먼저 입을 열었다.

"무엇인가요?"

"그들이 땅을 빼앗으려 하는 것은 아직 자기들 땅에는 비도 제대로 오지 않고 땅이 척박하여 살기 어려우니 와오디 부족 땅을 빼앗으려 하는 것입니다. 우리가 그들이 사는 지역까지 광범위하게 넓혀서 비를 내리고 초지를 조성해 주면, 그들도 하늘을 감사히 여기며 다른 부족들에게 쳐들어갈 일이 없을 것입니다."

"하하하, 과연 그게 정답이군요. 다른 원로들은 어떻게 생각하나요?"

"맞습니다. 해결책이 의외로 간단하군요."

이렇게 간단히 해결책이 나와서 그날 밤부터 셔틀접시가 내려가 침략자들이 사는 마을에도 광범위하게 비를 내려 주었다.

그들 역시 뛰쳐나와서 하늘에 대해 감사를 올리면서 눈물을 흘렸다.

그렇게 평화가 찾아오고 나서 얼마 후.

테후티와 로잔은 귀여운 아들을 낳았고, 이름을 '메론(Meron)'이라고 지었다.

같은 시기에 임신한 아마레(Amare)는 귀여운 딸을 낳았는데, 이름은 '자라(Jarra)'라고 지었다.

두 명의 엑타 베이비는 다른 아이들과 마찬가지로 무럭무럭 잘 자랐다.

그리고 엑타 외계인들은 애초에 앞으로 6년 동안 그들 지역을 관리해 주려고 하였으나, 3년 정도 지나서 저절로 기후가 바뀌어 적당히 비도 내리고 나무와 풀들도 잘 자라서 그때부터 더 이상 셔틀접시가 내려오지 않아도 되었다.

## [2]. 모선에서 작전 지시
## Operational instructions from the mothership

"우리가 에이리언 씨드를 통해서 엑타 외계인과 지구인과의 개량 인간을 만들고 있다는 것을 잘 알고 있을 것입니다. 이제 그들을 '신지구인(New Human)'이라고 부릅니다."

엑타 외계인 우주 모선에서 원로회의의 최고 통치자인 수장이 먼저 입을 열었다. 원로 회의는 수장을 포함한 총 6명의 엑타 외계인의 전원 합의체이다. 즉, 어떠한 안건이 있을 때 단 한 사람이라도 반대하면 부결되는 것이다.

원로 회의의 구성원에는 최고 통치자이자 수장인 남자 외계인 갓수리(Godsuri)님이 있고, 구성원으로는 남자 외계인 2명 '두리(Duri)', '부리(Buri)', 그리고 여자 외계인 3명 '나리(Nari)', '마리(Mari)', '사리(Sari)'가 있다.

이들은 원탁에 앉아서 충분한 토의와 협의 끝에 안건을 처리하고 있었다.

이 원로회의에서 지난번에 결정한 사항을 다시 한 번 살펴보면, 지구의 여러 문제점 때문에 지구는 조만간에 파멸을 맞게 될 것이며, 이에 따라 새로운 신지구인이 필요하다는 것이었다.

## 1. 지구의 문제점
Earth's problems

아래는 당시에 엑타 외계인이 지구의 문제점으로 지적한 내용의 일부이다.

♠ 지구는 조만간에 환경오염, 자원고갈, 테러, 전쟁 등으로 파멸을 맞을 것이다. 이런 이유는 지구인들이 가지고 있는 여러 문제점들 중에서 탐욕과 호전적(好戰的)인 성향 때문이다.

♠ 우리 엑타 외계인이 지구에서 100% 적응하여 살기 힘들다. 왜냐하면 엑타 외계인에게 있어서 산소가 부족하기 때문이다. 지구는 대기 중 산소 21% 정도이나, 엑타 행성에선 27% 정도이다.

♠ 엑타인들은 지구에 만연해 있는 바이러스와 박테리아에 적응할 수 없다. 지구의 환경이 워낙 좋아서 바이러스와 박테리아가 계속 창궐하고 변종이 생기고 있다.

♠ 살기 좋은 지구 환경 탓에 지구인들의 인구가 과도하게 증가했고, 이는 곧 환경오염과 자원 고갈, 자연 파괴로 이어졌다.

♠ 지구인들은 이상한 모순에 빠져 있다. 한쪽에선 단 한 명이라도 사람을 살릴 수 있는 의학기술을 연구하면서 다른 한쪽에서는 단

한 번에 수많은 사람을 죽일 수 있는 살상무기를 개발하고 있다.

♠ 모순덩어리인 지구인들은 이상한 종교와 정치적인 이념에 빠져서 아전인수 격으로 다투기에만 전념하고 있다.

♠ 지구인들은 뇌파가 활성화되어 있지 않아 많은 양의 학습을 해야 한다. 엑타인처럼 뇌파가 활성화되면 양방향 텔레파시로 엄청난 지식이 순식간에 전수하게 된다. 외계인들은 6살이 되면 두뇌와 뇌파가 활성화되는데, 이는 신지구인도 마찬가지이다.

♠ 언어가 통일되지 않아 혼란이 가중된다. 새로운 신지구인들은 언어가 통일되고 지구인들처럼 수십 년 동안 학습 없이 컴퓨터 파일 전송하듯이 며칠이면 고등지식을 모두 학습할 수 있다. 하지만 두뇌의 수용 능력에 한계가 있으므로 6개월마다 고등지식을 전송한다. 이에 따라 이삼 년이면 지구의 대부분 지식을 모두 전송받을 수 있게 된다.

♠ 지구인의 수명이 너무 짧다. 따라서 최소한 600년 이상으로 해야 한다. 엑타 외계인들의 평균 수명은 6,000년 이상이다.

♠ 지구가 가지고 있는 핵무기가 너무 많다. 아무리 조심해도 언젠가는 터지기 마련이고, 이는 곧 지구를 파멸로 이끌 것이다. 여러 문제 중에 가장 심각한 문제가 바로 핵무기이다. (2016년 초 필자가 인터

***Elder statemen's meeting at a command ship***

넷 검색으로 파악한 전 세계의 핵무기는 1만 6천여 개이고, 이들이 모두 폭발했을 시에는 전 지구의 모든 생물체가 멸종하다시피 한다고 한다. 그러나 지금 이 순간도 핵무기를 개발하는 데 지구인들은 전력투구하고 있다.)

♠ 결국 지구는 조만간에 멸망할 것이다. 새로운 지구를 위해서 새로운 지구 인류를 만들어야 한다.

♠ 결론은, 엑타 외계인 유전자와 지구인 유전자를 결합한 새로운 우주인류(신 지구인)를 만들어야 한다. 유전자 복제과정을 통하여 90시간 정도면 대략 3억의 에이리언 씨드를 만들 수 있다. 대략 30억의 에이리언 씨드를 만들어서 지구인의 여자 몸에 착상해야 한다. 단순히 영양분만 섭취하는 숙주가 아니라, 지구인의 유전자와 결합하여 새로운 지구 인류를 만들게 된다.

## 2. 신 지구인을 만들어야 한다
## A new Earthman(human) should be created

원로회의는 이런 회의 내용을 토대로 지구인 여자들에게 에이리언 씨드를 전파하도록 승인하였다.

이렇게 하여 엑타 외계인들은 흑구체를 이용하여 에이리언 씨드를 지구로 내려보냈고, 수십억의 에이리언 씨드 중 수십 마리만이 지구인 여자에게 접촉하여 무사히 자궁 내에 착상을 하고, 지구인과 똑같이 280일간의 임신기간을 거쳐서 엑타 베이비를 출산하게 되었다.

엑타 베이비들은 지구인 어린이와 거의 똑같았으나 학습 면에서 매우 뛰어난 능력을 보였다. 신체도 건강하였지만 학습 능력이 매우 뛰어나서 여섯 살이 될 무렵에는 자기들이 쓰는 글자를 모두 배울 수 있게 되었다. 그래서 주변으로부터 천재나 신동이라는 소리를 듣고 자랐다.

어언 세월이 흘러서 6년이 되었다.

엑타 베이비들은 6일간의 숙면 끝에 내적인 탈피가 되어 엑타 외계인과 같은 고등 성체로 탈바꿈하게 된다. 이들은 텔레파시로 의사소통이 가능해지고, 지구인들처럼 수십 년간 학습을 하는 것이 아니라 컴퓨터 파일을 전송하듯이 6개월에 한 번씩 엄청난 양의 지식을 전송받게 된다. 즉, 두뇌가 살아 있는 생체 컴퓨터 역할을 하는 것이다.

드디어 모선에서는 잠에서 깨어난 엑타 베이비들을 데려오기 위해서 셔틀접시(UFO)를 내려 보내기 시작하였다. 셔틀접시는 지상 100~200여 미터 상공에서 엑타 베이비를 공중으로 들어 올려서 데려가는데, 그 시간이 수초에 불과하였다.

– 하권에서 계속